MÉTAMORPHOSE

Kennes

Tome 1. Exorde

Ericka Duflo

Métamorphose, 1. Exorde

Publié avec les autorisations des Éditions Les Malins inc.,
Montréal, Québec, Canada

Éditeur : Marc-André Audet
Éditrice au contenu : Katherine Mossalim
Auteure : Ericka Duflo
Directrice artistique : Shirley de Susini
Conception de la couverture et montage : Nicolas Raymond
Correcteurs : Dörte Ufkes, Jean Boilard et Fanny Fennec
Illustrations intérieures : Jihanne Mossalim

Rue de la Blanche Borne 15
6280 Gerpinnes (Loverval) – Belgique
www.kenneseditions.com

Dépôt légal : mai 2016 — D/2016/13.105/26

ISBN : 978-2-8758-0215-6
NUART : 26-7992-0

Imprimé au Canada

À tous ceux qui ont cru en moi,
et en mon univers

Table des matières

Chapitre 1

– Quel idiot !

Je me précipitai dans le couloir, bousculant tout ce qui se trouvait sur mon passage. J'en avais marre de cette école, marre de cette vie, de MA vie. Mon comportement aboutirait sûrement à un renvoi. Mais il fallait voir le bon côté des choses : au moins cela me permettrait de respirer quelques jours. Et puis, revoir Monsieur Clark cette semaine : non merci !

Pour qui se prenait-il, ce vieux grincheux ? « Mademoiselle Tanner par-ci, mademoiselle Tanner par-là… » Pourquoi ne s'occupait-il pas de ses affaires, pour changer, au lieu de s'acharner sur moi ?

Après une énième remarque du professeur sur mon attitude provocante et mon manque d'attention, j'avais réagi au quart de tour et m'étais ruée hors de la salle avec rage, faisant basculer chaises et tables, sans tenir compte de ses avertissements. Je n'avais qu'une chose en tête de toute façon : me retrouver dehors, loin de l'école. D'accord, ma soudaine saute d'humeur était un peu exagérée. À vrai dire, je n'attendais qu'une occasion de pouvoir filer. Jake était sûrement déjà dehors, peut-être au Benty Coffee…

Je me dirigeais avec détermination vers la sortie quand quelque chose me heurta, ou plutôt « quelqu'un »… À mon grand désarroi, il s'agissait de Sandra.

Immobile en face de moi, elle était mal à l'aise, mais se risqua toutefois à me sourire. Sandra avait été ma meilleure amie avant que je ne devienne la nouvelle *moi*. C'était une fille géniale, une vraie amie comme on en trouve peu et justement, là était le problème. Elle était désormais trop bien pour être *mon* amie, et il fallait absolument qu'elle s'en aperçoive. Cependant, Sandra avait toujours été bornée ; ce qui m'obligeait à redoubler d'efforts et à adopter des attitudes de plus en plus dures, voire détestables en sa présence. Je voulais qu'elle tourne la page comme je m'efforçais de le faire.

Cela me demandait beaucoup de courage. Je me détestais chaque fois un peu plus de lui faire de la peine. Tout avait changé depuis la mort de ma mère.

À présent, j'étais pour certains la fille que l'on enviait, sûre d'elle, populaire et inaccessible, et pour d'autres, je représentais celle qu'il fallait à tout prix éviter de peur de s'attirer des ennuis.

Sautant à bord de mon cabriolet décapotable noir, mes lunettes de soleil sur le nez, j'attrapai mon paquet de bonbons dans la boîte à gants… Hélas, il ne m'en restait plus qu'un ! Aussi curieux que cela puisse paraître, manger des bonbons apaisait mon humeur et mes maux de tête quotidiens. Les anxiolytiques étaient efficaces, eux aussi, mais je préférais éviter le plus possible d'y avoir recours. Il était hors de question qu'ils me réduisent à l'état de légume comme il y a quelques mois.

Je démarrai en trombe, pressée de quitter le lycée.

Ah, enfin libre !

J'adorais ma voiture. Mes parents me l'avaient offerte pour mon seizième anniversaire, neuf mois auparavant. Le vent sur mon visage et dans mes cheveux me rappelait mes excursions avec Feu de joie, mon pur-sang. N'ayant aucune envie de rentrer à la maison et de broyer du noir, je choisis de faire un tour en ville pour vérifier si Jake était dans les parages, et me procurer des bonbons par la même occasion.

Un arrêt à la station-service pour refaire mon stock de friandises, et je pris la direction du Benty Coffee. Nous nous y retrouvions souvent avec toute la bande après les cours pour déguster des laits frappés et autres gourmandises. Je me garai devant le restaurant et me penchai pour jeter un coup d'œil à travers la grande vitre. Jake était bien là, affalé sur un fauteuil, et apparemment, il ne manquait pas de compagnie : deux blondes étaient assises en face de lui et discutaient gaiement. Je crus reconnaître l'une d'entre elles, dont la réputation n'était plus à faire au lycée. Très discret comme coin pour draguer !

Cela ne me touchait pas vraiment. Je savais à quoi m'attendre en fréquentant un garçon tel que Jake. Ce qui m'intéressait chez lui, c'était sa folie, sa désinvolture, son côté « je me fiche de tout »… Tout mon contraire quelques mois auparavant. Le fréquenter m'aidait à me créer une nouvelle personnalité, une nouvelle vie, une nouvelle façon de voir les choses, à la fois excitante et angoissante. J'aimais être en sa compagnie, car cela m'empêchait de penser à tout le reste.

Toujours assise derrière mon volant, je m'enfonçai dans mon siège pour ne pas être vue et j'ouvris un paquet de bonbons à la fraise. Il fallait tout de même avouer que mon ego me titillait un peu. J'hésitai un court instant, tiraillée entre l'envie de les rejoindre et de mettre Jake dans l'embarras devant ces demoiselles aux décolletés aguicheurs, *histoire de casser un peu son image de tombeur,* ou de repartir tranquillement et de faire comme si de rien n'était.

Finalement, mieux valait rentrer gentiment sans faire d'histoires. À quoi bon ? Je m'en fichais de toute façon.

Il me restait encore plusieurs heures à attendre avant la fin des cours, alors je décidai de me promener un peu en ville. Rentrer trop tôt à la maison éveillerait les soupçons, même si tôt ou tard l'école contacterait mon père et l'informerait de mon *énième* renvoi pour cause d'« attitude irresponsable et irrespectueuse ».

La Awty International School était assez stricte et faisait partie des meilleures écoles du Texas. L'établissement dispensait des cours en anglais et en français. Cette particularité m'avait séduite, car je parlais couramment les deux langues. Ma mère était originaire d'Europe et m'avait initiée au français depuis l'enfance. D'ailleurs, une bonne partie des romans que je lisais était en français, ce qui me valait souvent d'avoir une longueur d'avance sur les autres en littérature. Ma mère parlait aussi le grec, sa langue natale, dont la complexité avait rapidement eu raison de ma patience.

En arrivant à la maison après une bonne heure, je ne garai pas ma voiture à sa place habituelle dans l'allée principale. Olivia, notre domestique, était sans doute à l'intérieur en train de s'atteler aux tâches ménagères. Elle ne ferait pas d'histoires, mais je préférais rester discrète, car lorsqu'elle se retrouvait face à mon père, elle perdait tous ses moyens et n'arrivait plus à tenir sa langue. De toute façon, il ne me restait que deux heures à attendre, alors autant ne pas prendre de risques.

Ma voiture dissimulée derrière un arbre, je me faufilai dans l'écurie de Feu de joie. Ma jument avait déjà décelé ma présence et hennissait en claquant des sabots.

– Salut ma belle ! Prête pour une promenade ?

Elle caressa ma joue de son museau. Dès que la selle fut ajustée et mes bottes chaussées, nous nous échappâmes. Feu de joie n'attendait que ça. Elle me donnait parfois l'impression de me comprendre, de partager mes envies, mes émotions. Nous filions telles des prisonnières en cavale… Ces escapades temporaires étaient mon défouloir, mon oxygène. Je me sentais pousser des ailes. J'étais vraiment moi-même. J'aurais aimé que ce moment ne s'arrête jamais.

J'avais neuf ans lorsque ma famille et moi avions emménagé à Houston. Mon père avait racheté cet ancien ranch de plusieurs hectares, ainsi que quatre chevaux, au propriétaire. J'avais personnellement choisi Feu de joie, et l'avais nommée ainsi en référence à l'héroïne de mon histoire favorite, *l'Étalon noir*. Ce domaine était un cadeau pour ma mère qui aimait s'isoler du reste du monde. La proximité avec la nature était presque vitale pour elle.

Lorsque nous atteignîmes la clairière, j'intimai à mon cheval de s'arrêter et me laissai tomber au pied d'un arbre. C'était l'endroit préféré de maman. Elle y venait pour s'éclaircir les idées, réfléchir, lire… Et ce lieu était devenu mon refuge depuis son *départ*.

Allongée de tout mon long sur l'herbe humide, les membres écartés à la manière d'un papillon, je savourai la douce chaleur du soleil sur mon visage. Quel bonheur ! Mes maux de tête semblaient moins présents ici, ou plus supportables en tout cas, si bien que le sommeil finit par me gagner.

Mes nuits étaient très agitées depuis quelque temps, perturbées par d'horribles cauchemars. J'appréhendais plus que tout ce moment de la journée où il me fallait affronter seule l'obscurité.

Mon repos fut de courte durée. Je me réveillai en sursaut, me relevant si vite que Feu de joie recula sous l'effet de la surprise. Quelques minutes furent nécessaires pour reprendre mes esprits et retrouver mon calme. Décidément… même ici, je n'arrivais pas à être en paix.

Oh non ! me dis-je, en consultant ma montre.

Il était dix-huit heures passées. J'étais en retard maintenant ! Mon père était sûrement déjà au courant de mon dérapage et m'attendait de pied ferme à la maison. Son métier d'avocat lui prenait beaucoup de temps, mais il n'était jamais en retard pour me remonter les bretelles. Les leçons de morale, reproches et autres remarques allaient pleuvoir. C'était quasi quotidien ces temps-ci, presque un rituel. Le dos rond, je devais attendre patiemment que la tempête passe et guetter le moment où je pourrais enfin m'éclipser dans ma chambre… ou ailleurs.

Chapitre 2

La voiture de mon père était garée dans l'allée, juste à côté d'une Mini Cooper bleue. J'étais soulagée : tante Éva était là. Sa présence devrait calmer les choses. Elle prenait toujours ma défense, même devant l'évidence. Ma tante était très proche de moi, et encore plus depuis la disparition de maman.

Après avoir reconduit le plus discrètement possible Feu de joie à l'écurie, je récupérai ma voiture et la garai à sa place habituelle comme si de rien n'était. Puis, debout devant le seuil, je pris une grande inspiration et entrai.

– Bonsoir Papa ! m'exclamai-je avec entrain en refermant la porte derrière moi.

Soulagée de ne voir personne, je m'apprêtais à monter dans ma chambre pour retarder l'échéance d'une nouvelle dispute quand quelqu'un toussota dans mon dos. Je m'arrêtai net au milieu des marches, et me retournai lentement. Mon père était debout en bas de l'escalier, le visage fermé, dur. Il n'y avait plus de doute : il était au courant.

– Bonjour ma chérie, entendis-je derrière lui.

Tante Éva sortit de la cuisine, l'air joyeux. La voir m'apaisait ; elle ressemblait tellement à maman. Penaude, je redescendis les quelques marches que j'avais réussi à franchir et me retrouvai nez à nez avec mon père qui me fixait sévèrement. Ne sachant que faire, je lui adressai un sourire désolé.

Ce fut ma tante qui me sortit de ce déconcertant face-à-face. Elle me fit un clin d'œil discret et se plaça entre nous. Elle m'enlaça et profita de cette occasion pour m'entraîner un peu plus loin : elle aussi était au courant, apparemment.

– Tu as quelque chose à me dire, Senna ? demanda mon père, la tête baissée, occupé à se servir un verre.

– Heu…

– Encore un souci avec Monsieur Clark ?

– … Oui, mais…

– Mais c'est encore de sa faute, je suppose ?

Mon père n'avait pas relevé la tête. Il était très en colère même s'il essayait de ne rien laisser paraître.

Il évitait de me regarder pour ne pas exploser. Comme je ne répondais pas, il enchaîna d'un ton ironique :

–Il m'a rapporté certaines choses au téléphone aujourd'hui. Néanmoins, je voulais être sûr qu'il n'avait pas *encore* inventé une histoire pour te pourrir la vie… Après tout, tu m'as bien dit qu'il n'en avait qu'après toi, n'est-ce pas ?

–Heu oui, c'est à peu près ça…

Quand il commençait comme ça, mieux valait ne pas discuter. Mon père en avait marre d'entendre toujours les mêmes excuses, de toute façon. En plus, j'étais à court d'idées.

–… Bon ! Ca arrive à tout le monde de passer une mauvaise journée, non ? intervint tante Éva. Je vous ai préparé une bonne tarte, viens avec moi, *zouzounaki mou*[1]. J'ai renvoyé Olivia chez elle, car ce soir c'est moi qui m'occupe du souper, ajouta-t-elle en me tirant par le bras.

Je n'eus que le temps de croiser le regard furieux de mon père avant de me retrouver de force dans la cuisine.

–Ah, un peu de fraîcheur, soupira-t-elle en ouvrant la fenêtre. Il y a trop de mauvaises vibrations dans cette maison. Alors ma chérie, qu'as-tu de bon à me raconter ?

En temps normal, j'aurais dû filer dans ma chambre et y rester enfermée pour le reste de la soirée, mais tante Éva savait y faire, et mon père avait du mal à s'imposer

[1] « ma petite bestiole », en grec.

en sa présence. Elle lui rappelait maman. Se fâcher avec elle était impensable.

–Rien de mieux ou de pire que d'habitude, répondis-je en m'asseyant sur le plan de travail.

–Et ton dos, il te fait toujours autant souffrir ? Laisse-moi y jeter un coup d'œil…, enchaîna-t-elle subitement, l'air préoccupée.

Tante Éva souleva mon tee-shirt avant que j'aie eu le temps de répondre quoi que ce soit. Contrite, je me tournai un peu pour lui faciliter la tâche. Elle frôla de son doigt l'énorme boursouflure qui me barrait le haut du dos, m'arrachant un gémissement de douleur. Sans tenir compte de ma plainte, elle continua son étude en maugréant des paroles en grec.

–Tante Éva, doucement…, protestai-je, en tirant sur le tissu, afin qu'elle comprenne que ça suffisait.

–Oh excuse-moi, *agapoula mou*[2], répondit-elle en détournant les yeux à contrecœur. Les plaques s'élargissent. Tu utilises la pommade de ta mère ?

–Oui, elle soulage la douleur durant quelques heures, mais j'ai l'impression que ça empire de jour en jour. Quant à ma tête, j'ai l'impression qu'elle va exploser, les…

–Et ton sommeil ? me coupa-t-elle, impatiente. Tu fais toujours des cauchemars ?

Je trouvais ma tante un peu bizarre tout à coup. Elle semblait plus intriguée qu'inquiète. Ce n'était pas

[2] « mon petit amour », en grec

la première fois qu'elle agissait ainsi. Elle commençait par me poser des questions précises sur ma santé, souvent les mêmes, et finissait par me dire que ce n'était pas grave, que tous mes symptômes étaient dus au stress post-traumatique lié à la disparition de ma mère.

Mon père nous rejoignit à cet instant, et tante Éva sursauta comme si elle avait été prise en flagrant délit. Il lui fit un signe de tête réprobateur qui ne m'échappa pas, puis déclara sèchement :

– Les symptômes de Senna se seraient estompés depuis longtemps si elle voulait bien suivre à la lettre les prescriptions du médecin. Maintenant, à elle de savoir si elle désire vraiment guérir…

Je détestais quand mon père agissait ainsi. Depuis la disparition de maman, il était acariâtre, froid et sarcastique. Je soutins son regard, prête à exploser, lorsqu'une fois de plus tante Éva intervint au bon moment.

– Bien, je meurs de faim ! On passe à table ?

Elle sortit de la cuisine en le bousculant au passage, signe de sa désapprobation. Ils me cachaient des choses ces deux-là, j'en étais sûre ! J'avais déjà surpris à plusieurs reprises leurs regards pleins de sous-entendus, leurs messes basses, et les signes suspects qu'ils se faisaient en ma présence. Ils pensaient tous deux être discrets, mais je n'étais pas née de la dernière pluie !

Le reste de la soirée se déroula calmement. Ma tante avait réussi à détendre l'atmosphère et s'arrangeait pour combler les silences. Bien qu'il eût gardé la tête baissée et les traits tirés durant tout le dîner, mon père n'avait pas remis le sujet sur le tapis. De toute façon, avec tante Éva, il aurait eu peu de chance de le faire.

J'avais tout de même envie de m'éclipser. La fatigue et la déception sur le visage de mon père me pesaient. Le voir dans cet état me faisait culpabiliser. J'étais consciente que mon changement récent d'attitude lui faisait beaucoup de mal. Le pire, c'est que je ne voyais aucune solution de rechange à cette situation. C'était plus fort que moi. Après avoir dégusté une bonne part de tarte aux mûres, ma tante et mon père s'installèrent au salon pour siroter leurs verres de vin. Ils étaient en pleine discussion. Ma présence n'étant plus nécessaire, j'en profitai pour me diriger discrètement vers l'escalier.

– Senna !

Raté. Mon père m'avait remarquée. À croire qu'il avait des yeux derrière la tête.

– J'espère que tu montes réviser ton cours de maths. Tu as un examen lundi, c'est bien ça ?

– Oui *normalement*…

J'avais bien appuyé sur le dernier mot, car mon père avait sans doute déjà oublié que mon écart de conduite me valait d'être renvoyée pendant au moins une semaine. J'attendis en vain l'annonce du châtiment décidé par l'école. Mon père n'avait pas bougé et ne m'accordait toujours pas un regard.

–Je me suis arrangé avec Monsieur Clark, m'annonça-t-il enfin. Il est d'accord pour passer l'éponge une NOUVELLE fois, à condition que tu sois présente lundi et que tu aies la moyenne à ton examen.

Je le reconnaissais bien là. Il réussissait toujours à arranger les choses. Cependant, je ne savais trop s'il s'agissait d'une bonne ou d'une mauvaise nouvelle. Je m'étais déjà faite à l'idée d'être dispensée de cours. Mais les professeurs se montraient souvent conciliants dans mon cas, car il n'y avait pas si longtemps, j'étais une bonne élève, l'une des meilleures même. Ils attribuaient mon changement brutal de comportement à la perte récente de ma mère, *ce qui n'était pas faux,* et espéraient un revirement de situation.

Mon père ajouta sèchement:

–Inutile de me remercier. Tu sais ce qu'il te reste à faire.

–Oui, papa.

Ma tante voulut me rejoindre, mais je lui fis comprendre que ce n'était pas la peine. Retenant au mieux les larmes qui me brûlaient les yeux, je me précipitai à l'étage avant qu'il ne soit trop tard. Je ne voulais pas craquer, pas devant eux.

–Attends!

Je m'arrêtai, mais ne me retournai pas cette fois.

–Ma patience a des limites, et sache que je m'en rapproche chaque jour un peu plus, continua mon père d'un ton glacial.

Cet énième reproche me toucha en plein cœur. Je courus jusqu'à ma chambre, claquai la porte derrière moi et m'effondrai sur mon lit. La tête enfouie dans mon oreiller pour étouffer mes sanglots, je repensai à ma mère. Elle seule pouvait me comprendre. Elle me manquait tellement !

Je me sentais à la fois nulle, incomprise, honteuse… Ma relation avec mon père était plus que compliquée, et s'aggravait de jour en jour. Notre complicité avait disparu. Nos rares discussions finissaient toujours en règlements de compte. Je ne m'autorisais pas souvent à laisser mes émotions prendre le dessus, mais cette fois, le besoin était trop fort.

Lorsque ma crise de larmes se calma enfin, je saisis ma boîte d'anxiolytiques et en avalai deux d'un coup. Il y en avait partout : dans la salle de bain, dans ma chambre, dans mon sac, et même dans la cuisine, toujours accessibles en prévention de moments comme celui-là.

Il paraît que la douleur s'efface avec le temps. Mais ce n'était pas mon cas. Mon père n'allait pas mieux non plus. Ma mère avait emporté avec elle une partie de lui. Nous vivions chacun notre deuil différemment, et la communication était devenue quasi impossible entre nous. Si ma tante était de plus en plus présente, c'était parce qu'elle ressentait le malaise. Tante Éva était gentille, mais je ne voyais pas comment elle pouvait arranger les choses. Elle ne réussissait qu'à retarder l'échéance d'une nouvelle dispute à chaque fois. C'est tout.

Je verrouillai ma porte afin d'être sûre de ne pas être dérangée. Discuter était la dernière chose dont j'avais envie en ce moment. J'attrapai au passage mon bouquin d'algèbre, posé sur ma table de nuit. Un sursaut de bonne volonté s'était immiscé en moi. Mieux valait en profiter. C'était un moyen comme un autre de m'occuper, le temps que les comprimés fassent effet. Il fallait juste me concentrer sur quelque chose, et ça irait mieux !

Affalée sur mon lit, je finis par m'endormir le nez dans mon bouquin. Tout à coup, un bruit curieux me fit revenir brutalement à la réalité. J'ouvris les yeux, aux aguets, mais je restai immobile. C'était comme un murmure, un cri étouffé. Je n'étais pas seule…

Retenant ma respiration, je me redressai lentement. Quelque chose remua à l'autre bout de la pièce. Je tournai rapidement la tête et étouffai un cri. Une ombre, ou plutôt une forme spectrale venait de traverser la salle de bain. Je me recroquevillai, le dos contre le mur, et allumai ma lampe de chevet.

– Papa, c'est toi ? demandai-je, histoire de briser un peu le silence et de me rassurer.

Il était évident que mon père n'était pas là. Ça ne pouvait être lui. Qu'aurait-il fait dans ma chambre, et surtout, comment serait-il entré ? La porte était barrée. Prise de doute, je plongeai sur elle afin de vérifier que le verrou était bien tiré et en profitai pour allumer toutes les lumières de la chambre, ainsi que celles de la salle de bain. Depuis que mes cauchemars et visions avaient commencé, j'avais réuni un stock hallucinant de lampes de poche, veilleuses et autres objets éclairants qui étaient disposés un peu partout. Cela me rassurait et m'aidait à passer le cap difficile de la nuit.

Le front moite, j'entrouvris la fenêtre.

Ça doit être un des effets secondaires de ces satanées pilules, tentai-je de me convaincre.

Assise au bord du lit de manière à avoir une vision globale de la pièce, je m'efforçai de retrouver mon calme. Parfois, prise d'angoisses soudaines, je me réveillais brusquement. Comme pour me conforter dans l'idée que je n'étais pas folle et qu'il se passait des choses anormales, Mystique réagissait, elle aussi, au quart de tour et se mettait à grogner, sans raison apparente. Mais au fait, où était-elle ? Ma chatte ne passait jamais une nuit sans moi.

Une fois calmée, je m'approchai doucement de la fenêtre. Je m'apprêtai à l'appeler quand Mystique bondit sur moi en poussant un miaulement vif. Surprise, je perdis l'équilibre et tombai lourdement sur les fesses.

– Mystique ! Tu m'as fait peur. Mais où étais-tu ?

En guise de réponse, ma chatte se frotta contre moi en ronronnant. Je la caressai jusqu'à ce qu'elle décide que c'en était assez. Après s'être longuement étirée, elle sauta sur le lit et se mit en boule. Mystique était un cadeau de ma mère. Très spéciale et pas toujours d'humeur câline, elle était cependant très fidèle. Je me sentais en sécurité en sa présence. Cette chatte avait une particularité : ses iris étaient violets. Ma mère disait que c'était ce qui la rendait unique.

Mon réveil indiquait minuit. Je ne m'étais même pas déshabillée.

Une bonne douche me ferait sûrement du bien, pensai-je.

Après tout, je ne réussirais pas à me rendormir de sitôt. La radio allumée avec le son au minimum, je fis couler un bain dans lequel je me délassai une bonne demi-heure. L'eau chaude parfumée à la vanille finit par me relaxer, mais raviva les brûlures de mon dos.

En sortant du bain, je pris soin d'appliquer délicatement la pommade que m'avait confectionnée ma mère, non sans grimacer de douleur, et en profitai pour inspecter mes omoplates dans le miroir. L'énorme marque qui me barrait le dos me répugna. Elle était plus laide de jour en jour. Le médecin avait conclu à une allergie en découvrant cet horrible œdème, mais aucun de ses traitements n'avait fonctionné. Seule la crème élaborée par ma mère soulageait la douleur. Maman avait toujours aimé faire des expérimentations et confectionner toutes sortes de crèmes, liquides et autres mélanges mystérieux. Cette passion et son talent étaient un héritage de sa grand-mère. Elle s'enfermait pendant des heures dans ce que j'appelais son labo-bureau au bout du couloir. Elle y pratiquait à la fois son métier de traductrice et son passe-temps d'expérimentatrice. Sa passion avait abouti à la création d'un ouvrage intitulé *Remèdes et astuces ancestraux grecs.*

J'attendis que la pommade fasse effet avant d'enfiler un long tee-shirt. Je plongeai sous la couette en attrapant au passage un des nombreux bouquins qui remplissaient mon étagère. J'adorais les romans fantastiques et de science-fiction. Ils me permettaient de m'évader, d'oublier ce monde lourd et tous mes problèmes pendant un moment, de voyager ailleurs, loin de ma vie triste et compliquée. Il m'arrivait aussi de relire des romans francophones que j'avais étudiés à l'école ou que maman m'avait offerts, comme *Le rouge et le noir*, *Le cœur à rire et à pleurer* ou encore *La mulâtresse Solitude*[3].

En temps normal, je me serais habillée et faufilée par la fenêtre pour aller rejoindre les autres. Nous étions

[3] Respectivement de Stendhal, de Maryse Condé et d'André Schwarz-Bart

vendredi soir, mes amis faisaient la fête quelque part et devaient s'étonner de mon absence. Mais n'étant pas d'humeur, j'avais pris le soin d'éteindre mon cellulaire. Je me rattraperais demain. Il y avait tout le week-end pour ça. Mon seul réconfort était la chaleur et le confort de ma couette avec Mystique auprès de moi. Blottie dans mon lit, je lus *Elphame's Choice*, un roman de P. C. Cast, jusqu'à ce que le sommeil m'emporte.

Chapitre 3

Il était onze heures et demie lorsque j'ouvris les yeux le lendemain. J'avais réussi à dormir d'une traite le reste de la nuit et me sentais en pleine forme. Je m'étirai longuement, bousculant Mystique au passage. Celle-ci me toisa avant de descendre du lit en râlant, puis disparut par la fenêtre. Quelle grincheuse !

J'allumai mon cellulaire pour prendre connaissance du programme du jour. Ma bande avait toujours quelque chose de prévu. Je n'avais aucune intention de rester à la maison une journée de plus.

Comme je m'y attendais, ma messagerie était pleine. Il me fallut quelques minutes pour trier et effacer tous les messages que j'avais reçus la veille. Je découvris sans surprise un texto de Stacey qui me proposait de la rejoindre au lac avec le reste du groupe. Apparemment, il ferait beau aujourd'hui, ce qui était rare à Houston. Pourvu que cela dure toute la journée…

Motivée, je sautai du lit et choisis une tenue appropriée : un short en jean et un tee-shirt noir. Après une toilette rapide, je démêlai mes longs et épais cheveux noirs que j'attachai en queue-de-cheval. Mon père devait être en train de siroter son café, ou alors dans son bureau occupé à travailler comme d'habitude… Quoique cette deuxième option m'aurait arrangée pour une fois. Je n'avais pas envie de le croiser, et encore moins de discuter avec lui.

Du crayon noir autour des yeux, un peu de rouge à lèvres, et j'étais prête. Mon père détestait mon nouveau look. Mes cheveux étaient passés du châtain foncé au noir. C'était tout de même mieux qu'il y a quelques mois, où ils étaient carrément blonds. Pourtant, il ne manquait pas une occasion de me montrer sa désapprobation. Ce qui lui déplaisait le plus était le maquillage. Il est vrai que je n'avais plus rien de la jeune fille sage et discrète d'avant… Il fallait qu'il s'habitue, c'est tout. Moi, j'aimais bien ce changement. J'avais l'impression d'être une autre Senna. C'était plus facile, et puis il valait mieux que le look colle avec ma nouvelle personnalité…

Mon lit fait, j'attrapai mon sac avant de dévaler les escaliers.

–Bonjour Mademoiselle, me dit Olivia en passant devant moi.

On aurait dit qu'elle cherchait à m'éviter, ces derniers mois. Mon nouveau style lui faisait peut-être peur… Je lui répondis d'un simple sourire et je continuai à avancer, déterminée, vers la porte. Mon père était assis devant la télé et faisait mine de lire son journal.

–À plus tard ! lançai-je à la hâte.

–Une minute…

Quoi encore ? Je m'immobilisai devant la porte, attendant la suite. Il y eut un long silence, comme s'il cherchait ses mots.

–Ne rentre pas trop tard…, lâcha-t-il finalement.

Que pouvait-il dire d'autre de toute façon ? J'acquiesçai et sortis sans un mot, heureuse que ç'ait été si facile.

Un texto pour confirmer mon départ à Stacey, du Kelly Clarkson dans le tapis, je me mis en route vers le lac. C'était parti pour une nouvelle journée de délire. Il fallait rester concentrée sur cette idée et rien d'autre. Exit les cauchemars et les problèmes familiaux ! Aujourd'hui, j'étais juste une adolescente normale qui s'amusait avec ses amis.

Je m'arrêtai au Starbucks du coin pour m'acheter un chocolat chaud et un muffin aux canneberges, que je dévorai sur le trajet. Tandis que je m'égosillais sur ma chanson préférée, mon cellulaire sonna. C'était Stacey :

– Allô ma poule, alors t'es où ?

– Je suis en chemin, j'arrive ! répondis-je avant de mordre une nouvelle fois dans mon petit gâteau.

– On t'a pas vue hier…, des soucis ?

– Oh non, rien d'important, je te raconterai… Jake est là ?

J'avais envie de me changer les idées, et surtout pas de parler de mes problèmes maintenant.

– Bien sûr, il t'attend. Fais vite, tu vas tout rater… et puis si tu rappliques pas, Meg va en profiter. Depuis hier, elle n'arrête pas de lui tourner autour.

– Je serai là dans moins d'une demi-heure. Tâche de ne pas trop l'amocher en attendant, dis-je en riant.

– Je vais essayer, plaisanta-t-elle. À plus !

Stacey en faisait souvent trop, mais ses réactions étaient spontanées, ce qui avait tendance à rendre comique n'importe quelle situation. J'avais fait la connaissance de cette fille *cool* et un peu délurée en même temps que celle de Jake.

Qui aurait pu dire que Stacey deviendrait mon amie ? Elle était si différente de Sandra et de celle que j'étais avant. Sa réputation de fille peu fréquentable me faisait peur autrefois. J'évitais ne serait-ce que de croiser sa route et celle de sa bande au lycée. Quant à Sandra, elle les méprisait.

Mais il ne fallut pas longtemps pour me rendre compte que, malgré les apparences et les rumeurs,

Stacey était vraiment chouette. Elle ne supportait pas que Mégane s'approche trop de Jake… Meg était la cousine de Ruben, un membre de notre bande. Celui-ci l'invitait souvent à nous rejoindre. Stacey et moi ne la portions pas dans notre cœur, mais elle s'entendait très bien avec les garçons du groupe, alors nous tentions de nous y faire. Elle n'avait jamais caché son attirance envers mon copain, et pas qu'envers lui d'ailleurs… Mais je ne lui en voulais pas vraiment. Derrière son attitude de fille facile, j'étais bien placée pour savoir qu'au fond, tout comme moi, elle avait choisi de se donner une image dans le but de cacher un profond mal-être.

Comme prévu, j'arrivai au lac pile pour le dîner.

Steve et Ruben s'occupaient du barbecue, tandis que Jake, assis un peu plus loin, discutait avec Mégane et Stacey. En fait, Mégane se balançait de façon suggestive au rythme de la musique provenant du *pick-up* de Steve, devant Jake. Stacey l'observait du coin de l'œil, tout en jouant sur son portable.

Lorsqu'elle m'aperçut, mon amie s'élança à ma rencontre :

– Hey, te voilà enfin ! s'écria-t-elle en me sautant au cou. Meg joue encore les aguicheuses.

Elle roula des yeux.

– Il faudrait vraiment que tu calmes ses ardeurs.

Je hochai la tête avec malice.

Les répliques de Stacey me faisaient rire. Cela ne me ressemblait pas du tout de rentrer dans un jeu stupide de guerre entre filles, surtout pour un garçon.

Lorsque Mégane m'aperçut, je compris à son expression que ma présence ne l'enchantait guère. Elle m'adressa un regard méprisant, mais cessa néanmoins son jeu de séduction et s'en alla retrouver les autres garçons en roulant des hanches. Jake, amusé de la situation, se contentait de rire bêtement.

– Quand le chat n'est pas là, les souris dansent, à ce que je vois…, dis-je, exaspérée par l'attitude peu délicate de la jolie brune.

– Tu l'as dit, bouffie ! soupira Stacey en mâchant sa gomme, la main sur la hanche.

L'air de rien, je pris mon temps pour faire la bise aux garçons, et saluai nonchalamment Mégane. Puis, sans un mot, je me dirigeai vers Jake, glissai ma main derrière son cou, dans ses cheveux, et l'attirai vers moi pour l'embrasser langoureusement. Les garçons sifflèrent joyeusement devant mon audace, tandis que Stacey en profitait pour toiser fièrement Mégane.

– Salut ma belle ! dit Jake, son front encore collé au mien. Tu m'as manqué…

Pff, quel menteur ! Il ne m'avait même pas demandé la raison de mon absence de la veille. Mais je ne répliquai pas. Je n'avais rien à lui reprocher que je ne devais me reprocher à moi-même. Je ne sortais pas avec lui pour de bonnes raisons. Tant qu'il ne me posait pas trop de questions et acceptait de maintenir une certaine distance, cette relation m'arrangeait plus qu'elle ne me plaisait.

Jake faisait partie de l'équipe de football du lycée. Il était grand, blond, musclé, sûr de lui et avait eu un nombre incalculable de flirts. C'était le garçon dont rêvaient beaucoup de filles, mais il n'était pas vraiment mon genre. Je n'avais jamais été amoureuse, mais je savais que ce que je ressentais pour Jake n'avait rien à voir avec de l'amour.

– Hé les tourtereaux, ça suffit ! cria Steve en plongeant sur nous. C'est l'heure du bain !

Il tenta de déstabiliser Jake en lui faisant une prise de judo. C'était un de leurs jeux favoris. Les deux amis se taquinaient souvent, cherchant à prouver à l'autre qui était le plus fort.

– *Cool*, tu viens, Senna ? demanda Stacey tout en se déshabillant.

– Non, ça ne me dit rien…

Je mourais d'envie de rejoindre mes amis et de me mettre à l'eau, mais je ne pouvais pas. Il m'était impossible de me mettre en maillot de bain sans exposer l'ignoble boursouflure que j'avais dans le dos.

Alors que Steve réussissait à entraîner Jake vers le lac, Ruben apparut derrière moi et me souleva comme si je n'étais qu'un vulgaire paquet. Je n'eus que le temps de crier avant de me retrouver à mon tour trempée jusqu'aux os.

– Tu ne perds rien pour attendre ! ripostai-je en tentant d'enfoncer la tête de mon ami sous l'eau.

Nous ne sortîmes de l'eau que lorsque nous eûmes trop faim. Le temps que mes vêtements puissent sécher, Jake me prêta un tee-shirt qui, sur moi, ressemblait plutôt à une chemise de nuit. Ensuite, nous dévorâmes littéralement les grillades et les *chips* prévues au menu.

Le reste de l'après-midi se passa tranquillement, occupés que nous étions à discuter et à jouer aux cartes. Steve s'absenta, le temps de faire des provisions. Le soleil avait disparu lorsqu'il revint avec trois *packs* de bière et des guimauves. Il réussissait toujours à se procurer de l'alcool avec ses multiples fausses cartes d'identité.

– J'ai une idée, dit Stacey tout en grillant une guimauve dans notre petit feu de fortune. Et si on se racontait des histoires effrayantes ? J'en connais une qui vous fera mourir de peur…

– Stacey, je suis sûre que tu seras la première à flipper avec tes histoires, déclarai-je tout en avalant deux comprimés.

Mes maux de tête refaisaient surface, mais comme je ne voulais pas rentrer à la maison tout de suite, je m'étais résolue à prendre mes cachets.

–Qu'est-ce que tu as ? me demanda Jake en s'apercevant de mon malaise. Encore ces migraines ?

–Oui… mais ça ira mieux dans quelques minutes.

–Avale ça ! proposa Steve en me tendant une canette de bière. Rien de mieux pour soigner ces vilains maux.

J'acceptai volontiers. Tous les moyens étaient bons pour apaiser ces horribles douleurs. Je n'aimais pas attirer ainsi l'attention sur moi et mes multiples problèmes, alors si cette bière réussissait à me soulager, tant mieux !

–Pff, elle inventerait n'importe quoi pour se faire remarquer…, marmonna Mégane.

Tout le monde avait entendu. Il y eut un long silence gêné. Personne n'osait répliquer, sauf Stacey :

–Tu peux répéter ? articula-t-elle avec défi.

–Quoi ? fit la brune aguicheuse aux cheveux courts en haussant les épaules, feignant un air innocent.

–Laisse tomber, dis-je à mon amie… Alors, elle vient, ton histoire, ou c'est pour demain ?

Ça ne servait à rien de répliquer. Mégane était tout simplement jalouse et voulait se faire remarquer. Mieux valait l'ignorer que d'accorder de l'importance à ses provocations.

Tandis que Stacey narrait son histoire de fantômes, Jake s'installa près de moi et commença à me masser les tempes. L'ambiance se prêtait bien au jeu. Mais ce n'est que lorsque le tour de narration de Ruben arriva que la soirée prit une autre tournure. Empruntant une voix rauque et angoissante, il racontait si bien que tout le monde fut captivé dès la première phrase :

– … Lorsque l'homme arriva enfin chez sa grand-tante, il était presque minuit. Le trajet l'avait épuisé. Il reconnut à peine la grande demeure baroque qui se dressait devant lui tant il faisait sombre. Le brouillard donnait un aspect fantomatique aux statues qui longeaient la grande allée menant à l'entrée principale. Des corbeaux tournoyaient autour de sa voiture en poussant des cris terrifiants, tels des messagers funèbres. Des frissons lui parcouraient les bras. Il avait comme une intuition, quelque chose qu'il n'arrivait pas à définir…

La tension était à son paroxysme. J'étais complètement absorbée par l'histoire quand j'eus une drôle d'impression qui me fit froid dans le dos.

Ruben est vraiment un incroyable narrateur pour réussir à me mettre dans cet état !

Pour m'assurer que cette histoire faisait le même effet à tout le monde, je risquai un œil autour de moi. Jake avait cessé de me masser et s'était raidi à mes côtés, Meg ouvrait de grands yeux horrifiés tandis que Steve, les bras croisés, écoutait avec attention. Mais le comportement de Stacey détonait avec celui du reste du groupe. Mon amie était assise en tailleur, la main sous le menton et la tête dans les étoiles. Elle fixait Ruben comme s'il s'agissait de la plus belle chose qu'elle eût jamais vue… Et elle n'écoutait rien du tout.

Je lui assenai un coup de coude discret pour la faire redescendre de son nuage, et lui tirai la langue lorsqu'elle se tourna vers moi. Stacey avait un faible pour Ruben et attendait patiemment qu'il lui demande de sortir avec lui. Il était incroyable qu'une fille aussi extravertie n'ose pas faire le premier pas. Mais quand il s'agissait d'amour, Stacey était très réservée. Ruben faisait semblant de ne pas remarquer les signaux qu'elle lui adressait. En fait, je le soupçonnais de ne pas être attiré par les filles. Parfois, j'avais même l'impression que Jake l'intéressait, ce que je me gardais bien de dévoiler à ma copine…

– … quand tout à coup… BOOM ! continua Ruben en me faisant sursauter. Un énorme bruit se fit entendre à l'étage. La chaise berçante tanguait toujours et toutes les lumières de la demeure s'éteignirent d'un seul coup, sans raison apparente. L'homme s'essuya le front. Prenant son courage à deux mains, il entama la montée de l'escalier. Sa tante était sûrement dans sa chambre, profondément endormie à cette heure tardive, se disait-il. Elle n'entendait peut-être pas ses appels…

Alors que je me replongeai dans le récit, la même sensation m'envahit. Les battements de mon cœur s'emballèrent. Mais que m'arrivait-il ?

Je tentai de me calmer et me serrai un peu plus contre Jake. Après quelques minutes, je compris que mon malaise n'avait rien à voir avec l'histoire de Ruben. J'avais la désagréable sensation d'être observée. Comme pour confirmer mes soupçons, un souffle glacé me frôla le dos, comme si quelque chose était passé si rapidement derrière moi qu'il avait provoqué une rafale. J'en eus la chair de poule. Je n'aimais pas ça du tout. Il y avait quelqu'un ! J'en étais sûre !

Le front perlé de sueur malgré la fraîcheur du soir, je cherchai désespérément à reprendre le contrôle de mes émotions. Personne ne semblait avoir remarqué quoi que ce soit. Je dus résister à l'envie de crier et de prendre mes jambes à mon cou ; or, c'était le meilleur moyen de passer pour une dingue aux yeux de mes amis. La solution était évidemment de vérifier et de me rassurer, mais en même temps, j'avais peur de ce que je pouvais découvrir. Rassemblant mon courage, j'inclinai la tête et observai les alentours du coin de l'œil. Quelque chose semblait bouger au sommet de l'arbre le plus proche.

Retenant ma respiration, je me retournai franchement et distinguai une ombre, une silhouette accroupie derrière une branche. Puis, d'un coup, l'entité s'évapora tel un voile et se fondit dans l'obscurité.

Terrorisée, je me levai d'un bond et poussai un cri strident qui fit basculer Stacey à la renverse.

– Senna ? Qu'est-ce qu'il y a ? demanda Steve, inquiet.

–Je... Vous avez vu ça ? bégayai-je en pointant la cime de l'arbre.

Mes amis se regardèrent, l'air ahuri. Steve et Ruben se levèrent pour examiner les alentours pendant que Jake tentait de me calmer.

– Non, il n'y a rien là-dedans, affirma Ruben tout en inspectant l'endroit que je lui avais indiqué. Tu es sûre d'avoir vu quelque chose ?

Je fis oui de la tête... puis non. Je n'étais plus sûre de rien.

– Laissez tomber. Ce sont sûrement toutes vos histoires qui me sont montées à la tête...

– Oooh, la chochotte ! rigola Ruben.

– Alors, c'est qui, la peureuse ? me taquina Stacey.

Mégane ouvrit la bouche, mais je la fusillai du regard avant qu'elle n'ose dire quoi que ce soit. Cette fois, je n'étais pas d'humeur à laisser passer l'une de ses remarques déplaisantes. Il fallait déjà que je me coltine les taquineries des autres en sachant pertinemment qu'il se passait des choses anormales autour de moi. Et l'expérience de ce soir, je n'étais pas près de l'oublier

Le reste de la soirée se passa sans encombre, mis àpart la pluie qui s'invita et mit fin à notre petite réunion. Mais ce n'était pas plus mal, car j'avais hâte de retrouver la sécurité de ma chambre.

Chapitre 4

La nuit avait encore une fois été difficile et brève. Un son, ou plutôt une voix me sortit doucement de mon sommeil. Ma tante était assise au bord de mon lit et me caressait les cheveux, comme maman le faisait autrefois.

– Bonjour, *gataki mou*[4]. Bien dormi ?

– Hmm, fis-je en m'étirant. Tante Éva ? Qu'est-ce que tu fais là ?

– Je suis venue t'annoncer une bonne nouvelle.

Intriguée, je me redressai un peu brusquement, faisant chavirer Mystique une fois de plus. Elle s'apprêtait à râler, mais ma chatte oublia vite son réveil brutal lorsqu'elle aperçut ma tante. Les poils hérissés, elle se mit à feuler dans sa direction.

[4] « mon chat », en grec.

– Toujours aussi amicale, à ce que je vois, marmonna ma tante, qui considérait Mimi avec hostilité. Tu fais bien ton boulot, toi en tout cas…, ajouta-t-elle comme si elle s'adressait à l'animal.

Tante Éva détestait les chats et Mystique ne perdait pas une occasion de lui témoigner son antipathie. C'était viscéral entre ces deux-là.

– Eh oui, pour ne pas changer. Cette peluche sur pattes a un sacré caractère…, soupirai-je en intimant à ma chatte d'un geste sévère de quitter la chambre.

Celle-ci m'adressa un regard scandalisé avant de s'exécuter.

– Non. Elle est spéciale, c'est tout, affirma tante Éva d'un ton énigmatique, en regardant le félin s'en aller de sa démarche fière et arrogante, malgré la touffe de poils ébouriffée qu'elle arborait encore sur son dos. Tu as un lien peu ordinaire avec elle… Cette chatte veille sur toi.

Je ne comprenais pas pourquoi ma tante avait emprunté un ton aussi solennel tout à coup. Et c'était bien la première fois qu'elle prenait la défense de Mystique. Mais je décidai de ne pas m'attarder sur ce détail. Tante Éva avait toujours été spéciale. Ses comportements pouvaient être surprenants, mystérieux, voire fantasques. Je m'étais habituée à sa personnalité hors du commun, que j'avais appris à apprécier.

–Bien, reprit-elle sérieusement dès que Mystique eut disparu de son champ de vision. Je suis venue t'annoncer que nous allons passer la journée en famille aujourd'hui. Cette idée vient de moi. Je pense que cela vous ferait du bien à ton père et à toi de vous retrouver. Je lui en ai parlé, et il est d'accord à condition de rentrer tôt pour que tu puisses réviser ton contrôle de demain.

Je m'apprêtais à protester, mais ma tante me devança. La main levée en guise d'avertissement, elle déclara d'un ton sans équivoque :

–Peu importe ce que tu avais prévu, rien ne me semble plus important que ça. Aujourd'hui, tes amis se passeront de toi, point final.

Tante Éva me connaissait bien ! Je cherchais toujours à me défiler face aux obligations familiales.

–Sinon, comment vas-tu, ma chérie, depuis la dernière fois ? reprit-elle pour couper court à une négociation inutile.

De toute façon, j'étais en manque de répliques et d'excuses valables, et n'avais d'autre choix que de capituler. Il n'y avait pas d'échappatoire possible, j'étais prise au piège.

–Tu n'as pas l'air en forme, continua-t-elle en m'examinant le visage sous tous les angles. Et à quoi sont dus ces affreux cernes ?

Je fixai ma tante, hésitante. Je ne savais pas pourquoi, mais j'avais une envie irrésistible de me confier. Parler à mon père de mes problèmes et de toutes les bizarreries qui emplissaient ma vie ? Surtout pas ! Il avait déjà trop de soucis. De plus, il me prendrait pour une hallucinée ! Tante Éva, elle, saurait peut-être quoi faire… Était-ce l'expérience d'hier soir ? Je n'en avais aucune idée, mais je déballai tout : mes nuits courtes, l'impression d'être épiée, les voix, l'étrange apparition de la veille…

– Hum ! fit-elle, l'air songeur dès que j'eus fini.

Elle se perdit dans ses pensées quelques secondes.

– Je pense que j'ai quelque chose qui pourrait t'aider.

Ma tante récupéra son sac à main au pied du lit et plongea sa main dedans. Elle en ressortit une petite fiole en verre. Celle-ci contenait un liquide particulier : il était vaporeux et noir. Elle me tendit l'objet, que j'examinai avec intérêt. Il me semblait en avoir déjà vu.

– Qu'est-ce que c'est ?

– Tu poses trop de questions, jeune fille… Il s'agit d'un remède élaboré par ta mère et moi. Il te remettra d'aplomb. Il est hors de question que ton père te voie dans cet état aujourd'hui… Et c'est très efficace, ajouta-t-elle lorsqu'elle remarqua ma grimace de dégoût.

Décidément, on me proposait beaucoup de remèdes insolites ces jours-ci : d'abord de la bière, et maintenant cette potion peu ragoûtante… Ça y était ! Cela me revenait : j'avais déjà vu l'une de ces fioles dans l'atelier de ma mère. Elle les stockait dans une de ses armoires.

Devant l'insistance de ma tante, je décapsulai le flacon.

– Il te suffit d'aspirer le contenu et tu verras que tu te sentiras beaucoup mieux.

Le visage crispé, je m'exécutai, m'attendant à un goût plus qu'exécrable… Mais il ne se passa rien. La sensation était même très agréable, le goût sucré. Une vague d'énergie s'infiltra dans tout mon corps, dans chaque veine, chaque cellule. Un sentiment de bien-être et de vitalité m'envahit. Cela faisait longtemps que je ne m'étais pas sentie aussi bien.

– Waouh, c'est génial !

– Je te l'avais dit ! fanfaronna ma tante avant de se relever. Bon, je te laisse te préparer maintenant. Ton père nous attend en bas.

– OK, je me dépêche.

Dès que tante Éva sortit de la chambre, je plongeai sur mon cellulaire. Il fallait que j'envoie un texto à Stacey pour la prévenir que je ne serais pas de la partie aujourd'hui. Je tapai rapidement sur le clavier :

Problème de dernière minute, je ne peux pas venir. Journée familiale en perspective. Dur, dur !!!

J'avais le sentiment d'être requinquée, au meilleur de ma forme. Que pouvait-il bien y avoir dans cette fiole ? J'examinai mon visage dans le miroir. Effectivement, mes cernes s'étaient atténués et mes grands yeux marron pétillaient de santé. Pas besoin de mettre de poudre ou de fond de teint aujourd'hui. Même mes longs cheveux noirs avaient repris de la santé, du volume.

Avant d'enfiler mon tee-shirt, je jetai un coup d'œil à mon dos. La douleur semblait moins intense, même s'il fallait admettre que j'avais appris à m'y habituer. J'appliquai quand même la pommade sur les rougeurs et finis de me préparer avant de descendre au salon.

– Prête ? demanda ma tante lorsqu'elle m'aperçut dans l'escalier.

De bonne humeur, je lui répondis avec un salut militaire.

Mon père était déjà dans la voiture. Talonnant ma tante, je m'installai sur la banquette arrière de la Dodge noir chromé. Mon téléphone vibra au même moment. C'était Stacey qui m'envoyait un texto :

Bonne chance ! Où est-ce qu'ils t'emmènent ?

Je ne m'étais même pas renseignée sur la destination, tant cela m'était égal.

–Heu… Au fait, où allons-nous ? m'enquis-je tandis que mon père démarrait.

–Au centre commercial. Nous dînerons au Cheesecake Factory, ton restaurant préféré, répondit ma tante en m'adressant un clin d'œil depuis le siège passager. Puis, nous irons magasiner.

Je m'efforçai de paraître enthousiaste, et attendis que tante Éva se retourne pour répondre :

À la Galleria faire du shopping. GÉNIAL !!! Ça promet…

Cela ne ressemblait pas du tout à ma tante de courir les boutiques. Sa garde-robe n'avait pas changé depuis une éternité. Elle se composait uniquement de longues robes et de chapeaux aux couleurs sombres, datant du siècle dernier. Elle redoublait d'efforts pour que mon père et moi passions du temps ensemble, voulant à tout prix nous rapprocher et nous aider à retrouver la complicité que nous avions eue tous les deux… avant. Qu'est-ce qu'elle croyait au juste ? Rien ne serait jamais plus comme avant. Je n'étais plus la même. Il fallait qu'ils apprennent à l'accepter.

Le dîner se passa mieux que prévu. Tante Éva évoqua des souvenirs d'enfance et réussit à faire rire mon père, phénomène rarissime ces temps-ci. Tout en dégustant mes plats préférés, je me surpris à participer à la discussion, allant même jusqu'à apprécier ce moment.

Nous commencions à nous balader dans le centre lorsque mon téléphone vibra de nouveau :

Surprise à ta droite.

Je ralentis et me courbai pour regarder. Toute la bande était attablée au Pinkberry devant d'énormes crèmes glacées et me faisait de grands signes.

– Senna, tu viens ? m'interpella mon père qui s'était arrêté un peu plus loin, alors que Stacey accourait déjà dans ma direction.

– Bonjour, monsieur Tanner, bonjour madame… heu la tante de Senna, s'exclama mon amie en arrivant à leur niveau. Quelle coïncidence, Senna, on parlait justement de toi ! Avec la bande, nous avons décidé de réviser les maths tout à l'heure ; tu te joins à nous ?

– Heu…

Je considérai tour à tour mon père et ma tante, ne sachant que répondre. Stacey avait bien préparé son coup.

Les sourcils froncés, mon père la dévisageait, contenant au mieux son irritation. Il n'avait jamais apprécié Stacey, ni les autres d'ailleurs, qui selon lui avaient une mauvaise influence sur moi. Il faut avouer qu'avec sa chevelure rose bonbon, ma copine n'inspirait pas confiance. J'eus l'impression à cet instant précis qu'il allait lui sauter au cou et l'étrangler. Quant à ma tante, son regard glissait de mon père à moi avec inquiétude. Puis, comme si elle-même avait perçu le danger, elle prit les devants et répondit :

– Oui, c'est une bonne idée. Va rejoindre tes amis. C'est bien ce que tu devais faire en rentrant, non ? RÉ-VI-SER ?

Elle avait appuyé sur le dernier mot et me fixait avec insistance.

– Bien sûr.

– Bon ! Eh bien, ne rentre pas trop tard ! ajouta-t-elle tout en tirant mon père par le bras.

Celui-ci la suivit, mais avait du mal à détacher son attention de Stacey. Je savais qu'il bouillait de l'intérieur. S'il ne s'était pas retenu, il aurait carrément explosé ici, en plein centre commercial.

– Aïe… Il n'a pas l'air *cool* ton paternel ! grimaça mon amie… Même s'il est canon.

Il est vrai que mon père était un très bel homme. Mis à part ses quelques mèches grises, personne ne pouvait deviner son âge.

–Alors t'as vu… j'ai réussi à te sortir d'affaire. Géniale, l'excuse des révisions, hein ? Je suis trop forte !

–Aahhh, quand tu as quelque chose en tête toi…, soupirai-je à la fois dépitée et soulagée.

J'étais heureuse de retrouver mes amis, mais mon père était une bombe à retardement, et je redoutais ce que j'allais devoir affronter en rentrant.

Après avoir discuté et fait quelques magasins, Stacey proposa de continuer la soirée chez elle. Ses parents étaient absents pour toute la semaine, alors elle voulait en profiter. Une fois dans le stationnement, le groupe se divisa. Je n'avais pas d'autre choix que de monter en voiture avec Jake.

Il pleuvait des cordes. Mal à l'aise, je faisais mine de m'intéresser au paysage durant le trajet. En général, j'évitais à tout prix d'être seule avec lui, de façon à échapper aux rapprochements ou discussions plus intimes. Cela faisait quatre mois que nous sortions ensemble et je craignais qu'il en attende plus de moi. Je ne pouvais pas, je ne voulais pas. Sortir avec Jake avait été un moyen de m'intégrer dans le groupe, mais je ne voyais pas en lui le petit ami idéal. Loin de là.

Je montai le son de la radio à fond et chantai jusqu'à notre arrivée chez Stacey.

–Bienvenue dans mon humble demeure, fit notre hôtesse avec un élégant geste de la main. Voulez-vous visiter ?

– Volontiers, très chère ! répondis-je en imitant son accent.

La maison de Stacey était immense et très moderne. Il y avait une piscine, un Jacuzzi, une salle de billard, six chambres et autant de salles de bain. Beaucoup d'espace pour bien peu de monde : Stacey était fille unique et ses parents étaient souvent en déplacement.

Comme le temps ne se prêtait pas au bain (à mon grand soulagement), Stacey nous réunit dans le salon. Elle posa sur la table des bières, des bonbons et des *chips* et proposa une partie d'*Action ou Vérité*. Je savais très bien ce qu'elle cherchait à faire : se rapprocher de Ruben. Celui qui refusait de répondre aux questions de vérité ou bien d'agir comme le lui prescrivait l'ordonnateur avait comme gage d'avaler d'un coup toute une cannette de bière.

Je râlai, refusant de me prêter à ce jeu que je n'appréciais guère, mais Stacey me fit son air de chien battu. Elle comptait sur moi pour l'aider à créer un contact avec son amoureux. Après dix bonnes minutes de supplications, je cédai et acceptai d'ouvrir la partie en tant qu'ordonnatrice. Alors que je réfléchissais au choix de ma victime, mon amie me fit comprendre par des signes discrets que c'était elle qu'il fallait désigner. Je lui ordonnai d'embrasser Ruben.

Stacey simula la surprise et l'hésitation alors qu'elle n'attendait que ça. Je me retins de rire. Puis ce fut au tour de Ruben de désigner quelqu'un. Son choix se porta sur Mégane, qui dut raconter le moment le plus humiliant de sa vie. Cela fait, Meg devint l'ordonnatrice et là, les choses se compliquèrent. Comme je m'y attendais, c'est moi qu'elle désigna pour relever son défi, ravie de la situation. C'était l'occasion rêvée pour elle de m'humilier. Je m'arrangeai pour faire comprendre à Stacey à quel point je lui en voulais. Par sa faute, je me retrouvais prise dans les filets de Meg. L'option « vérité » me sembla en premier lieu être la meilleure solution, mais je déchantai vite.

Après quelques secondes de réflexion, la jeune fille me demanda avec arrogance :

– As-tu déjà été plus loin avec Jake ? Je veux dire… plus loin que de simples câlins ?

Désemparée, j'examinai tour à tour mes camarades. La méchanceté de Mégane n'avait-elle pas de limites ? Je refusai de répondre à la question et fus obligée d'accepter le gage. Je vidai la cannette de bière que m'offraient mes amis, mais le désastre ne faisait que commencer. Le tour de Steve arriva rapidement. Il me choisit comme cible et me posa une deuxième question qui fut tout aussi déroutante. Quelques minutes plus tard, vinrent une troisième, puis une quatrième question… Mon manque de coopération me conduisit à engloutir en tout quatre cannettes entières. C'était la raison pour laquelle je détestais ce jeu ; je savais que tôt ou tard j'allais regretter d'y avoir joué et me retrouverais dans l'embarras.

Prise de vertiges, je m'excusai pour aller aux toilettes. N'ayant pas très bien compris les indications de Stacey, je me retrouvai dans une chambre. Épuisée, je m'affalai sur le lit. Qu'avais-je fait à l'univers pour me retrouver dans une pareille situation ?

Au bout de quelques minutes, quelqu'un frappa à la porte. C'était Jake.

–Je l'ai trouvée ! cria-t-il avant de refermer derrière lui. Ça va, bébé ?

–Hmm…

–Ne t'en fais pas, ça va passer. Tu te sentiras mieux tout à l'heure. Ferme juste les yeux.

Il s'allongea à mes côtés et commença à m'embrasser.

–Je ne me sens pas bien…, dis-je, lasse et agacée.

–T'inquiète pas, je vais m'occuper de toi, me répondit-il tout en me caressant le bras.

–Jake, arrête…

Ne prêtant pas attention à mes plaintes, Jake se fit de plus en plus pressant. Ses caresses devinrent plus intimes. Il glissa sa main sous mon tee-shirt, puis entreprit de détacher mon soutien-gorge. Je me redressai brusquement. C'est alors qu'il heurta mon dos avec ses doigts, me faisant crier de douleur. Mais il continuait de plus belle, prêt à tout pour arriver à ses fins. Lorsque je compris ce qu'il était en train de faire, la panique fit place à un sentiment de colère. Une colère violente, telle que je n'en avais jamais ressenti auparavant, une grande force aussi. Je saisis son visage pour l'obliger à me regarder en face.

– J'-a-i-d-i-t-n-o-n, articulai-je d'une voix menaçante, et le geste partit tout seul.

Je ne compris pas tout de suite ce qui se passait. Ce n'est que lorsque je vis le visage ensanglanté de Jake que la peur m'envahit. Il avait les yeux écarquillés d'effroi, me dévisageant comme s'il ne me reconnaissait plus… Qu'est-ce que j'avais fait ? Mes doigts et mes ongles étaient couverts de sang. Tout mon corps tremblait.

– Tu es folle ? Ça va pas, non ? éructa-t-il en se touchant la partie droite du visage, striée de trois belles entailles.

– Que s'est-il passé ? s'écria Stacey, qui entra en trombe dans la chambre, suivie du reste de la bande.

– Il… Il a voulu…

Elle ne me laissa pas le temps de finir ma phrase et bondit sur Jake.

– Crétin, sors de chez moi TOUT DE SUITE ! hurla-t-elle, alors que Mégane tentait au mieux de la retenir.

Steve et Ruben escortèrent Jake vers la sortie.

Tous deux avaient l'air horrifiés devant l'état du visage de leur copain et évitaient de croiser mon regard.

Alors que Stacey faisait son possible pour me calmer, Jake se tourna une dernière fois vers moi et marmonna :

– Mais qui es-tu ? Espèce de monstre…

Chapitre 5

Ce fut le bruit fracassant de l'orage qui me réveilla. J'avais apparemment réussi à m'endormir, lorsque mes yeux en manque de larmes avaient fini par renoncer. Le temps paraissait refléter mon état d'esprit. La pluie battait à ma fenêtre. Le vent soufflait, alors que l'orage grondait comme la rage que je ressentais au fond de moi, et que je n'en pouvais plus de dissimuler.

Quelle heure était-il ? Je n'en savais rien, mais sûrement assez tard pour avoir une fois de plus raté les cours, et par la même occasion le fameux contrôle de mathématiques. La soirée avait été une horreur, mais cette journée serait encore pire. Comment allais-je faire face à tout ça ? J'essayai de me redresser, mais mon crâne sembla sur le point d'exploser.

Rassemblant toute ma volonté, je réussis à me tourner et à tendre le bras vers mon flacon de pilules. Un coup d'œil à mon réveil me confirma que j'allais passer un sale quart d'heure. Qu'avais-je fait pour mériter ça ? J'avais déjà tout gâché hier soir. Mes amis ne voudraient sûrement plus jamais me voir, et comme si cela ne suffisait pas, j'allais maintenant devoir affronter aussi la fureur de mon père.

Stacey était restée à mes côtés après « l'accident » et m'avait raccompagnée chez moi, mais je sentais que quelque chose avait changé. Elle ne me considérerait plus de la même façon désormais. Comme l'avait dit Jake, j'étais un monstre. Je faisais du mal à tous ceux qui m'entouraient, et je l'avais prouvé encore hier soir. Le souvenir de ce qui s'était passé était si flou que j'avais du mal à discerner la réalité du rêve. Je me rappelais juste cette curieuse sensation qui avait grandi en moi, un mélange de colère et de puissance, dont l'évocation m'effrayait encore. Qu'est-ce qui m'était arrivé au juste ? Jusqu'où aurais-je été capable d'aller ?

Les larmes menaçaient de reprendre le dessus. Au terme d'un ultime effort, je réussis à me lever et me dirigeai vers la fenêtre. La voiture de mon père était garée dans l'allée. Les choses se compliquaient ! Il n'était pas allé travailler aujourd'hui et devait brûler d'impatience de me faire payer mes incartades. J'avais manqué à ma promesse et trahi sa confiance.

Il fallait réfléchir, et vite. Je devais à tout prix limiter les dégâts ! Un coup d'œil dans le miroir suffit à me décourager. Mes yeux étaient gonflés et j'avais un teint cadavérique. Mon père ne devait surtout pas me voir ainsi. Il devinerait tout de suite que j'avais bu et qu'il s'était passé quelque chose hier soir. Les mains sur la tête, je me mis à tourner comme un ours en cage, en quête d'une solution. Si seulement… Mais oui, la fiole miracle de tante Éva ! Il y en avait toute une réserve dans le bureau de maman au bout du couloir.

Le problème n'était pas résolu pour autant. Je n'avais pas mis les pieds dans cette pièce depuis si longtemps. Elle était chargée de souvenirs, des affaires de maman, de son odeur…

Il fallait me faire une raison, il n'y avait pas d'autre choix. Je me déshabillai et décidai de prendre une longue douche froide. Tandis que l'eau purificatrice et apaisante coulait sur mon visage, je réfléchis à une excuse valable, une explication au manquement à ma promesse. Cela fait, j'enfilai un survêtement et mis une tonne de poudre sur mon visage pour cacher au mieux les effets de la nuit. Il ne restait plus qu'à récupérer discrètement une fiole, et le tour était joué !

En sortant de ma chambre sur la pointe des pieds, je manquai de trébucher sur Mystique.

– Chut ! chuchotai-je alors qu'elle s'apprêtait à miauler.

Elle avait été mon seul réconfort durant la nuit. J'attendis qu'elle dégage le chemin, et continuai ma progression en retenant mon souffle. Il fallait maintenant passer devant la chambre de mon père. *Pourvu qu'il n'y soit pas !* La voie était libre. J'apercevais déjà la porte de l'autre côté du couloir, mais le plus difficile serait de traverser la mezzanine qui reliait les deux extrémités de la maison. Si mon père se trouvait dans le salon, il m'apercevrait forcément. Mais il fallait tenter le coup. Je n'avais plus rien à perdre.

Longeant le mur, je jetai un œil en contrebas. Le salon semblait vide. Il fallait me dépêcher. Je dépassai l'escalier, mais des doutes m'assaillirent au fur et à mesure que je m'avançai vers la porte. Elle était tellement proche tout à coup, et les souvenirs de maman aussi. Je m'arrêtai à quelques mètres, immobilisée par un vertige. Je ne pouvais pas faire un pas de plus. C'était trop dur !

– Que fais-tu ? entendis-je dans mon dos.

Je sursautai si brusquement que je dus m'accrocher à la rambarde pour ne pas tomber. Mon père était debout, immobile à l'entrée de sa chambre, les bras croisés.

– Tu comptes trouver quoi là-dedans ?

Mon père n'entrait plus jamais dans cette pièce lui non plus, et il connaissait ma réticence. Me voir là était tout sauf normal.

– Rien… Je te cherchais.

– Hum, tant mieux, car nous avons à parler, toi et moi, affirma-t-il sèchement en se dirigeant vers son bureau.

Je respirai un bon coup et le suivis. Le plus dur était à venir !

La salle était très grande, sobre et bien rangée, contrairement à l'atelier de ma mère. Mon père s'installa derrière sa grande table de travail en bois verni et ajusta ses lunettes.

– Assieds-toi, me dit-il en m'indiquant un siège en face de lui.

Je m'exécutai, tâchant par tous les moyens de dissimuler ma gêne. Je m'en voulais de le décevoir chaque fois qu'il m'accordait une chance. Je me sentais minable.

– Papa, je…

– Arrête ! gronda-t-il. Ne te fatigue pas. Je n'attends plus d'explications de ta part, ça suffit. Il est temps de prendre de nouvelles mesures. Nous sommes tous les deux fatigués de cette situation, ça ne peut plus durer.

Mon père s'interrompit pour tousser. Je n'osais piper mot. Il fallait juste attendre la sentence et en finir.

– Il y a un mois environ, j'ai contacté une école privée en Alaska, un pensionnat, plus précisément. L'année est déjà bien entamée, mais je connais la directrice, et elle a accepté de te recevoir. Normalement, ton départ était prévu pour le mois prochain, mais…

– Mon quoi ?

– Tu as très bien compris.

– Non mais, ce n'est pas possible…, je ne veux pas. C'est une plaisanterie ?

Mon père, qui me fixait gravement, se contenta de hocher la tête. Une grande angoisse m'envahit. Ça ne pouvait pas être vrai…

– Papa, non, tu ne peux pas faire ça… Je ferai tout ce que tu voudras ! suppliai-je, oubliant toute dignité. Je te promets de faire des efforts…, de ne plus recommencer.

– C'est trop tard ! D'ailleurs, tu t'en vas demain. J'ai fait avancer la date.

– Quoi ? Mais comment peux-tu faire ça ? Tu cherches à te débarrasser de moi, hein ? C'est plus facile comme ça ? explosai-je, en larmes.

– C'est compliqué ! répondit-il, la tête baissée.

– Compliqué, tu dis ? Tu n'as qu'à m'expliquer… Je sais que vous me cachez des choses, toi et tante Éva. Toi aussi, tu me prends pour un monstre, c'est ça ?

– Qu'est-ce que tu racontes ?

– Qu'est-ce qui m'arrive, papa ? sanglotai-je, à bout de forces.

J'attendis quelques secondes, mais il ne daigna même pas me regarder. Devant son mutisme, ma colère redoubla. D'un geste, je balayai tout ce qui se trouvait sur le bureau et sortis de la pièce, en trombe. Puis, dévalant les escaliers, je heurtai Olivia, qui manqua de tomber.

– Mademoiselle ? J'ai préparé des gaufres… Vous…

Je ne lui laissai pas le temps de finir et courus vers la sortie.

– Où vas-tu ? s'écria mon père depuis l'étage. Senna, c'est dangereux de sortir par ce temps…

Mais je n'étais déjà plus là. Malgré la pluie, je me ruai jusqu'à l'écurie. Je ne pris même pas le temps de seller Feu de joie avant de m'élancer avec elle en dehors du domaine. Il fallait à tout prix que je quitte cet endroit. J'avais l'impression de tout perdre d'un seul coup : mes parents, mes amis, mon école…

Les paroles empoisonnées de Jake me revinrent en mémoire : « Mais qui es-tu ? Espèce de monstre ! » Qui j'étais ? Je ne le savais pas moi-même, je ne le savais plus, je ne me reconnaissais pas… Il était normal que personne ne veuille de moi.

Mes larmes se confondaient avec la pluie, mais je continuai à galoper, filant dans la prairie, guidée par la tristesse et l'irritation. Subitement, j'eus la certitude d'être suivie. Je jetai un œil par-dessus mon épaule, et distinguai un grand voile noir menaçant qui flottait au-dessus de moi : le même que celui que j'avais aperçu au lac. Croyant avoir une hallucination, je ralentis et me frottai les yeux. Le temps de les rouvrir, le voile avait disparu.

– Stop ! ordonnai-je à Feu de joie.

En plus d'être pitoyable, étais-je dingue ? Je m'efforçai de retrouver mon calme et une respiration régulière. Il se passait trop de choses étranges autour de moi. Si seulement j'avais quelqu'un à qui me confier, qui puisse me comprendre… Une seule personne correspondait à cette description.

Il pleuvait encore lorsque j'arrivai près de sa tombe, mais celle-ci était protégée par les grands arbres qui l'abritaient. Après avoir attaché la bride de Feu de joie autour d'un tronc, je m'approchai de la sépulture. Maman ! Elle était la seule à qui je pouvais tout raconter sans crainte d'être jugée. Elle avait été enterrée ici, sur notre domaine, à l'écart du monde, comme elle l'avait toujours souhaité. Je m'effondrai à côté de la grande statue d'ange aux ailes immenses qui surplombait la pierre tombale, et confessai tout ce que j'avais sur le cœur. Allongée, je laissai les quelques gouttes qui réussissaient à se frayer un passage entre les feuilles me caresser le visage. Je me sentais en sécurité ici, auprès d'elle. Soulagée de lui avoir dévoilé tous mes secrets, je m'endormis là, à même le sol.

Lorsque je me réveillai, mes habits et mes cheveux avaient un peu séché. En dépit du fait que j'étais frigorifiée, j'avais l'impression d'être plus légère, d'avoir l'esprit plus clair. Libérée d'un énorme poids, je me sentis prête à rentrer à la maison pour affronter de nouveau mon père.

Je ne pouvais lui en vouloir d'avoir pris cette décision. Tout était de ma faute, après tout. Et puis, vu comment les choses avaient dégénéré, que ce soit avec la bande ou tout simplement à l'école, partir n'était peut-être pas une si mauvaise idée. De toute façon, je n'avais pas le choix, alors il fallait que j'accepte ce départ. Ce serait un bon moyen de me racheter, de m'excuser pour mon comportement, de montrer à mon père que j'étais capable de faire des efforts. Et, si tout se passait bien, peut-être pourrais-je revenir rapidement à la maison…

Mon estomac commençait à se crisper, car je n'avais rien avalé de toute la journée. Après avoir caressé mon cheval pour le remercier de sa coopération, nous repartîmes au trot vers la maison.

– Tu vas drôlement me manquer, toi, tu sais…, murmurai-je à Feu de joie, lorsque nous fûmes de retour à l'écurie. Mais je reviendrai vite, c'est promis.

Je lui tendis trois grosses pommes et embrassai son museau avant de ressortir.

– Olivia, ta proposition tient toujours ? Je meurs d'envie de dévorer quelques gaufres, m'écriai-je, depuis le salon.

– Mademoiselle ? fit-elle, étonnée de me voir en sortant de la cuisine. Oh oui, bien sûr, avec plaisir…

–Je monte me changer et je reviens, dis-je en lui souriant, malgré mon état pitoyable.

Elle parut surprise de mon attitude, et resta immobile à m'observer jusqu'à ce que je disparaisse de son champ de vision.

La perspective de mon départ me rendait étrangement nostalgique. L'annonce de mon exil avait été soudaine, presque brutale. C'était comme si je me rendais compte subitement de la chance que j'avais d'habiter dans cette magnifique maison et d'être entourée. Ma vie ne me paraissait plus si terrible. J'avais envie de profiter de mes derniers instants ici, avec ceux que j'aimais. Cela faisait longtemps que je n'avais pas passé un peu de temps avec Olivia. De retour à la cuisine, je l'invitai à table avec moi et nous ingurgitâmes à nous deux une bonne douzaine de crêpes et de gaufres. C'était maman qui avait appris à Olivia à faire les crêpes *à la française.* Nous passâmes un agréable moment toutes les deux à parler et à rire. Comme autrefois.

Avant de remonter dans ma chambre, je la serrai dans mes bras, geste qui la laissa sans voix. Je n'avais pas été très démonstrative ces derniers mois. Olivia aussi allait me manquer, et je tenais à le lui faire savoir.

J'étais consciente qu'il fallait que je change d'attitude et que je prouve à mon père qu'il pouvait à nouveau avoir confiance en moi pour que les choses s'améliorent. Mes affaires triées et rassemblées, je bouclais mes bagages au moment où des pneus crissèrent sur le gravier. Mon père était de retour. Cinq minutes plus tard, il frappa à ma porte.

–Je vois que tu as déjà fait tes valises, dit-il, ébahi et enchanté à la fois.

–Je ne suis pas une si mauvaise fille, tout compte fait…, répondis-je en m'asseyant sur le bord de mon lit pour lui faire face.

–Je n'ai jamais dit ça…

–Je sais, le coupai-je avec douceur.

Il parut stupéfait de mon comportement. Je crus même lire de l'émoi sur son visage. Après m'avoir adressé un sourire discret, il tourna les talons.

–Senna…, ajouta-t-il, sur le pas de la porte, sans se retourner. Sache que tout ce que j'entreprends ou décide, c'est pour toi que je le fais.

Je sais, papa! avais-je envie de lui répondre, mais je n'en fis rien. Il était déjà parti.

Le ventre encore plein des gaufres d'Olivia, je refusai gentiment de descendre souper. J'avais autre chose en tête. Mon cellulaire affichait au moins dix appels manqués. Il fallait que je contacte Stacey pour lui dire au revoir.

Elle décrocha à la première sonnerie.

– Enfin tu m'appelles ! Comment te sens-tu ? demanda mon amie avec douceur. Tu n'es pas venue en cours aujourd'hui ? On s'est fait du souci pour toi…

– TU t'es fait du souci pour moi tu veux dire, répliquai-je, en m'allongeant sur mon lit. Les autres n'ont sûrement pas envie de me voir après ce que j'ai fait.

– Mais non, dis pas ça. Ils sont juste… un peu choqués, c'est tout. C'est encore récent, ça leur passera.

– Et Jake ?

– Tu l'as drôlement amoché, dis donc. Mais il l'a bien mérité, cet idiot. En plus, il en rajoute une tonne, pff…

– Comment ça ?

– Eh bien, il raconte des trucs louches… Que tu avais changé d'un seul coup et que tes yeux étaient devenus bizarroïdes, inhumains, comme ceux d'un animal… Il hallucine, celui-là ! En fait, je crois qu'il a *flippé*. L'alcool vous était bien monté à la tête, tous les deux… C'est sûrement des effets secondaires, ou quelque chose du genre. Mais t'inquiète pas, tout le monde le prend pour un fêlé.

– Hum… De toute façon, tu peux le rassurer, il ne me reverra pas de sitôt. Je pars demain pour l'Alaska. Mon père a pris des *mesures exceptionnelles* pour me punir d'avoir encore désobéi.

– Tu quoi ? Pour quoi ? s'exclama-t-elle, horrifiée.

– Tu as bien entendu. Pas le choix. De toute façon, ça me permettra de prendre un peu mes distances après cette histoire.

Il y eut un blanc. Il fallait quelques minutes à Stacey pour assimiler l'information qui lui tombait dessus d'un coup.

– Mais, essaie de le convaincre… Il n'y a pas un truc que tu puisses faire ? Genre, la corvée de vaisselle pendant l'éternité, je ne sais pas, moi…

Sa réaction m'arracha un sourire. Il n'y avait que Stacey pour me sortir des trucs pareils.

– Non. C'est trop tard, tout est de ma faute de toute façon.

Un nouveau silence s'installa.

– Tu vas trop me manquer…, articula-t-elle avec tristesse. Qu'est-ce que je vais faire sans toi, moi ?

– Toi aussi, tu vas me manquer ! Mais rassure-toi, je ferai tout pour rentrer très vite, quitte à me transformer en Mère Teresa.

– Et Jake, tu vas l'appeler pour le lui dire ?

– Non.

– Pourquoi ? Il lui faut juste un peu de temps, mais il va vite oublier, tu verras…

– Peut être…, dis-je, peu convaincue, mais je ne peux pas l'appeler pour l'instant.

– Très bien… Bon… Eh bien, n'oublie pas d'appeler ta vieille copine de temps en temps !

– C'est promis.

Nous restâmes au moins deux heures au téléphone avant de raccrocher. Mon départ attristait un peu ma nouvelle amie. Cela me faisait drôle d'être assise sagement dans ma chambre. Je me préparais à me mettre au lit avec un bouquin, lorsqu'un miaulement plaintif se fit entendre près de la fenêtre.

– Mystique… Où étais-tu encore ?

Je me blottis sous la couette, mon chat ronronnant dans mes bras.

– Mes nuits deviendront bien tristes sans toi, ma petite râleuse…, soufflai-je tout en la caressant.

Nous nous endormîmes l'une contre l'autre, profitant de ce dernier moment ensemble.

Ce fut mon père qui me réveilla, le lendemain. L'heure fatidique approchait. J'étais stressée, persuadée que toutes mes bonnes résolutions allaient voler en éclat. Je pris mon temps pour me préparer et serrai une dernière fois mon chat dans mes bras avant de descendre.

Olivia et mon père m'attendaient dans le salon. La table regorgeait de plats différents. Il y avait des œufs, du bacon, des fruits, des crêpes et plein d'autres mets délicieux. Ce déjeuner aurait été parfait s'il n'avait pas manqué quelqu'un.

– Où est tante Éva ? demandai-je avec inquiétude en m'installant derrière mon assiette.

– Oh, elle ne pourra pas être présente…, expliqua mon père, un peu gêné. Elle a appelé tôt ce matin, mais n'a pas voulu te réveiller, alors…

– Quoi ? Je pars aujourd'hui pour l'autre bout du monde et elle ne daigne même pas me dire au revoir ?

– Elle est vraiment désolée…

– Tu parles ! marmonnai-je.

J'attrapai ma fourchette et remplis mon assiette afin de ne pas vexer Olivia, qui s'était surpassée pour me faire plaisir. Mais j'avais l'appétit coupé. Ma tante avait toujours été imprévisible, mais là, elle exagérait ! Elle aurait au moins pu me rappeler, me laisser un petit message, quelque chose…

Je m'efforçai d'avaler quelques bouchées et, pour ne pas laisser éclater ma colère, préférai garder le silence durant tout le repas.

Mes adieux à Olivia faits, je me tournai une dernière fois pour contempler le domaine avant de monter en voiture. Mon père avait mis un CD de Phil Collins et fixait la route, l'air mi-préoccupé, mi-triste. Nous ne parlâmes pas beaucoup pendant le trajet, ni à l'aéroport. J'avais le ventre noué et envie de pleurer, mais je devais me montrer forte, ne rien laisser paraître, surtout devant mon père. Le but était de lui faire comprendre que j'acceptais sa décision. Je devais tenir le coup jusqu'au bout.

Il m'accompagna à la porte d'embarquement. C'était la dernière étape, le moment de nous quitter pour de bon. Je me tournai vers lui, émue.

– Bon…

Avant que j'aie pu dire quoi que ce soit, mon père m'enlaça si fort que je hoquetai sur le coup.

– Quoi qu'il arrive, je suis et serai toujours fier de toi.

Je hochai la tête, ayant de plus en plus de mal à retenir mes larmes.

– Je dois te donner quelque chose, ajouta-t-il en plongeant la main dans sa poche.

Il en sortit un bracelet tressé de couleur or, et le fixa à mon poignet. Il était fait d'une matière que je ne connaissais pas. Son contact était doux et agréable.

– Promets-moi de ne jamais, *jamais* l'enlever à partir de maintenant… C'est très important.

– Promis, réussis-je à articuler sans comprendre pourquoi mon père insistait autant.

– Bien, répondit-il d'une voix déformée par la tristesse.

Nous nous observâmes longuement pour graver nos visages dans nos mémoires. Puis il m'embrassa sur le front et essuya la larme qui coulait sur ma joue. J'avais le sentiment qu'il me cachait quelque chose, mais je ne dis rien.

– Prends bien soin de toi, surtout ! ajouta-t-il, ému.

Je me jetai une dernière fois dans ses bras. Puis, je m'avançai vers la salle d'embarquement. Cet instant était horrible. Quelque chose me tourmentait. J'avais un mauvais pressentiment. Je me retournai une dernière fois. Mon père m'encouragea à continuer et me fit un signe élégant de la main. Il était magnifique. C'était un bel homme certes, mais à ce moment précis, il avait l'air unique, extraordinaire. Je ne réussis à détourner le regard qu'au dernier moment. Ça y était. J'allais commencer une nouvelle vie, loin de Houston.

Chapitre 6

Après six longues heures de vol et une escale à Seattle, j'arrivai enfin à Sitka, petite ville située sur l'île Baranof au sud-est de l'Alaska. Je n'avais pas beaucoup dormi durant le vol malgré les pilules, tourmentée que j'étais par un millier de questions et de doutes. Normal ! J'arrivais seule dans un pays inconnu, une nouvelle école, dans ce qui serait en même temps mon nouveau foyer. Tout était allé si vite !

Alors que j'avançais à l'aveuglette, suivant les autres passagers pour ne pas me perdre, j'aperçus une femme menue qui attendait sur le côté. Elle tenait une ardoise avec mon nom inscrit dessus. Elle avait les cheveux tirés, d'énormes lunettes, et était vêtue d'un tailleur strict bleu marine. À ce moment précis, je me sentis à la fois soulagée d'être attendue et anxieuse, car l'apparence sévère de cette dame me donnait une idée de ce qui m'attendait. Alors que je m'approchai d'elle, hésitante, elle m'adressa un sourire forcé.

– Bonjour, tu dois être Senna… Bienvenue à Sitka. Le voyage n'a pas été trop long ?

Comme je haussais les épaules, elle continua :

– Je suis madame Polk de la Sofeia High School. Notre école te plaira, tu verras. Suis-moi, la fourgonnette nous attend.

Sans perdre une minute, elle me prit un bagage des mains, tourna les talons, et se dirigea vers la sortie. Une fourgonnette noire avec un logo d'épicéa collé sur la portière arrière nous attendait. Quand il nous aperçut, le chauffeur descendit de voiture. C'était un homme replet, de très petite taille. Il ne devait pas mesurer plus d'un mètre quarante. Son visage potelé lui donnait un air sympathique. Lorsqu'il récupéra mes valises, je fus surprise de la facilité avec laquelle il les souleva. Madame Polk s'installa à l'avant du véhicule et ne cessa de parler durant tout le trajet. Elle m'expliqua qu'elle était l'assistante de la directrice et me fit un compte rendu du règlement : tenue vestimentaire stricte, téléphones interdits – les appels devant être passés dans le bureau de la directrice en cas d'extrême urgence –, une journée *open* le week-end *si comportement satisfaisant,* couvre-feu à vingt-deux heures…

Je l'écoutais d'une seule oreille, préférant contempler le paysage.

Je ne m'attendais pas du tout à ça ; j'étais même agréablement surprise. Lorsque mon père m'avait annoncé qu'il m'envoyait en Alaska, je m'étais imaginée isolée, dans une école construite à l'écart de toute civilisation avec la neige pour seul horizon. Le paysage n'était que conifères et arbres au feuillage vert. À mon grand étonnement, la température, clémente, m'obligea à ôter l'énorme veste que j'avais enfilée à la hâte en descendant de l'avion.

Cet endroit semblait agréable à vivre. D'un côté, on pouvait apercevoir de majestueuses montagnes enneigées et, de l'autre, l'océan Pacifique. Nous passâmes devant des habitations rustiques mais assez jolies, puis longeâmes un port où étaient amarrés une multitude de bateaux. Ce décor familier m'ôta un énorme poids sur le cœur.

Après une vingtaine de minutes, la fourgonnette emprunta un petit chemin caillouteux. Tout au bout se dressait une barrière de fer forgé. Le chauffeur descendit de la fourgonnette, le temps de taper un code sur un clavier électronique, et regagna son siège. Deux caméras étaient installées de chaque côté de la barrière.

– Nous y voilà, annonça madame Polk tandis que les vantaux du portail s'ouvraient.

Nous pénétrâmes dans un large domaine à la pelouse bien taillée. À ma gauche se dressait une immense bâtisse dont le style s'apparentait à celui d'un château. Les murs latéraux étaient couverts de plantes grimpantes et de petits buissons fleuris en faisaient le tour. À ma droite, il y avait un lac si grand que je n'en apercevais même pas l'autre extrémité. Plusieurs types d'embarcation y étaient amarrés. Un peu plus loin, de grands arbres feuillus formaient un boisé dense.

Des étudiants éparpillés un peu partout vaquaient à leurs occupations. Ils étaient tous habillés de la même façon : jupe, jean ou pantalon noir et tee-shirt ou chemise blanche. Ce devait être la tenue exigée par l'école.

Lorsque nous nous arrêtâmes au niveau de l'entrée principale du bâtiment, tout le monde cessa ce qu'il était en train de faire et se tourna vers le véhicule, attendant de découvrir la nouvelle élève. L'insistance de leurs regards me rendit anxieuse. Super ! J'étais celle qui attirerait l'attention durant toute la semaine… Je tentai d'arranger mes cheveux, qui venaient de subir un voyage de plusieurs heures, et les ramenai un peu sur mon visage.

Alors que le chauffeur était occupé à décharger le coffre, madame Polk ouvrit ma portière et m'invita à descendre. Je saisis ma veste et m'exécutai, la tête basse. Elle demanda aux élèves curieux qui se rapprochaient trop de s'écarter et s'engagea à l'intérieur de l'institution.

Je la suivis de près, passant devant un groupe d'étudiants qui chuchotaient, intrigués.

La porte d'entrée s'ouvrit sur un immense couloir avec des casiers de chaque côté. Madame Polk marchait d'un pas assuré. Troublée, j'évitais au mieux de croiser les regards indiscrets autour de moi. Les garçons me reluquaient comme une bête de foire, tandis que les filles papotaient, heureuses d'avoir un nouveau sujet de conversation. Nous longeâmes quelques salles de classe. Madame Polk s'arrêta devant une porte sur laquelle était apposée une plaque métallique gravée au nom de « S. Stephens ». Elle frappa doucement et me fit signe de l'attendre là.

Lorsqu'elle disparut, me laissant affronter seule cette foule, je risquai un œil autour de moi. L'école, malgré sa façade rustique, était aménagée de façon assez moderne, avec des carreaux luisants, imitation marbre, et il y avait un immense escalier en bois verni tout au fond du couloir. Juste à côté, un groupe de filles me détaillaient, l'air hautain et méprisant. L'une d'entre elles, sûrement la meneuse, dit quelque chose à l'intention de ses copines, qui éclatèrent d'un rire moqueur. Qu'est-ce qu'elle avait bien pu leur raconter ? Était-ce ma façon de m'habiller qui les rendait hilares ? À peine arrivée, j'avais déjà des ennemies. Je connaissais bien ce genre de filles qui faisaient tout pour se faire remarquer. J'avais même tenté d'être comme elles, dans mon ancien lycée. Je ne pus m'empêcher de baisser la tête pour vérifier. Ma tenue jurait avec l'uniforme de l'école. Je portais un jean moulant bleu marine troué au niveau des genoux, un décolleté assez plongeant et des bottines à talons, sans parler de mon maquillage foncé autour des yeux.

Alors que je relevai la tête une nouvelle fois vers le groupe de bêcheuses, je remarquai un garçon à leurs côtés. Étrangement seul parmi toutes ces filles. Adossé au mur, il mâchouillait nonchalamment quelque chose qui ressemblait à un bâtonnet de sucette, tout en discutant avec une élève dont les traits fins et la peau mate trahissaient des origines indiennes, malgré sa décoloration capillaire plus que discutable. Il était grand et fin, mais ce furent ses yeux que je remarquai en premier : d'un gris sombre et profond. Ses cheveux étaient bruns, courts et quelques mèches rebelles lui tombaient sur le front. Ses traits durs et creusés lui donnaient un air de mauvais garçon, de ceux qui attirent indubitablement les ennuis. Une cicatrice prenait naissance au creux de son sourcil droit et dessinait une courbe jusqu'au milieu de sa joue.

Il se tourna soudain dans ma direction et me fixa, la tête inclinée, l'air étonné, voire méfiant. *Quelle idiote !* J'avais attiré son attention sur moi. Je n'aurais jamais dû l'examiner de cette façon.

Son attitude était quelque peu déconcertante. Intrigué, il se mit à m'observer tel un félin scrutant sa proie. Ce garçon dégageait quelque chose d'hostile, peut-être même de dangereux… C'était indéfinissable. Il me regardait, l'air de dire : « C'est quoi son problème à celle-là ? »

Déconcertée, je détournai vite la tête. Pourquoi étais-je mal à l'aise ? Je me sentis stupide de réagir ainsi, cela ne me ressemblait pas du tout.

Ne prêtant plus aucun intérêt à ses interlocutrices, il se redressa et s'avança dans ma direction, une expression froide et menaçante sur le visage. Venait-il me demander des comptes ? Avait-il pris mon attitude pour de la provocation ? Au même moment, madame Polk sortit du bureau.

Je me tournai vers elle, afin d'échapper au jeune homme et de feindre le désintérêt à son égard. Qu'elle se dépêche ! Je ne voulais pas me retrouver dans une situation embarrassante dès le premier jour, et je n'avais aucune envie de me justifier auprès d'un garçon que je ne connaissais même pas. Mais la femme n'avait pas refermé la porte et me tournait le dos, toujours en pleine conversation.

Pourvu qu'il ne m'adresse pas la parole…, espérai-je en le sentant se rapprocher.

Je triturais nerveusement mon bracelet.

– Mademoiselle ? entendis-je, alors que le garçon arrivait à mon niveau.

Il passa tout près de moi. Si près que nos bras se frôlèrent. Il tourna la tête, et j'aurais juré qu'il avait reniflé mes cheveux. Mais heureusement, il passa son chemin.

Je continuai à l'observer tandis qu'il se dirigeait vers la sortie d'une démarche fluide, presque féline. Même de dos, il se dégageait de lui une sorte d'élégance inhumaine.

– Mademoiselle ? répéta madame Polk en m'incitant à entrer dans le bureau.

– Oh oui, excusez-moi…, répondis-je, penaude, en acceptant son invitation.

– Je vais superviser l'inspection de vos sacs pendant votre entrevue avec la directrice, ajouta-t-elle sur le seuil. C'est la procédure.

Elle m'adressa un sourire dénué de sympathie puis referma la porte derrière moi. J'étais un peu inquiète : comment allait réagir madame Polk en découvrant la multitude de médicaments que j'avais emportés avec moi ? Mais que pouvais-je faire ? Je n'avais pas le choix, de toute façon.

– Bienvenue à Sofeia, Senna ! annonça une voix douce et chaleureuse.

Au fond de la pièce, une jeune femme aux longs cheveux blonds épais était installée derrière un bureau qui disparaissait sous des documents, dossiers et classeurs volumineux.

Elle se leva et, d'un geste gracieux, m'invita à m'asseoir en face d'elle. Je la trouvais très belle et élégante dans son tailleur pourpre. Son visage souriant reflétait une sincère gentillesse, contrairement à son assistante. Je m'étais préparée à tout sauf à ça ! Elle me faisait penser à mon père. Enfin… autrefois, avant qu'il ne devienne aussi grincheux. Elle dégageait la même assurance et semblait disposer d'un calme à toute épreuve. Comment une femme aussi charmante pouvait-elle diriger un établissement pareil ? Elle devait sûrement avoir de la poigne lorsqu'il le fallait ou alors, si elle était sévère, elle cachait bien son jeu. Je devais rester sur mes gardes.

– Ton père m'a énormément parlé de toi, me confia la directrice en ajustant sa chaise. Nous avons passé tout le secondaire ensemble, il te l'a dit ?

– Non, vous me l'apprenez.

– Ça ne me rajeunit pas, tout ça, plaisanta-t-elle en faisant mine d'arranger sa chevelure parfaite. Sinon, tu ne te sens pas trop perdue dans ce nouvel environnement ?

– Non, ça va…

– Cela me rassure. Je suppose que madame Polk t'a déjà informée du règlement intérieur de l'école. Mais si tu as besoin de précisions, n'hésite pas à m'en faire part, dit-elle tout en fouillant dans un tiroir de son bureau. Ensuite, tu auras quelques papiers à remplir. Oh ! Je suppose que tu possèdes un téléphone cellulaire ?

Je fis oui de la tête.

–Je te demanderais de me le confier s'il te plaît, ajouta-t-elle avec un sourire poli.

Je songeai un instant à négocier, mais sa main était déjà tendue dans ma direction, décidée à recevoir coûte que coûte le précieux appareil. Elle dut percevoir mon hésitation, car je compris à son expression qu'elle était décidée à ne céder à aucun caprice.

– Très bien, soupirai-je sans cacher ma déception.

Je sortis mon cellulaire de la poche de mon jean. Je pensais à Stacey, à qui je ne pourrais plus envoyer de textos. Nos conversations allaient terriblement me manquer.

La directrice mit l'objet dans une petite boîte, qu'elle rangea sans tarder dans l'une des cases qui composaient l'armoire derrière son bureau. Elle cita les règles de l'école, déjà énoncées par son assistante, mais j'écoutais à peine. Je n'arrivais pas à m'ôter de la tête la scène du couloir. Elle me tendit une feuille recensant tous les cours dispensés dans l'établissement. Je cochai à la hâte les matières optionnelles qui me paraissaient intéressantes et lui rendis le document, pressée d'en finir.

– Tu as tout compris ? s'enquit-elle en examinant la feuille.

– Heu oui, je crois…

– Très bien. Compte tenu de ton arrivée anticipée, tu n'as sûrement pas dû être informée de la tenue vestimentaire exigée par l'établissement. Si tu manques de vêtements, nous avons de quoi te dépanner.

– Je vous remercie, mais je pense que ce que j'ai apporté fera l'affaire.

– Bien. Alors je crois que nous avons fait le tour, soupira-t-elle tout en faisant glisser son stylo-plume noir entre ses doigts. Madame Polk te conduira à ta chambre. Tu es dispensée de cours pour aujourd'hui. Cela te laissera le temps de prendre tes repères et de te reposer un peu.

Sur ce, la directrice saisit le combiné du téléphone posé derrière une pile de papiers colorés. Elle composa un numéro et réclama son assistante. J'entendis vaguement quelqu'un parler, à l'autre bout du fil. Après un moment, elle me lança un bref regard, puis répondit :

– Il n'y a pas de problème, je suis au courant.

J'avais le sentiment d'être le sujet de la conversation, ou du moins que le contenu de mes sacs avait suscité quelques interrogations. Je me sentais violée dans mon intimité. Crispée, je croisai les mains sur mes genoux.

– Madame Polk arrive, me dit-elle enfin dès qu'elle eut raccroché. Tu peux l'attendre dehors.

Je la remerciai et me levai. Alors que je me dirigeais vers la porte, elle m'interpella une dernière fois :

– Senna, sache que tu peux venir me voir à la moindre difficulté.

Je hochai la tête et sortis. Madame Polk arrivait déjà à grands pas. Sans s'arrêter, elle me fit signe de la suivre. Le couloir était désert à présent. Les élèves s'étaient dispersés dehors. Elle me conduisit au deuxième et dernier étage, et m'expliqua que ce palier était réservé aux filles. Ma chambre était l'avant-dernière au bout du couloir. Elle frappa à la porte, et presque immédiatement une jeune fille de petite taille, aux cheveux châtains, vint nous ouvrir.

– Bonjour mademoiselle, voici ta nouvelle camarade de chambre, lui annonça madame Polk en la bousculant pour pénétrer dans la pièce.

– Bonjour, fit la jeune fille en redressant ses lunettes, un peu déconcertée par le manque de tact de la femme.

– Je vous laisse le soin de vous présenter, puis tu lui feras visiter l'établissement, continua madame Polk, l'air hautain, tout en examinant la chambre sans le moindre égard pour nous.

– Oui madame, répondit timidement la fille.

– Parfait.

Madame Polk se mit à tripoter quelques objets posés sur une table de chevet, semblant oublier notre présence. Alors qu'un silence gêné s'installait, elle daigna relever la tête et s'aperçut que nous l'observions, ce qui parut la décontenancer quelques secondes.

Elle reposa la boîte à musique rose bonbon qu'elle avait en main et s'éclaircit la voix.

– Bon, eh bien, je m'en vais, lança-t-elle à la hâte. Au revoir mesdemoiselles, ajouta-t-elle avant de disparaître en claquant la porte.

La jeune fille poussa un long soupir de soulagement.

– Pas commode ! commenta-t-elle en roulant des yeux.

– J'ai remarqué. Elle est tout le temps comme ça ?

– Oui, dans ses bons jours. Au fait… moi, c'est Jessie. Bienvenue dans notre petit palais ! fit-elle en tournant sur elle-même, les bras écartés, pour me présenter notre logement. Il est petit, mais agréable… Je suis contente de pouvoir enfin le partager avec quelqu'un.

– Moi, c'est Senna.

– Viens, ils ont déjà posé tes valises ici, me dit-elle en se dirigeant vers le lit au fond de la pièce. Fais comme chez toi !

Je la suivis et examinai la chambre de plus près. Il y avait deux lits, dont l'un était à moitié défait. L'autre se trouvait à côté de la fenêtre donnant sur le lac, ce qui m'enchanta. Deux bureaux leur faisaient face et étaient séparés par une grande étagère qui barrait le mur. Celle-ci, remplie à moitié, se composait de mangas et romans en tous genres. J'étais ravie de constater que nous avions l'amour de la littérature en commun. Chacune disposait de son armoire personnelle. La mienne était adossée au mur du fond, à côté de la fenêtre. Un grand miroir était fixé dessus.

Jessie me fit voir la salle de bain, qui était petite, mais propre et bien rangée. J'étais assez satisfaite dans l'ensemble et me sentais déjà un peu plus décontractée.

– Tu veux te reposer, ou je t'emmène faire une petite visite guidée ? proposa ma nouvelle camarade avec entrain.

– Je te suis…

J'appréciais déjà Jessie. Elle semblait sympathique et intelligente. Elle ne me détaillait pas comme les autres, et n'émit aucune remarque ou question gênante, ce qui me plut tout de suite. Elle me fit visiter le gymnase puis la cafétéria, le théâtre, le salon, pour ensuite aller près du lac, avant de revenir dans la chambre.

Je commençais à ressentir la fatigue du voyage et je n'avais même pas encore défait mes valises ni rangé mes affaires. Jessie m'adressa un sourire bienveillant.

– Bien, je vais te laisser te mettre à l'aise et te reposer un peu, dit-elle tandis que je m'affalai sur mon lit. Je dois absolument rendre ça à la bibliothèque, ajouta-t-elle en saisissant deux manuels sur son bureau, et fignoler une dissertation pour demain. Je reviens te chercher avant l'heure du souper ?

– Ce serait *cool*, oui, répondis-je en bâillant.

J'avais vraiment besoin de sommeil. J'attendis que Jessie quitte la chambre pour vérifier si mon minibagage contenant mes pilules et mes tubes de pommade ne m'avait pas été confisqué. Je fus soulagée de le trouver près de mon lit avec mes autres valises, et me ruai dessus sans attendre. Même si j'avais tenté jusqu'à présent de ne rien laisser paraître, j'avais très mal à la tête. J'avalai deux cachets, appliquai un peu de crème sur mon dos endolori qui n'avait pas reçu de soins depuis des heures, et fourrai le sac sous mon lit. Celui-ci devrait rester caché, à l'abri des regards indiscrets, tout en demeurant à portée de main.

J'attendis un peu que mes maux s'atténuent avant d'aménager mon espace. Jessie était très ordonnée, donc je me devais d'en faire autant. Je pris le temps de tout aligner, trier et classer. L'heure du souper arrivant à grands pas, je plongeai sous la douche et me préparai pour descendre. L'uniforme n'était pas de rigueur le soir, alors j'enfilai un bas de survêtement gris, un tee-shirt rose guimauve à longues manches et attachai mes cheveux. Cette fois, je ne pris pas le temps de me maquiller. Si je voulais me faire accepter des autres et me fondre dans la masse, je devais me faire discrète. Il n'était plus temps de jouer les provocatrices ni les rebelles.

Et si le type glauque du couloir était là ? me surprisje à penser, avant de me sentir stupide. Non, il ne valait mieux pas ! Sa présence me rendait nerveuse, et je n'aimais pas ça. Je craignais de le croiser, mais en même temps, je ne pouvais m'empêcher de m'interroger à son sujet. Pourvu qu'il ne me cherche pas noise !

– Je suis de retour, s'exclama Jessie en entrouvrant la porte. Prête ?

J'acquiesçai et la suivis à la cafétéria.

Il y avait pas mal de monde, et l'attention de tous se braqua sur moi dès que je mis le pied dans la salle. Jessie se plaça dans la file qui menait au buffet et me tendit un plateau en plastique bleu.

– Mmm, il y a de la lasagne ce soir ! s'exclama-t-elle, enthousiaste.

– Génial.

Je feignis de m'intéresser aux différents plats répartis sur le comptoir, de manière à tourner le dos aux élèves. Ma camarade dut remarquer mon embarras, car elle ajouta en soupirant :

– Dur d'être la nouvelle, hein ?

– Tu peux le dire ! soupirai-je.

Je choisis un plat de lasagne et remplis mon plateau de desserts, crème au chocolat, flan au coco et salade de fruits, même si je doutais de pouvoir tout avaler. Je remerciai intérieurement Jessie de sa compréhension lorsqu'elle choisit une table un peu à l'écart. Une fois installées, je jetai un œil autour de moi. La bande de nunuches de cet après-midi était présente, mais le garçon qui les avait accompagné n'était pas là. Je secouai la tête et me concentrai sur mon assiette.

– Dis donc, tu vas manger tout ça ?

– Je ne pense pas, répondis-je en haussant les épaules. J'ai choisi au hasard, mais j'adore tout ce qui est sucré.

– Ah, d'accord ! Tu es de celles qui peuvent ingurgiter n'importe quoi sans prendre un gramme…, soupira-t-elle.

Au même moment, la jolie métisse indienne du couloir fit son apparition. Elle marchait en roulant exagérément des hanches jusqu'à la table de ses amies. Suivant mon regard, Jessie se retourna.

– Je vois que tu as déjà repéré Reva…

– Oui. Et elle a l'air charmante, ironisai-je entre deux bouchées. J'étais son attraction favorite aujourd'hui.

– Ça ne m'étonne pas… On me dit souvent que je suis une solitaire, mais je préfère de loin rester seule que de traîner avec des filles telles que Reva et me coltiner les commérages d'adolescentes en manque de sensations fortes.

Sa remarque me fit rire. Au moins, nous étions d'accord sur ce point.

Je passai tout le souper à essayer de faire abstraction de Reva. Ses copines et elle avaient recommencé leur petit jeu agaçant. La métisse indienne me faisait face et ne cessait de m'observer avec un sourire fier au coin des lèvres. Mégane était une sainte à côté de cette fille. Qu'est-ce qu'elle me voulait ?

– T'en fais pas, ça leur passera vite, tenta de me rassurer Jessie, qui avait suivi la scène. Elles veulent te tester, c'est tout.

– Pourquoi ?

– Tu es nouvelle et très jolie, alors… ça fait de la concurrence. Et puis tu connais les filles entre elles ! Mais ignore-les. Dans quelques jours, elles auront trouvé une nouvelle distraction et tu ne seras plus qu'une élève comme les autres, fais-moi confiance.

Pourquoi les filles sont-elles toujours en compétition entre elles ? En attendant, j'avais perdu tout appétit. J'attendis que ma camarade eût fini, puis j'emballai mes petits gâteaux dans des serviettes en papier, et nous rejoignîmes notre chambre.

Pendant que Jessie était sous la douche, j'en profitai pour m'adonner à mon rituel médicamenteux et me glisser sous les draps.

Nous bavardâmes encore un moment avant que ma camarade n'éteigne pour de bon la lumière. Sa respiration ne tarda pas à devenir plus lente et profonde. Mais moi, j'avais du mal à trouver le sommeil. Je me sentais seule et triste, et ne pus m'empêcher de verser quelques larmes en repensant à tout ce que j'avais laissé à Houston : mon père, ma tante et mes amis me manquaient déjà, sans parler de ma jument et de mon chat qui, blotti contre moi tous les soirs, m'aidait à trouver le sommeil. Ils étaient tous si loin à présent !

Quand je me résolus enfin à fermer les yeux, le visage du garçon du couloir se dessina dans mon esprit. Bizarre ! Pourquoi pensais-je à lui tout à coup ? Physiquement, il était pas mal. Il avait du charme, mais n'était pas mon style. C'était le genre de frimeur narcissique que je détestais. Son comportement, par contre, m'intriguait. Pourquoi avait-il réagi ainsi en m'apercevant ? Avait-il eu l'intention de m'affronter ? Si oui, la présence de madame Polk à mes côtés avait dû l'en dissuader. Personne ne m'avait jamais scrutée de cette façon.

Un détail m'avait sauté aux yeux : les filles étaient agglutinées autour de lui comme des abeilles sur un pot de miel, et le dévisageaient avec admiration. Il devait être le *bad boy* inaccessible de l'école. Le cliché par excellence.

Mais moi, ce n'était pas sa beauté qui m'avait frappée…, non, c'était autre chose.

Chapitre 7

– Debout là-dedans ! s'exclama Jessie, la voix encore enrouée, en s'étirant dans son lit.

Je dus faire un gros effort pour me lever. C'était ma première journée de cours, il ne fallait pas arriver en retard. Faire mauvaise impression le premier jour : il n'y avait rien de pire pour attirer l'attention et se faire une réputation désastreuse.

Jessie me proposa de passer à la salle de bain la première. Je m'arrangeai en sortant pour dissimuler mon dos avec une serviette et ne l'ôtai que lorsque j'entendis de nouveau l'eau couler. Mon baume appliqué, je choisis une tenue décontractée : un legging noir et un pull blanc. J'avais classé mes vêtements par couleur pour gagner du temps.

Cela fait, je démêlai mes cheveux et préparai mes affaires en fonction de l'emploi du temps que la directrice m'avait transmis la veille. Jessie prête, il ne nous restait que quinze minutes pour déjeuner avant le début des cours.

J'avais la bouche encore pleine lorsque nous sortîmes de la cafétéria. Ma nouvelle amie proposa de m'accompagner jusqu'à ma salle de cours et disparut après m'avoir donné rendez-vous à la pause dîner. Je débutai avec un cours d'histoire. La professeure, une certaine madame Sophia selon ce qui était indiqué sur mon horaire de cours, n'était pas encore arrivée au moment où je m'installai. Je choisis une table au fond de la salle, près d'une fenêtre. Un garçon roux me salua poliment. Je m'efforçai de lui rendre son sourire, en espérant que celui-ci ne ressemble pas à une grimace. Il s'installa à côté de moi, puis un autre arriva et s'assit juste devant. Les deux se faisaient des signes et ne cessaient de me dévisager. Ça commençait bien !

Ils ne se calmèrent que lorsque madame Sophia arriva et les invita à rejoindre leurs places habituelles. Apparemment, personne ne partageait ma table, ce qui n'était pas pour me déplaire.

Le reste de la matinée passa très vite, et sans encombre.

Je rejoignis Jessie à l'heure du dîner. Celle-ci avait déjà récupéré des sandwichs et des bouteilles d'eau, et me proposa d'aller les manger dehors sur la pelouse.

–Alors, comment ça s'est passé, ce matin ? me demanda-t-elle en s'installant en tailleur dans l'herbe.

–Plus ou moins bien, répondis-je d'un ton las. Les cours étaient intéressants, mais j'avais du mal à me concentrer.

–C'est parce que tu viens d'arriver, tu n'as pas encore pris le rythme. Mais ne t'en fais pas, j'ai ce qu'il te faut dans la chambre ! dit-elle, l'index levé. Je ne commence jamais une journée sans vitamines.

–Volontiers ! dis-je en mordant dans mon sandwich.

Je regrettai toutefois que mon amie n'ait pas prévu de dessert ou de boisson sucrée. Les rayons du soleil n'aidaient pas ma migraine, et ma rétine me piquait un peu.

–Sinon, tu as fait la connaissance de qui ? Je parie que certains garçons t'ont fait leur numéro.

–On peut dire ça… Je ne suis pas sûre d'avoir retenu tous les noms, mais l'un d'eux s'appelait Greg, je crois. Il y a aussi les deux filles assises là-bas, Sandy et sa copine Melissa, qui ont été assez sympas.

Jessie se retourna pour voir de qui il s'agissait et se mit à rire.

–Déjà, ce n'est pas Sandy, mais Mandy. Ça promet ! Je crois que les garçons ne sont pas trop son truc, si tu vois ce que je veux dire… On se demande tous par quel miracle Melissa ne l'a pas encore découvert. Tout comme toi, c'était elle la nouvelle il y a trois mois. Mandy l'a prise sous son aile et, depuis, elle ne la quitte plus… Cela dit, ne t'imagine pas que je fais la même chose avec toi, s'empressa-t-elle d'ajouter. Bien au contraire, d'ailleurs…

Ma camarade s'interrompit, avant de marmonner :

– Oh zut, voilà David…

Confuse, elle tourna la tête de manière à ce que je ne la voie pas rougir. Au même moment, un garçon aux cheveux très courts passa tout près de nous en lançant : « Salut Jess ! »

– Salut, répondit-elle sans même lever la tête.

– Ma foi, tu es aussi rouge que la tomate de mon sandwich, pouffai-je lorsqu'il s'éloigna. Effectivement, pas de doute : tu aimes les garçons, et il y en a un en particulier qui ne te laisse pas indifférente, à ce que je vois.

– Mais non, qu'est-ce que tu racontes ? Bon, arrête de changer de sujet ! Au rythme où tu y vas, tu ne connaîtras personne avant l'été. Je ne dis pas que je suis un exemple, loin de là, mais je ne voudrais pas qu'à cause de moi tu deviennes une solitaire pure et dure, et que tu passes à côté des « meilleures années de ta vie », comme les parents le disent si bien.

–Bof… Je ne pense pas passer à côté de grand-chose. J'ai déjà assez fait de conneries pour compenser le manque pour le reste de ma vie.

–Eh bien tant pis, continua mon amie, déterminée. Une petite mise à jour ne te ferait pas de mal… Crois-moi, ça t'évitera bien des surprises. Tu vois le groupe là-bas, qui fait mine de réviser, près de l'arbre ?

–Hum hum, fis-je, la bouche pleine.

–Pff… C'est du cinéma, ce sont les rebelles de l'école. Ils réussissent à se procurer n'importe quoi. D'ailleurs, je me demande s'ils ne sont pas en train de rouler de l'herbe avec les pages de leur bouquin, ajouta-t-elle en se penchant, l'air intriguée.

–Très classe…

–Comme tu dis. Et le garçon qui est assis dans l'escalier, occupé à lire une BD s'appelle Adam. Il fait le lèche-bottes auprès de madame Polk. Et son stratagème fonctionne. En réalité, elle l'apprécie beaucoup, car il est originaire de l'Europe de l'Est, tout comme elle. D'ailleurs, je la soupçonne d'intervenir auprès des professeurs pour qu'Adam ait d'excellentes notes. Je ne l'ai jamais vu réviser quoi que ce soit, ni participer en cours. Quel veinard !

–Juste à côté, c'est Todd et Prisqua, poursuivit-elle en m'indiquant un couple du menton. Ils sont ensemble depuis le collège. Prisqua se rend discrètement dans la chambre de son amoureux le soir. Il paraît que madame Polk l'aurait surprise une fois, ce qui lui aurait valu un avertissement et un mois de corvée de nettoyage intensif, dont le décollage de gomme à mâcher sous les tables. Mais ça ne l'empêche pas de continuer. Et puis, tu connais déjà Reva et ses acolytes : *les reines de l'école*, dit-elle en haussant les sourcils tandis que le groupe de jeunes filles s'installaient en ricanant sur la pelouse.

– Qui ne les remarquerait pas ?

– Le père de Reva est un homme très riche et influent en Inde. Et il paraîtrait que sa mère, une serveuse américaine qu'il a rencontrée lors d'un voyage d'affaires, l'a abandonnée quand elle était petite.

– C'est triste.

– Tu peux le dire ! Sa présence ici est une stratégie de sa belle-mère pour l'écarter de sa vie. Cette femme a réussi à convaincre son père de la placer en pension. Il envoie régulièrement de l'argent et des présents à sa fille pour se donner bonne conscience, mais tu parles d'une vie ! En tout cas, ça ne rend pas Reva attachante pour autant.

Jessie enchaînait les phrases avec une rapidité déconcertante. Elle me faisait un peu penser à ces commentateurs sportifs qui peuvent parler des heures sans s'arrêter et combler les blancs en attendant des rebondissements.

– En tout cas, plus elle est loin, mieux je me porte, rétorquai-je. J'ai le sentiment que cette fille ne m'aime pas beaucoup et qu'elle n'a pas encore trouvé le moyen de me le faire savoir.

– N'en fais pas une affaire personnelle surtout, elle n'aime personne… un peu comme moi, ajouta-t-elle à voix basse, l'air un peu triste. Enfin je veux dire… à part avec Sam, *et maintenant toi,* je n'ai pas vraiment trouvé d'affinités avec qui que ce soit ici, alors je préfère rester seule. Les élèves de cette école ont tous un vécu peu ordinaire. Si leur vie de famille était normale, ou s'ils n'avaient rien à se reprocher, leurs parents n'auraient jamais cherché à les isoler en Alaska.

Elle s'arrêta pour boire un peu d'eau et reprit :

– En fait, personne n'est ici par choix. Et d'après ce que j'ai pu remarquer, il y a deux raisons principales à leur présence : soit ils ont commis la plus grosse bêtise de leur vie, soit leurs parents ont trouvé la solution pour se débarrasser d'eux et se défaire de leurs obligations. Moi, je corresponds plutôt à la seconde option.

Jessie venait de se dévoiler un peu. Touchée, je ne sus cependant quoi répondre. Un long silence suivit. Ma nouvelle amie attendait sûrement que je me confie moi aussi un peu plus, mais je me sentais un peu honteuse en pensant à la raison pour laquelle je me retrouvais ici. J'avais un père adorable qui m'aimait, et si j'en étais arrivée là, c'était par ma faute. Mes erreurs étaient si énormes et mon histoire si tumultueuse en comparaison de ce que m'avait confié

Jessie qu'une immense gêne s'empara de moi. Je ne voulais pas affoler mon unique amie dans cette école en lui parlant de mes frasques et de toutes les étrangetés qui emplissaient ma vie.

Soulagée qu'elle ne me pose pas de questions à ce propos, j'en profitai pour me dérober et revenir au sujet principal.

– Au fait, qui est Sam ? demandai-je d'un ton qui se voulait neutre.

– C'est ma meilleure amie. Tu feras sa connaissance ce soir. Elle m'a promis qu'elle nous rejoindrait pour souper. Elle fait partie de l'équipe de basket, l'équipe *masculine* j'entends, mais il n'y a pas d'entraînement aujourd'hui, donc…

Je haussai un sourcil, incrédule, alors elle expliqua :

– Ça paraît insensé, je sais. Mais les garçons ont fini par l'accepter. Elle est très douée, en plus. Et comme tu l'auras deviné, elle préfère traîner avec les garçons. Les blablas et commérages, ce n'est pas son truc, mais elle est vraiment sympa, tu verras. Un peu spéciale dans son genre, mais on ne s'ennuie jamais avec elle.

Ma camarade était décidément très bavarde, mais elle me faisait rire et, par la même occasion, oublier un peu mes tracas.

Jessie et moi avions les mêmes cours le reste de l'après-midi. Elle continua à me *briefer* sur le caractère et les habitudes de chacun. Je ne pouvais m'empêcher de me demander si elle le connaissait aussi. Je n'arrivais pas à définir la curiosité qui m'animait, c'était presque agaçant, comme si j'avais une énigme à résoudre, un mystère à découvrir. Malgré moi, je l'avais cherché à plusieurs reprises dans la journée, mais il ne s'était pas montré. Par contre, d'autres garçons vinrent à ma rencontre, ce qui amusa beaucoup Jessie, qui ne ratait pas une occasion de me taquiner. Être la nouvelle n'était pas facile quand la seule chose qu'on désirait était de se faire oublier.

Après les cours, je courus me réfugier dans ma chambre. Mes maux avaient atteint leur summum. Je dus récupérer discrètement un tube de pommade et m'enfermer dans la salle de bain pour soulager mes douleurs au dos. J'avais très mal à la tête également, mais je craignais que les pilules n'accentuent ma fatigue. Je me rabattis sur les biscuits au chocolat que me proposa gentiment Jessie. Partager sa chambre n'était pas une mince affaire lorsqu'on avait des choses à cacher. Je devrais désormais faire preuve de prudence et de discrétion si je voulais que Jessie ne s'aperçoive de rien.

À l'heure du souper, nous nous installâmes à la même table. J'avais composé un plateau uniquement de desserts sous le regard ébahi de ma nouvelle amie qui ne comprenait toujours pas comment je réussissais à garder la ligne. Tandis qu'elle commentait mes choix alimentaires, mon esprit s'évada.

– Senna ? Tu m'écoutes ?

– Hein ?

– C'est moi qui me fais des idées, ou tu cherches quelqu'un ? Tu guettes, comme si tu t'attendais à voir apparaître un fantôme.

Mince ! Je ne m'étais même pas aperçue que je fixais la porte d'entrée. Prise en flagrant délit, j'étais en manque d'arguments. Que faire ? Lui parler de la scène de l'autre jour et me faire passer pour une fille paranoïaque, qui se monte la tête pour rien ? C'était assez compliqué de décrire mon ressenti envers ce garçon, et l'hostilité que j'avais perçue dans son attitude. Il ne m'avait même pas adressé la parole. Et puis zut ! Même si je doutais que ce soit une bonne idée, j'en avais marre de garder ça pour moi et commençai à me demander si je n'avais pas tout inventé. Après tout, *il* n'était pas réapparu depuis… Peut-être n'était-il même pas scolarisé ici, mais juste de passage. Autant en finir, quitte à me taper les railleries de mon amie pendant le reste de mon séjour ici.

– Je me demandais juste…, commençai-je, encore surprise de ce que j'allais dire. En fait, hier, il y avait un garçon un peu *spécial* qui discutait avec Reva. Il me fixait et je ne sais pas… Il m'a fait une drôle d'impression.

– Ah, je comprends mieux ! rigola Jessie en s'appuyant sur le dossier de sa chaise. Il doit s'agir d'Ian.

Pas étonnant que tu l'aies remarqué : aucune fille digne de ce nom ne peut être insensible à son charme.

Et voilà ce que je redoutais ! ne pus-je m'empêcher de penser. Jessie avait tort de me comparer à ces filles naïves et puériles qui fantasmaient sur lui. Mais ça ne servait à rien de lui expliquer, elle ne comprendrait pas.

– Mais prudence ! railla ma camarade. Reva semble penser qu'il est sa propriété !

– Comment ça ? Ils sortent ensemble ?

Cela expliquerait l'inimitié de la jeune fille à mon égard. Elle devait penser que je m'intéressais à son copain.

– Disons plutôt qu'ils flirtent. Mais ce garçon n'est pas évident à cerner. De toute façon, tu demanderas des précisions à Sam. Elle est bien placée pour t'en parler. Elle est *un peu sortie* avec lui, *enfin si on peut appeler ça comme ça…*, marmonna-t-elle en roulant des yeux. Elle ne devrait pas tarder d'ailleurs. Qu'est-ce qu'elle fait encore ?

Tandis que Jessie se tortillait sur sa chaise à la recherche de son amie, je me sentis un peu stupide d'avoir posé toutes ces questions. Mais qu'est-ce que je croyais au juste ? J'avais déjà assez de problèmes à régler sans en chercher de nouveaux.

– Ah, la voilà enfin ! s'exclama Jessie.

Je tournai la tête pour découvrir une jeune fille élancée et athlétique qui se dirigeait vers nous. Elle était très jolie avec son teint hâlé et ses grands yeux noisette, malgré un style hors du commun : ses cheveux étaient coupés ras sur les côtés et à l'arrière du crâne, et elle les portait mi-longs au milieu si bien qu'ils formaient une grande mèche qui lui couvrait la moitié du visage. Cette coupe *undercut* était directement inspirée des coiffures des chanteuses de RnB. Elle portait un jean bleu et des Converse roses qui peaufinaient son look à la fois sportif et féminin.

– Salut salut ! s'exclama Sam en s'asseyant à côté de Jessie. Tu dois être Senna, ajouta-t-elle à mon intention. Jessie m'a beaucoup parlé de toi.

– Enchantée… J'ai aussi entendu parler de toi.

– Ah bon ? fit-elle en considérant Jessie avec suspicion. Et qu'est-ce qu'elle t'a raconté au juste ?

– Rien de très intéressant ! répliqua cette dernière. Tu ne manges pas ?

– Non. Pas très faim. Quoique ces frites ont l'air très appétissantes, dit l'athlète en piochant dans l'assiette de sa copine.

– Hey, voleuse ! T'as qu'à prendre un plateau !

Jessie lui piqua le dos de la main avec sa fourchette. J'éclatai de rire devant l'air outré de ma camarade de chambre.

– C'est bon, du calme, s'indigna Sam. C'était juste une frite, Jess. Oh allez… Je peux en prendre une deuxième ? continua-t-elle avec un air de chien battu.

Jessie éloigna son assiette, pas très prompte à partager.

– OK OK, j'arrête ! capitula Sam alors que Jessie la foudroyait du regard. On-ne-touche-pas-aux-frites ! Bon. Sinon, qu'est-ce que vous disiez avant que j'arrive ?

– Senna a des trucs à te demander au sujet d'Ian, déclara Jessie, la bouche pleine.

Génial ! Elle n'y allait pas de main morte.

– Euh non, pas vraiment, bafouillai-je, embarrassée. Je le trouve juste… un peu spécial, c'est tout.

Sam se raidit sur sa chaise. Son visage se figea.

– Ça c'est sûr. Il est *spécial*, grommela-t-elle.

Elle me scruta un moment, l'air grave. Puis elle se pencha pour dire sur un ton de confidence :

– Ian n'est pas un garçon pour toi, crois-moi. Il est tout sauf un type bien. Il y a plein de gars qui rêveraient de sortir avec toi, alors si tu veux un conseil : oublie-le, ça vaut mieux.

Je voulus riposter et lui dire que ce n'était pas du tout ce à quoi je pensais, mais à quoi bon ? Rien que l'idée me fatiguait déjà. Pour clore le sujet, je me contentai d'acquiescer, même si je ne comprenais pas vraiment contre quoi elle me mettait en garde.

Comme s'il ne s'était rien passé, Sam se redressa et se remit à rire.

– Par contre, peu importe qui tu choisiras, je suis certaine qu'il ne s'agira pas d'un amour platonique comme celui de Jess.

– Platonique ? Qu'est-ce qui est platonique ? Il faudrait déjà qu'il y ait quelque chose…, s'offensa Jessie qui avait haussé le ton.

– Oui, mais ce n'est pas grâce à toi que les choses vont changer, railla son amie. Pourtant, on ne peut pas dire que je n'ai pas essayé de vous aider.

– Mais je me passerais bien de tes interventions, moi.

– Que s'est-il passé ? demandai-je, amusée.

Décidément, elles ne cessaient jamais de se chamailler, ces deux-là. Sam allait me répondre, mais Jessie la devança :

– Figure-toi que « mademoiselle je me mêle de tout » a pris l'initiative d'écrire un mot à David en mon nom… sans me demander mon avis d'abord ! s'emporta-t-elle en désignant sa meilleure amie du doigt, scandalisée.

– Ben quoi ? fit Sam en haussant les épaules. Il faut bien que quelqu'un tente quelque chose, non ?

– Continue comme ça et tout le monde saura que tu t'appelles SAM-AN-THA, la menaça Jessie en riant.

– T'as pas intérêt, sinon j'envoie un deuxième mot à David.

Jessie ouvrit la bouche, révoltée. Sam lui tira la langue avant de la bousculer gentiment.

– Au fait, tu as parlé à Senna de…, commença l'athlète avec une mimique pleine de sous-entendus. Tu sais… le truc bizarre, le soir…

–Oh, ça... non, pas encore, répondit Jessie en haussant les sourcils.

–Mais de quoi parlez-vous ?

Ma camarade de chambre chercha du regard le consentement de Samantha avant de chuchoter :

–Il paraît que l'école est hantée !

–Quoi ? lâchai-je, perplexe, avant que mon amie, offusquée, ne m'intime de baisser d'un ton.

–Eh bien, il y a des rumeurs, enchaîna Sam. Plusieurs élèves prétendent avoir vu un fantôme. En général, cela se passe tard le soir. Selon les dires, cet endroit était habité avant. C'est une vieille bâtisse, donc qui sait ce qu'elle abrite encore ?

–Ouais, reprit Jessie. On pensait qu'il valait mieux te tenir au courant. Moi, personnellement, je n'ai jamais rien vu, et tant mieux ! Dès que l'heure du couvre-feu sonne, je ne bouge plus de mon lit !

Je pensai tout d'abord à une plaisanterie, mais mes deux amies semblaient sérieuses. Je ne croyais pas du tout à cette histoire de fantôme. Il y avait toujours des légendes extravagantes concernant les châteaux et autres demeures historiques.

–Bon, les filles, je dois vous laisser, annonça Sam après un bref coup d'œil à sa montre. On m'attend pour une réunion au gymnase.

–Déjà ? s'étonna Jess.

– Oui, il y a eu une altercation entre deux joueurs de l'équipe, alors…, expliqua Sam en se levant. Je vous rejoins pour dîner demain, promis.

Elle piqua une dernière frite dans l'assiette de Jessie avant de s'éloigner en la narguant.

J'aimais bien mes deux nouvelles camarades, et je pouvais être sûre de ne pas m'ennuyer en leur compagnie, ce qui égaierait le quotidien barbant de cette école.

Après le souper, alors que Jessie s'apprêtait à monter dans notre chambre, je ressentis l'envie d'aller m'aérer et de me retrouver un peu seule.

– Vas-y, lui dis-je en bas de l'escalier. Je te rejoins plus tard. Je vais juste faire un tour.

– Comme tu veux, répondit-elle en bâillant. À tout à l'heure.

J'apercevais depuis le couloir le grand épicéa qui dominait la cour. Une fois dehors, je me mis à courir. La fraîcheur de la nuit me fit du bien. Je piquai un sprint jusqu'au lac puis, essoufflée, je me laissai tomber au pied d'un arbre aux branches pendantes. Être allongée là me rappelait ce que j'éprouvais à Houston lorsque je décidais de m'isoler en dehors du domaine avec Feu de joie. La nature était vraiment le meilleur des remèdes pour les maux de l'esprit. Quelques gouttes de pluie commencèrent à tomber. Je me délectais de la sensation que provoquaient sur moi ces perles d'eau glacée, aimant à imaginer qu'elles me lavaient de tout ce qui ne se voyait pas physiquement, mais que je traînais derrière moi comme un fardeau douloureux. Je retardai du mieux que je pus le moment de remonter dans ma chambre et de me mettre au lit. À cet instant précis, seule avec mes pensées, ma tristesse était à son maximum.

Ma montre indiquait 21 h 30 lorsque je décidai de rejoindre Jessie. Il ne me restait plus qu'une demi-heure avant le couvre-feu.

Longeant le couloir sombre du rez-de-chaussée, j'en profitai pour récupérer quelques affaires dans mon casier. Il n'y avait déjà plus personne et les lumières étaient éteintes. Les bras chargés, je m'avançais vers l'escalier lorsque quelque chose me titilla. Sans raison précise, je m'arrêtai et me retournai. Malgré la noirceur, je pus distinguer une silhouette au loin, sous l'épicéa. C'était celle d'un homme. Il était immobile, les bras et les jambes croisés, et regardait dans ma direction. J'étais pourtant persuadée d'avoir été seule dehors. Après quelques secondes, je réussis à me détourner et commençai à monter l'escalier. Bizarre, j'aurais juré que c'était *lui* !

Chapitre 8

Jessie m'attendait devant mon casier à l'heure du dîner. J'avais eu du mal à rester concentrée toute la matinée, alors je suppliai mon amie de bien vouloir me donner quelques-unes de ses vitamines pour tenir le coup le reste de la journée. Nous montâmes rapidement dans la chambre pour récupérer les comprimés. J'en profitai pour me mettre un peu de crème sur le dos, puis nous regagnâmes le hall. Tandis que nous nous dirigions vers la sortie, je repérai Sam au loin, assise sur la pelouse, qui nous faisait de grands signes. Une question m'avait brûlé les lèvres toute la matinée, et ne voulant pas la poser devant elle, c'était le moment ou jamais de me lancer. Je pris ma camarade par les épaules et l'obligeai à se tourner vers moi.

–Jessie, j'ai quelque chose à te demander, c'est un peu stupide, mais…

Je jetai un coup d'œil rapide autour de moi avant de poursuivre à voix basse :

–As-tu aperçu Ian ces jours-ci ?

–Hein ? Non, je ne crois pas…, répondit-elle, étonnée. Mais c'est habituel. Ian assiste juste à quelques cours, on le voit rarement en classe. Je crois qu'il a un arrangement avec la directrice.

Elle s'arrêta un moment pour réfléchir, puis reprit avec un léger sourire :

–Tu ne veux pas parler de lui devant Sam, c'est ça ?

–Oui… C'est un peu gênant, surtout après ce qu'elle m'a dit. Je trouvais juste étonnant de ne pas avoir revu Ian depuis…

–Mais bien sûr ! se moqua-t-elle. Non, sérieusement, ne t'en fais pas pour Sam. Elle en fait un peu trop parfois. Mais promis, je ne reparlerai plus d'Ian devant elle si ça te met mal à l'aise.

Je la remerciai et nous reprîmes notre marche jusque sous l'arbre où s'était abritée notre amie. J'étais heureuse de ce choix stratégique, car mes yeux et ma tête n'aimaient décidément pas le soleil ces jours-ci.

–Coucou les filles ! s'exclama-t-elle. Pour une fois que ce n'est pas moi qui suis en retard. Qu'est-ce que vous faisiez encore ?

En guise de réponse, je bâillai longuement.

– On est montées récupérer quelques vitamines pour Senna.

– Ah, je vois !

Cette fois, c'était Sam qui s'était occupée du dîner et elle avait tout prévu : sandwichs, salades, boissons gazeuses et biscuits.

– Dis donc, tu es plus douée que Jessie pour les pique-niques, dis-je, en m'installant à ses côtés.

– C'est ce que je me tue à lui répéter. Il faut manger équilibré : entrée, plat, dessert…, sans oublier les boissons gazeuses !

– Ha ha ha ! lâcha Jess. Ça vous va bien de dire ça. Je suis bien tombée, moi, entre une sportive qui dépense plus de calories qu'elle n'en consomme, et une adepte du sucre qui n'a aucun souci à se faire quant aux kilos superflus. Je vous signale qu'il y en a qui luttent quotidiennement contre la culotte de cheval et les poignées d'amour, alors merci de respecter ces pauvres gens qui mènent un dur combat pour rivaliser avec des filles telles que vous.

– T'as qu'à manger moins de frites, la taquina Sam. Hé, ce ne serait pas David, là-bas ? Hou hou, David ! fit-elle d'une voix aiguë en agitant les bras de manière exagérée.

– Arrête ça tout de suite ! chuchota Jessie, honteuse, en se jetant sur son amie pour l'empêcher de continuer à faire l'intéressante.

Trop tard. Le garçon avançait dans notre direction.

–Oh oh, je crois qu'il vient vers nous! fis-je remarquer aux autres.

Jessie se rassit et ajusta ses cheveux.

–Sam, tu vas me le payer! grommela-t-elle.

–Bonjour les filles, ça va? demanda David en s'arrêtant à notre niveau.

Il tenait un ballon de soccer avec lequel il jonglait, le passant sans arrêt de la main gauche à la main droite de manière décontractée.

–Tu veux te joindre à nous? proposa Sam, qui lui indiqua une place à côté de Jessie.

–Heu, oui, pourquoi pas? Mais pas longtemps, les autres m'attendent, répondit-il en désignant un groupe d'élèves qui discutaient plus loin.

Pendant que le garçon s'installait, Jessie releva la tête brièvement, le temps de fusiller Sam du regard, avant de reporter de nouveau son attention sur sa salade.

–Jess, ça te va bien cette coiffure, la complimenta David.

–Merci, bafouilla l'intéressée en passant sa main d'un geste machinal dans les mèches qui dépassaient de son chignon lâche.

–Tu sais, tu devrais te joindre à nous un de ces quatre. On est tous dans le même groupe de peinture. Il paraît que tu te débrouilles bien, et moi, je me demande encore ce qui m'a pris de choisir cette matière. Les autres essaient de m'aider, mais bon… Donc, si ça te dit…

David était obnubilé par Jessie. Il était évident qu'il était intéressé.

– Bonne idée ! décréta Sam. Jessie est super douée. Elle se fera un plaisir de t'aider, hein Jess ?

– Oui, bien sûr, répondit celle-ci timidement.

– Au fait, David, tu participes à la course, samedi ? enchaîna la basketteuse.

– Ouais. D'ailleurs, on va s'entraîner avec les gars après les cours, mais on ne sait toujours pas où se trouve Ian. Il a déjà manqué l'entraînement d'hier. S'il ne se pointe pas samedi, on sera en mauvaise posture : c'est le meilleur de l'équipe.

Les traits de Samantha se durcirent à l'évocation d'Ian. Elle se redressa et se contenta de hocher la tête.

– Bon, ben les filles, je vous laisse, dit David en se relevant. Il faut que j'y aille.

– OK, et compte sur nous ! affirma Sam, en hochant énergiquement la tête. On sera là pour vous soutenir samedi.

– Merci Sam. À plus !

– À plus ! répétai-je, imitée ensuite par Jessie.

Dès que le garçon fut suffisamment loin, je soufflai à celle-ci :

– Je crois qu'il a le béguin pour toi !

– Quoi ? Vous allez arrêter toutes les deux…

Nous la taquinâmes durant tout le dîner. Je dus rassembler mon courage pour supporter le cours de sport de l'après-midi : le volley-ball, je détestais cela. L'école imposait comme tenue un short et un débardeur, et je craignais à chaque mouvement que celui-ci ne dévoile mon dos meurtri. De plus, le contact du tee-shirt contre ma peau était désagréable. Je sentais la douleur s'étendre de jour en jour, ce qui voulait dire que les marques en faisaient autant. Combien de temps pourrais-je encore dissimuler ces horreurs ?

Je fus la première à quitter le gymnase lorsque le professeur siffla la fin du cours.

De retour dans la chambre, je récupérai mon sac de soins et m'enfermai dans la salle de bain. Douchée et habillée, je plongeai sur mon lit. Jessie ne rentrerait pas maintenant, car elle devait préparer avec son groupe un exposé en histoire. Épuisée, je réglai mon réveil à 18 h 30 et laissai le sommeil m'emporter. J'avais été naïve de penser que mon repos pourrait durer : les filles entrèrent en trombe dans la chambre et me tirèrent du lit une heure plus tôt que prévu.

Nous allâmes saluer David et son équipe en plein entraînement sur le lac. Apparemment, leur équipier fétiche était encore absent, situation à laquelle ils avaient l'habitude de faire face. Nous trainâmes encore un peu dehors, avant de nous joindre à une petite fête à laquelle Sam nous avait invitées. Les joueurs de l'équipe de basketball célébraient en petit comité l'anniversaire de leur capitaine. La directrice leur avait accordé exceptionnellement l'accès au gymnase, au milieu duquel une table avait été dressée. Au menu : *chips*, bonbons, gâteau au fromage, boissons gazeuses et jus de canneberges. C'était mieux que rien !

Les joueurs répartis en petits groupes discutaient et s'esclaffaient. Reva et trois autres filles étaient installées au milieu des gradins, en compagnie de deux garçons.

– Oh non ! Qu'est-ce qu'elles font là ? demandai-je à Jessie, en désignant le groupe du menton.

– Elles ont sûrement été invitées par un membre de l'équipe. N'oublie pas que ce sont les *reines de l'école*, ironisa mon amie.

– Ouais, *les reines de la débilité* plutôt, protesta Sam.

Maintenant que je connaissais son tempérament, je n'avais plus de mal à imaginer Sam en tant que membre d'une équipe masculine et joueuse respectée.

Je récupérai un gobelet de limonade pendant que Jessie nous racontait ses déboires avec les élèves de son groupe d'histoire. Ils n'arrivaient pas à se mettre d'accord sur le sujet de leur exposé. Madame Stephens apparut au même moment. Elle fit quelques pas en longeant le mur, puis s'immobilisa. Les bras croisés derrière le dos, elle balaya la salle du regard, s'assurant que tout se passait conformément à ses instructions.

– Oh ! continuez sans moi les filles, j'ai quelque chose à lui demander, s'exclama Sam avant de courir vers la directrice.

Je la regardais s'éloigner lorsqu'Ian pénétra dans le gymnase. Sam était sur son trajet. Je la vis marquer un temps d'arrêt. Mais Ian la considéra à peine et rejoignit madame Stephens. Le malaise était palpable. Prise au dépourvu, Sam baissa la tête et dévia de sa trajectoire au dernier moment pour intégrer un groupe de joueurs qui discutaient vivement.

– Hou là là, l'atmosphère est toujours aussi tendue entre eux, commenta Jessie, qui n'avait rien raté. Bon, je vais nous chercher un peu de gâteau, dit-elle avant de s'éclipser.

Debout à côté de la directrice, Ian lorgna dans ma direction, les sourcils froncés. Puis il murmura quelque chose à l'oreille de la directrice ; madame Stephens m'examina à son tour et lui répondit, le visage impassible. Que pouvaient-ils bien se raconter ? Ce qui était sûr, c'est que j'étais au centre de leur conversation. Mais pourquoi ? Leur comportement indélicat était terriblement gênant. Jessie, qui était de retour, me tendit une généreuse part de gâteau au fromage à la cerise.

Un petit cri aigu à l'autre bout de la pièce attira notre attention. C'était Reva. Elle faisait de grands signes pour qu'Ian la remarque. Il répondit d'un signe de tête, s'excusa auprès de la directrice et se dirigea d'un pas assuré vers la belle Indienne et sa bande. À en croire leurs cris exaltés, elles l'accueillirent avec joie. Pourquoi fréquentait-il ces filles ? Pff, quelle question ! Comportement typique du tombeur. Mais j'étais obligée d'admettre que ce garçon avait un charme hors du commun.

Tandis que Reva s'adressait à lui, je remarquai qu'Ian avait l'air préoccupé. Assis sur un gradin, les mains croisées sur les genoux, il l'écoutait à peine. Je le surpris à plusieurs reprises en train de m'observer. Il semblait curieux, mais aussi sur ses gardes. J'avais le sentiment que ma présence le rendait nerveux.

– Hé ho ! Senna ? Tu m'écoutes ? m'interpella Jessie.

– Hein ? Oui, désolée.

– Je sais qu'il est beau, mais maîtrise-toi un peu. Reva va te remarquer.

– Ce garçon est étrange, tu ne trouves pas ? m'enquis-je tout bas, ignorant la remarque de mon amie. Il dégage un truc spécial, quelque chose que je n'arrive pas à définir…

– Dis donc, il t'a vraiment tapé dans l'œil.

Frustrée de ne pas être comprise, je haussai les épaules et remuai le contenu de mon assiette avec ma fourchette. Me justifier auprès de Jessie était une perte de temps et d'énergie. Je préférai donc la laisser à ses suppositions.

– Tu n'es pas la première, poursuivit-elle avec un sourire compréhensif. Sam était comme toi au début.

– Qu'est-ce que tu veux dire ? Que s'est-il passé entre eux exactement ?

– Je ne sais pas trop… Elle préfère éviter le sujet et le traiter de tous les noms.

Je surpris un nouveau regard d'Ian sur moi. Et pire : celui de Reva également. Le sien était noir et dédaigneux. Mal à l'aise, je n'arrivais pas à finir mon assiette.

– Senna, ça ne va pas ? m'interrogea Jessie qui avait perçu mon trouble.

– Je suis juste un peu fatiguée.

– Moi aussi, admit-elle avant de bâiller. Sam est bien gentille, mais j'ai hâte de retrouver mon oreiller. On y va ?

J'acquiesçai, pressée de fuir ces mauvaises ondes. Malgré tout, je ne pus m'empêcher de me retourner une dernière fois avant de passer la porte. Mon regard croisa celui d'Ian, et une onde électrique me traversa.

Ma montre indiquait minuit passé et je ne dormais toujours pas. J'entendais la respiration régulière de Jessie, roulée en boule sous ses draps. Pour une raison obscure, mes cauchemars et visions n'avaient pas refait surface depuis mon arrivée, ce qui était génial, et je croisais les doigts pour que ça continue. Mais mes maux de tête et mes douleurs dans le dos s'étaient amplifiés. Chaque soir, le même sentiment de manque et de tristesse m'empêchait de trouver le sommeil. De vieux souvenirs refaisaient surface : ce qui s'était passé avec Jake, la réaction de mes amis… Lasse de broyer du noir, je repoussai mes draps et me levai. Mon premier réflexe fut d'entrouvrir la fenêtre. Un vent frais me caressa le visage, comme un appel. Les paupières closes, je savourai ce moment quand je fus prise d'une envie folle. Enfilant à la hâte le haut et le bas du survêtement qui était posé sur ma chaise, je jetai un dernier coup d'œil à Jessie avant d'enjamber la fenêtre.

Je savais que je violais l'une des règles de l'école, mais j'avais l'impression d'étouffer dans cette pièce. Il fallait que je prenne l'air. La chambre se trouvait au deuxième étage, mais cela ne me faisait pas peur. Je n'avais jamais eu le vertige. Petite, mon père me traitait de casse-cou. Je posai un premier pied sur le treillis recouvert de plantes grimpantes et m'assurai d'être bien stable avant de passer l'autre jambe. Je descendis avec aisance jusqu'à ce que je sente les feuilles des buissons me caresser les mollets, et je sautai.

Il faisait sombre dehors. À part la lumière de la lune, il n'y avait aucune source d'éclairage, mais je me sentais à l'aise. Après avoir inspecté rapidement les environs, ma capuche sur la tête, je me mis à courir vers le lac.

Chapitre 9

Je me réveillai le lendemain encore plus fatiguée que d'habitude. Je rassemblai le peu d'énergie qu'il me restait pour courir jusqu'à ma salle de cours. J'étais en retard. Après être restée une bonne partie de la nuit dehors, je n'avais aucun entrain pour suivre un cours de génétique. Je ne comprenais pas : j'étais à plat depuis quelques jours, et pourtant je n'arrivais pas à avoir une bonne nuit de sommeil.

Je m'arrêtai devant la salle 505 et respirai un bon coup avant de frapper à la porte. J'espérais que monsieur Kingsley serait conciliant et ne m'humilierait pas devant toute la classe. Sans réponse après une dizaine de secondes, je me décidai à entrer. Je découvris une salle bondée et désordonnée. Les élèves étaient éparpillés et discutaient. Le professeur était absent.

Soulagée, je me dirigeai tête baissée vers une table libre. J'y posai mon sac, et m'affalai sur ma chaise. Melissa, qui avait également quelques minutes de retard, s'installa juste devant moi.

– Bonjour à tous ! s'exclama le professeur en arrivant enfin.

Tout le monde cessa ce qu'il était en train de faire et regagna sa place respective.

– Mince ! J'ai oublié des documents dans mon bureau, je reviens tout de suite, ajouta-t-il en posant sa mallette sur son bureau. En attendant, ouvrez votre livre au chapitre six et lisez en silence.

Je sortis mon manuel, mes feuilles et mes stylos, tandis que monsieur Kingsley se dirigeait vers la sortie.

– Tiens donc, monsieur Stone..., vous nous honorez de votre présence aujourd'hui ? l'entendis-je dire avec sarcasme.

Mais je n'avais pas relevé la tête, tentant de me concentrer au mieux pour affronter les deux heures de cours à venir. Ce n'est que lorsque le garçon répondit que je daignai enfin lever les yeux. Je retins ma respiration : Ian était assis à l'autre extrémité de la salle, à côté d'un garçon qui s'était déjà présenté à moi lors d'un précédent cours sous le nom d'Aiden.

J'étais tellement à côté de mes pompes que je n'avais même pas remarqué sa présence.

Au même moment, Ian se retourna et m'étudia avec une défiance antipathique. Quel était son problème, à celui-là ? Si quelque chose le dérangeait, il n'avait qu'à venir me le dire en face ! Son attitude commençait à me taper sur les nerfs. Cette fois, je refusai de me laisser déstabiliser et m'efforçai de soutenir son regard. S'il voulait m'intimider, c'était perdu d'avance : il n'avait pas choisi la bonne victime.

– Me revoilà ! s'exclama le professeur, me faisant sursauter.

Ouf ! Le retour de monsieur Kingsley avait mis fin à ce face-à-face insolite et grotesque ; je n'aurais pas abandonné de sitôt. Je me redressai sur ma chaise et baissai la tête de manière à ce que mes cheveux forment un rideau autour de mon visage. Même comme ça, je sentais qu'Ian continuait à m'observer. Que son attention soit focalisée ainsi sur moi était déroutant.

– Vous allez faire tous les exercices de la page soixante-deux, annonça le professeur, et ensuite, nous corrigerons ensemble. Oui, monsieur Stone ?

– Je vous prie de m'excuser, monsieur, mais j'ai oublié mon manuel, déclara Ian.

– Eh bien, partagez donc celui de votre voisin, répondit le professeur en désignant Aiden de la main.

Constituez des groupes de deux, nous irons plus vite comme ça.

Melissa s'installa auprès de moi. J'étais contente qu'elle ait eu cette initiative avant qu'un autre élève ne se propose. Quelques secondes plus tard, la salle était plongée dans un silence studieux.

Ma partenaire et moi commençâmes à prendre connaissance des activités sur lesquelles nous devions travailler quand je sentis une présence devant moi. Je relevai lentement la tête et découvris Ian debout devant mon pupitre.

–Melissa ? appela-t-il doucement. Aiden m'a gentiment fait comprendre que je n'étais pas son style et qu'il aurait largement préféré être en ta compagnie.

–Mais…, s'exclama la jeune fille, qui jetait des coups d'œil embarrassés vers son soi-disant prétendant.

Ce dernier avait l'air aussi gêné qu'elle et agitait son crayon nerveusement.

–Il est un peu timide, mais c'est un génie en biologie. Tu devrais lui laisser une chance, ajouta Ian en s'accoudant à la table pour se mettre au même niveau que la jeune fille.

Il la dévisageait, un sourire charmeur aux lèvres. Intimidée, Melissa rougit et se leva illico, pressée d'échapper au charme déconcertant d'Ian.

Je n'en revenais pas d'avoir assisté à ça ! Quel manipulateur ! Monsieur Kingsley ne réagit pas à ce chamboulement incongru. Assis derrière son bureau, le professeur était concentré sur une pile de paperasse à laquelle il n'avait pas l'air de comprendre grand-chose.

– Salut, tu es Senna…, c'est bien ça ? demanda Ian d'une voix suave tout en s'asseyant à côté de moi.

J'ouvris la bouche, mais aucun son ne sortit.

– Je m'appelle Ian, enchaîna-t-il en souriant. Enchanté de te connaître.

J'avais le sentiment d'avoir été piégée.

Je le considérai du coin de l'œil et perçus un soupçon de malice dans son regard. Cette situation semblait l'amuser. Après m'avoir analysée avec une animosité non feinte, voilà qu'il venait me parler tranquillement. Prise au dépourvu, j'en perdis la voix.

– Tu te débrouilles, en biologie ? me demanda-t-il en ajustant sa chaise.

Cette proximité entre nous me dérangeait.

– Un peu, réussis-je à articuler en poussant mes affaires pour lui faire de la place.

– Je suis bien tombé alors… Mais je ne pourrais pas dire la même chose dans ton cas.

Son commentaire m'arracha un sourire. Alors qu'il rapprochait de plus en plus sa chaise de la mienne pour pouvoir lire le manuel, je ne pus m'empêcher de reculer : il me fallait un peu de distance pour avoir les idées claires et me concentrer sur les exercices.

Ian toussota et fronça les sourcils. Il fixait le livre et semblait faire l'effort de s'intéresser au cours. J'inspirai et me plongeai également dans la lecture. Rien à faire : j'avais beau relire la consigne, je n'y comprenais rien, mon esprit était ailleurs.

– Je crois que nous ne sommes pas les plus rapides, murmura-t-il après un bon quart d'heure, en jetant un œil aux autres tables.

Nous n'avions encore rien écrit.

– J'espère que ce n'est pas un problème chromosomique.

Je mis la main devant ma bouche pour étouffer mon rire.

– En choisissant ce chapitre, monsieur Kingsley nous fait peut-être passer un message, dis-je à mon tour.

– Oui, chuchota-t-il. Mais je crois qu'il a sous-estimé ma partenaire.

Je ne sus quoi répondre. Etait-ce un compliment ? Je croisai encore une fois son regard, qui fit disparaître mon assurance. Il fallait absolument que je me reprenne. Cette fille qui se laissait dominer par ses émotions, ce n'était pas la vraie Senna.

– J'aime bien ton sourire, dit-il d'une voix suave.

Je jetai un « merci » un peu sec et fis mine de me replonger dans le bouquin. Nous n'avions fini que trois exercices sur six lorsque la sonnerie retentit.

– Bien, jeunes gens, dit le professeur d'une voix forte, ces devoirs sont à finir et à remettre mardi. Ce qui laissera le temps aux retardataires de se rattraper. Et bien sûr, ça ne sert à rien de vous informer qu'ils seront notés. Bon week-end.

– Je crois que tu devras me supporter encore un moment, affirma Ian, l'air faussement désolé.

– Je ne pense pas que tu sois aussi bête que tu le dis.

– Vraiment ? Tu me mets la pression là... Je vais être obligé de redoubler d'efforts !

Je roulai des yeux.

– Ça te dirait de dîner avec moi ? proposa-t-il. Comme ça, tu pourras finir ces exercices et me les expliquer par la même occasion.

J'hésitai un moment, mais compte tenu du caractère pédagogique de sa proposition, je me dis que ce n'était pas une si mauvaise idée. Ce serait l'occasion de lui poser des questions, et de comprendre ce qui chez lui suscitait tant ma curiosité.

– C'est d'accord. Mais rectification : ON finira les exercices. Pas question qu'un pro des chromosomes se défile aussi facilement.

Cette fois, c'est lui qui éclata de rire.

Je me sentais quand même un peu fautive de faire faux bond à mes copines, mais je ne faisais rien de mal, après tout : nous étions en binôme et il fallait bien finir ce devoir un jour ou l'autre. Et dans tous les cas, avant mardi.

Alors qu'Ian et moi nous dirigions vers la cafétéria, je croisai Jessie. Celle-ci ne cacha pas sa surprise. Je l'attrapai par le bras et fis signe à Ian de continuer.

– Je te rejoins tout de suite, lui dis-je.

Il hocha la tête et continua à marcher vers la cafétéria.

– Waouh, il est trop beau, gloussa mon amie.

C'était du délire ! À peine Ian avait-il croisé le regard de Jessie qu'elle tombait sous son charme. Mais qu'est-ce qu'elles avaient toutes ?

– Dis donc, il ne perd pas de temps, celui-là…, renchérit-elle dès qu'il eut disparu de son champ de vision. Je savais que tu l'intéresserais ! J'en étais sûre !

– Ce n'est pas du tout ce que tu crois. Nous devons préparer un devoir ensemble, et Ian a proposé qu'on finisse pendant le dîner.

– Je vois. Même si je suis sûre que votre binôme n'est pas dû au simple hasard, ni votre rendez-vous inattendu d'ailleurs ; mais je te comprends : ce mec est vraiment canon !

J'ignorai ses commentaires.

– Alors tu ne m'en veux pas ?

– Mais non, voyons ! Allez, file. On se voit à la fin des cours.

Je remerciai ma camarade et rejoignis Ian dans la file d'attente. Il m'attendait, deux plateaux à la main.

– Finalement, je ne pense pas que ce soit une bonne idée…, conclut-il en m'indiquant la foule du menton.

La cantine était bondée. Les élèves bavardaient et rigolaient, ce qui produisait un fond sonore insupportable. Impossible de travailler dans cette ambiance ! Il avait raison. Nous posâmes nos plateaux, et optâmes pour un casse-croûte à manger dehors.

Plusieurs élèves se retournèrent sur notre passage dans le couloir principal. Comment passer inaperçue aux côtés d'Ian Stone ? Nous croisâmes Reva et ses trois acolytes. Elles me reluquaient de la tête aux pieds avec mépris. Reva avait la bouche ouverte, l'air choquée. Ian lui adressa un petit clin d'œil et continua d'avancer comme si de rien n'était. J'eus l'intuition à cet instant que je n'avais pas fini d'entendre parler de cette fille. Je marchais sur ses plates-bandes et son ego démesuré s'en trouvait blessé.

– Tes copines ne m'apprécient pas trop, on dirait…, dis-je dès que nous fûmes dehors.

– Oui, peut-être, mais il y a de quoi…, ironisa-t-il.

Qu'est-ce qu'il sous-entendait ?

Nous traversâmes la pelouse à la recherche d'un endroit calme pour travailler. Sam et Jessie étaient assises en dessous de l'épicéa. Jessie me faisait de petits signes, tandis que Sam ne bronchait pas. Son expression me glaça. Elle nous fixait d'un air dur.

– Il n'y a pas de meilleures ondes par là, souffla Ian en apercevant la basketteuse.

Je partageais son point de vue. Je lui emboîtai le pas alors qu'il tournait les talons pour s'éloigner de la zone d'agressivité. Je n'avais aucune envie de sentir le regard lourd de Sam sur moi pendant tout le dîner. D'ailleurs, en parlant de poids, celui qui pesait sur ma tête devenait insupportable.

– Pourquoi fait-il si chaud ? me plaignis-je en protégeant mes yeux qui me picotaient encore plus que la veille.

– Tu n'aimes pas le soleil ?

– Si, mais c'est juste qu'il me chauffe le crâne et m'irrite les iris ces jours-ci.

Il me scruta un moment comme s'il analysait mes propos. Après quelques secondes de silence, il cligna des yeux et reprit en souriant :

– Attends…, j'ai ce qu'il te faut.

Ce garçon est vraiment singulier, pensai-je.

Ian pivota et s'engagea dans le couloir du hall. En attendant, je reculai pour me réfugier à l'ombre d'un arbuste. Il revint un moment plus tard avec une casquette orange et une paire de Ray-Ban.

– Voilà qui devrait faire l'affaire ! dit-il en m'enfonçant la casquette sur le crâne.

– *Cool* ! Merci.

Il jeta un œil par-dessus ma tête avant de me tirer par le bras.

– Viens, j'ai une idée…

Je chaussai les lunettes de soleil et le suivis, heureuse de mettre encore plus de distance entre Sam et moi. Ian m'entraîna jusqu'au lac, près de la rive, où se trouvaient les embarcations.

– Tiens-moi ça, dit-il en me confiant ses victuailles.

Qu'avait-il en tête ? Il choisit un canoë et le tira à l'eau avec une aisance qui me surprit.

– Mais qu'est-ce que tu fais ?

– Nous serons plus tranquilles là-bas. C'est génial, tu verras.

– Sur le lac ?

– Pourquoi pas ?

Je me rappelai alors ce qu'avait dit David. Ian faisait partie du club d'aviron de l'école, il avait sûrement l'habitude de s'évader ainsi.

– Cette casquette est à l'effigie de l'équipe d'aviron, n'est-ce pas ? demandai-je en tirant sur la visière.

– Exact.

Il me tendit la main pour m'inviter à grimper dans l'embarcation. Je cédai, en essayant de contenir les émotions que ce contact physique éveillait en moi.

Ian se mit à ramer. Nous avancions très vite. Il avait l'air vraiment fort, et n'était même pas essoufflé lorsque nous atteignîmes le centre du lac. Je comprenais maintenant pourquoi David l'avait décrit comme le meilleur de l'équipe.

L'école et les élèves semblaient si loin d'ici. J'étais soulagée : personne ne prêtait attention à notre présence.

–Alors Senna, d'où viens-tu ? demanda Ian en me tendant l'un des trois muffins qu'il avait apportés.

–Houston, répondis-je, déroutée de me retrouver ainsi isolée en sa compagnie.

–Je vois. La ville des orages et de la pluie. Cela explique ton aversion pour le soleil. Et qu'est-ce qui t'amène ici, en Alaska ?

–Des erreurs, expliquai-je en détachant un bout de muffin avec mes doigts. C'est une punition en quelque sorte, même si je dois avouer que je m'attendais à pire… Et toi ? enchaînai-je afin d'éviter d'autres questions embarrassantes sur mes excentricités passées.

–Rien de particulier, dit-il en croisant ses bras derrière sa tête. C'est un choix personnel.

–Un choix ? Je pensais que tous ceux qui se retrouvaient ici y étaient placés de force par leurs parents.

–Pas moi. Je ne dépends de personne. Je suis seul et je l'ai toujours été. Mais dans ton cas, tes parents ont dû beaucoup t'en vouloir pour t'expédier jusqu'ici.

Mes épaules s'affaissèrent et je baissai la tête.

– Mon père, oui… Quant à ma mère, elle est morte il y a six mois environ.

– Désolé.

– Pas de problème. Il paraît que tu connais la directrice ? demandai-je pour changer de sujet.

– On peut dire ça comme ça…

J'attendis plus d'explications, qui ne vinrent pas. Ian recommença à me scruter. Je me demandais à quoi il pouvait penser. Je n'étais pas timide, mais il réussissait à me troubler.

J'avalais la dernière bouchée de mon muffin quand je me rendis compte qu'il avait à peine touché à son sandwich.

– Tu ne manges pas ?

– Hum, je suis un peu perturbé, fit-il avec une expression malicieuse.

Il essayait clairement de me draguer là.

Confuse, je gardai le silence et tripotai mon bracelet machinalement. J'étais ravie à ce moment-là d'avoir des lunettes de soleil pour masquer mon embarras.

– C'est un cadeau, n'est-ce pas ? Je t'ai vue en train de le toucher plusieurs fois aujourd'hui.

Il n'était même pas gêné d'avouer qu'il m'avait observée. Et à plusieurs reprises, qui plus est !

– Oui, de mon père. Il me l'a donné avant mon départ.

–Je peux le voir ? demanda-t-il en se penchant vers moi.

– Bien sûr. Je pense qu'il doit être en poils d'éléphant ou quelque chose comme ça, mais je n'en ai jamais vu de cette couleur.

Ian plissa les yeux et fixa l'objet avec curiosité. Il tendit la main et le toucha du bout des doigts, puis il les retira aussitôt, comme s'il était incommodé par son contact.

– Hum… C'est un nœud de protection, murmura-t-il.

– Pardon ?

– Ton père doit être un homme *spécial.*

– Heu, oui. Je n'en connais pas deux comme lui, répondis-je sans trop comprendre où il voulait en venir.

Ian jeta un coup d'œil à sa montre.

– Oups. Je crois qu'il est temps de revenir à la terre ferme.

Je vérifiai à mon tour. Effectivement. Nous n'avions pas vu l'heure passer, et mon manuel de biologie était toujours fourré dans mon sac.

–Je pense que nous serons obligés de nous revoir ce week-end, affirma Ian comme s'il avait lu dans mes pensées. De toute façon, demain c'est la compétition interlycée, et je compte sur toi pour venir me soutenir…

– Bien sûr, je serai là, répondis-je en mordant dans un nouveau muffin.

Je n'avais plus faim, mais c'était une façon d'échapper à son regard appuyé.

Il s'était remis à ramer, et je ne pus m'empêcher de penser qu'il avait déjà prévu son coup. Nous atteignîmes le rivage en moins de cinq minutes. Au loin, les élèves réintégraient l'école. Même si nous étions un peu justes dans le temps, Ian ne se pressait pas. Il marchait avec cette prestance naturelle qui le caractérisait.

Lorsque nous arrivâmes au niveau de l'escalier principal, à l'entrée du bâtiment, il s'arrêta et se tourna vers moi :

– Eh bien, je suis ravi d'avoir mieux fait ta connaissance, Senna.

Je lui souris timidement, ne sachant que répondre. Je n'arrivais pas à m'exprimer, ni à réfléchir correctement lorsqu'il se trouvait trop près de moi, alors que lui était parfaitement à l'aise.

– Tu es une fille pleine de mystères… que je compte élucider.

Quel beau parleur ! ne puis-je m'empêcher de penser. Il devait sortir ces salades à toutes les filles. Et en matière de mystère, il n'était pas en reste.

– À plus tard, ajouta-t-il en se dirigeant vers le gymnase.

– Attends !

Je portais toujours ses affaires.

– Tu oublies ça…

Je lui tendis ses Ray-Ban, mais il les refusa d'un geste de la main.

– Non, tu peux les garder, elles te seront bien plus utiles qu'à moi. Et les casquettes…, ce n'est pas trop mon truc.

Alors que je restais plantée là comme une idiote, il se retourna une dernière fois, et me dit :

– À très vite, Senna !

Après les cours, je retrouvai Jessie et Sam allongées sur les lits dans la chambre. Chacune faisait ses devoirs tout en papotant. À ma grande surprise, Sam m'accueillit comme si de rien n'était. J'étais soulagée de ne pas avoir de comptes à lui rendre… jusqu'au moment où elle demanda à Jessie d'aller chercher sa trousse dans sa chambre. Après avoir râlé un bon coup, Jessie abdiqua. Je compris très vite que c'était une stratégie de la part de Sam pour pouvoir me parler seule à seule. La porte s'était à peine refermée derrière Jessie qu'elle se lança :

– Senna, je me dois de t'avertir, c'est très important !

Sam referma bruyamment son livre de géographie et se redressa pour s'asseoir sur le bord du lit de Jessie pour me faire face. Je craignais le pire.

– Il faut absolument que tu fasses attention à Ian. Il n'est pas ce que tu crois. Il est dangereux.

– Dangereux ?

– Eh bien, il n'y a qu'à l'observer, ce garçon est tout sauf normal. Je pense qu'il n'est pas digne de confiance, il sait manipuler les gens. Il se passe des trucs bizarres quand on se trouve en sa présence. Je ne peux pas définir quoi… mais c'est flippant, je t'assure. Et puis, il n'est pas comme nous. On dirait qu'il n'a pas d'histoire, pas de famille, rien… Il disparaît et revient comme par magie. Chaque fois que je me trouvais en sa présence, j'avais l'impression de perdre le contrôle, de ne plus être moi-même. Ce type est glauque, crois-moi.

Le retour de Jessie interrompit la conversation, mais Sam continuait à me fixer. Elle paraissait vraiment sérieuse. Je l'observai un moment, mais ne décelai aucune jalousie dans son comportement. Le pire, c'est que je sentais au fond de moi qu'elle n'avait pas tort. Ce qu'elle venait de me confier à propos d'Ian était tout sauf rassurant, mais cela n'apaisait pas ma curiosité. Peut-être allais-je me brûler les doigts, mais il fallait que je vérifie moi-même, je voulais me faire ma propre idée sur lui. C'était plus fort que moi.

Chapitre 10

J'eus du mal à me réveiller, malgré tous les efforts déployés par Jessie. J'avais encore une fois passé une bonne partie de la nuit dehors malgré la pluie. Ma camarade de chambre avait remarqué les vêtements trempés posés sur ma chaise, mais n'avait pas fait de commentaires. Après les avertissements et révélations de Sam, j'avais eu besoin de réfléchir un peu.

Nous étions samedi et la compétition commençait à dix heures, mais Jessie était déjà prête une heure et demie à l'avance et tentait par tous les moyens de me sortir du lit. Elle était surexcitée : David faisait partie du spectacle. En plus, elle voulait arriver tôt pour trouver une bonne place et être aux premières loges pour suivre la course. Je lui promis d'avaler les gélules vitaminées qu'elle avait posées sur ma table de chevet et d'être prête à temps si elle me laissait me préparer. Elle quitta la chambre à contrecœur. J'étais soulagée. J'aimais beaucoup Jessie, mais mon intimité me manquait parfois.

Je me redressai sur mon lit, et sentis mon dos tout engourdi. En plus de la douleur, il me piquait un peu. Mes omoplates devaient être affreuses, mais je n'avais pas du tout envie de vérifier. J'avais peur de ce que je pourrais y voir.

Juste après la douche, que je pris presque glacée malgré la fraîcheur matinale pour apaiser les brûlures de mon dos, j'appliquai généreusement la pommade sur la surface irritée. Je n'y avais pas jeté un œil depuis un moment, mais le contact de ma peau abîmée sous mes doigts suffit pour me faire comprendre que son état avait empiré. Mes tubes de pommade diminuaient de jour en jour. La douleur devenait si intense qu'il me fallait renouveler les applications plusieurs fois dans la journée et mettre au moins une double dose à chaque fois. À ce rythme-là, je serais bientôt à court de remède

Je ne pouvais pas continuer à ignorer cette chose anormale dans mon dos. De toute évidence, ce n'était pas une allergie. J'étais persuadée que papa et tante Éva savaient ce qui m'arrivait. Et si c'était un cancer? À cette idée, tout mon corps se mit à trembler. Non, ce n'était pas le moment de m'affoler.

Mes nouveaux amis ne devaient pas me voir comme ça. Ils me poseraient des questions et s'inquiéteraient pour moi, ou alors m'éviteraient : c'est connu, personne n'aime traîner avec quelqu'un qui a des problèmes.

J'inspirai un bon coup et me promis de vérifier à mon retour la progression de cette chose qui me couvrait le haut du dos. Pour l'instant, je devais me concentrer sur l'instant présent. Je pris mon temps pour m'habiller et avalai une double ration de cachets contre la migraine. Même si le temps était couvert, je préférais prendre des précautions.

J'entendais déjà des cris d'ados excités dehors. Je m'approchai de la fenêtre. Trois bus étaient garés sur la pelouse et un quatrième, rempli d'élèves, arrivait. Les participants venaient des îles voisines pour affronter notre école. Ils avaient revêtu la couleur de leur équipe, ce qui créait une foule arc-en-ciel. Une ambiance festive régnait. La couleur de l'équipe de Sofeia était l'orange, comme la casquette d'Ian, que je n'oubliai pas de mettre. Elle s'accordait avec le tee-shirt à l'effigie de notre institution qu'on nous avait distribué la veille.

Je n'avais pas trop envie de m'amuser, mais la seule présence d'Ian suffisait à me motiver. Malgré les avertissements de Sam, je ne pouvais m'empêcher de penser à lui. Il fallait que j'élucide cette histoire.

Ma montre m'indiquait qu'il était plus que temps de descendre.

J'attrapai un chandail avant de quitter la chambre et saluai madame Polk au passage. Elle faisait sa ronde habituelle, inspectant le couloir et les dortoirs, sûrement pour vérifier qu'aucun intrus ne s'était faufilé en douce.

Lorsque je mis le pied dehors, je grimaçai de douleur. Mes yeux ! La lumière du jour piquait mes iris comme des aiguilles. Heureusement, j'avais apporté les lunettes de soleil d'Ian. En les chaussant, je ressentis un soulagement instantané.

J'avançai dans la cour en espérant retrouver mes deux copines parmi cette masse multicolore.

– Salut, enfin réveillée ? entendis-je derrière moi.

Je n'eus pas besoin de me retourner. J'aurais reconnu cette voix entre mille.

– Oui. La nuit n'a pas été facile.

Je me retournai pour lui faire face.

– Alors, prêt pour la victoire ?

– Toujours.

– Tu aimes gagner, on dirait.

– À quoi bon jouer, sinon ?

Ian dégageait une assurance à toute épreuve, et un magnétisme anormal. Je ne pouvais m'empêcher d'être surprise chaque fois que je le voyais. Alors que nous nous rapprochions du lac, je me souvins de la discussion que j'avais eue avec Sam. D'ailleurs, elle ne devait pas être loin. Les mots sortirent tous seuls :

– Que s'est-il passé avec Sam ?

– Pardon ? fit-il en haussant un sourcil.

– Elle a l'air de t'en vouloir beaucoup.

– Je ne sais pas, répondit-il en haussant les épaules. Elle est peut-être un peu jalouse, comme les autres.

Ian pouvait être vraiment arrogant parfois. Il savait qu'il plaisait. Il avait sûrement l'habitude de jouer de son charme avec les filles. Je ne croyais pas qu'il me disait toute la vérité non plus, même s'il ne laissait rien paraître.

– En tout cas, quoi qu'elle dise, j'espère que tu auras l'intelligence de te faire ta propre idée sur moi, dit-il calmement. On se voit après la course ? ajouta-t-il en tirant sur ma visière.

Il me saisit la main et la porta à ses lèvres pour y déposer un baiser avant de s'élancer vers la rive. J'étais gênée par cette démonstration publique. Il en faisait vraiment trop ! Au même moment, quelqu'un cria mon nom. C'était Jessie. Elle était installée sous un arbre au bord du lac. Elle avait étendu une grande couverture sur la pelouse. Son cartable, qui s'était transformé en sac à provisions, débordait de boissons, de friandises et de biscuits de toutes sortes. Sam était à ses côtés.

Je craignais que Sam eût surpris le geste d'Ian et me sentis un peu mal à l'aise. Cette situation commençait à être pénible. Je ne voulais pas me sentir coupable et être obligée de me disculper chaque fois qu'elle me surprendrait avec Ian. J'étais assez grande pour décider à qui je voulais parler, quand même, non ?

Dès que j'arrivai à leur niveau, je m'assis en tailleur et entrepris malgré tout de lui expliquer la situation pour éviter tout malentendu.

– Écoute Sam, pour tout à l'heure avec Ian, je…

– Pas la peine de t'expliquer, me coupa-t-elle. Je t'ai dit ce que j'avais à te dire. Tu fais ce que tu veux… Tu n'as pas à te justifier auprès de moi, il n'y a pas de problème.

Je lui souris. J'appréciais ce geste de sa part. Cela faciliterait les choses, car je n'étais pas du genre influençable. Bien au contraire, s'il y avait un problème au sujet d'Ian, je comptais bien l'élucider moi-même.

– Soda ou chocolat chaud ? proposa Jessie.

– Chocolat, merci.

– *Cool* tes lunettes, reprit mon amie en me dévisageant, mais la casquette par contre… Attends, j'ai mieux.

Sam se tourna vers moi, et je compris qu'elle avait reconnu les Ray-Ban d'Ian, mais elle n'émit aucune remarque ; ce qui la fit encore remonter dans mon estime.

Jessie sortit un chapeau tressé de son sac. Il était assez élégant, mais pas du tout mon style. Elle ne me laissa pas le temps de réagir et l'échangea contre la casquette en moins de temps qu'il n'en fallait pour que je m'en rende compte.

– Ça y est ! soupira Sam, l'air désappointée. Tu ressembles à l'une de ces aristos pleines de fric qui articulent exagérément.

– N'importe quoi ! s'indigna Jessie. Tu n'y connais rien, d'abord. Ne l'écoute pas, Senna : elle ne jure que par les Converse et les Adidas ; ce n'est pas une vraie fille.

Sam lui tira la langue. Moi je trouvais que son *look* lui allait à ravir. Elle avait attaché sa grande frange avec une barrette orange assortie à son tee-shirt, ce qui dégageait son visage et ses grands yeux noisette simplement soulignés de noir. On apercevait aussi sa nuque, sur laquelle était tatouée une étoile.

– Alors, comment ça se passe ? demandai-je en sirotant mon chocolat.

– C'est une course en pointe, en huit avec barreur, répondit Jessie.

– Le barreur, c'est celui qui dirige le bateau, expliqua Sam. Et dans notre cas, il s'agit de David.

Jessie ouvrit la bouche, mais c'est la voix de quelqu'un d'autre qui résonna :

– Tiens, tiens, voilà la petite nouvelle…

Tâchant de garder mon calme, je me retournai lentement vers Reva et sa bande qui s'approchaient, l'air hautain.

– C'est à moi que tu parles ?

– Tu es bien nouvelle, non ?

– En tout cas, ce n'est pas parce qu'on est nouvelle qu'on est la bienvenue…, ricana une jolie brune aux cheveux longs.

Tout le groupe s'esclaffa.

– C'est sûr, riposta Sam qui imitait leur ton grotesque en agitant les mains de façon exagérée. Mais *la nouvelle* a un nom… De toute façon, ce n'est pas parce qu'on est bête qu'on n'a pas le droit de rigoler, hi hi hi.

Les filles perdirent leur enthousiasme et la fusillèrent du regard ; mais au moins, elles passèrent leur chemin.

– Bien joué ! fis-je en tapant dans la main que me tendait mon amie. Et merci.

– De rien, j'ai l'habitude avec ces idiotes. Reva et ses simplettes viennent souvent se dandiner devant les garçons au gymnase. Et si cela en perturbe un, je m'énerve.

– C'est clair, confirma Jessie. Elles en voient de toutes les couleurs quand Sam est dans les parages.

J'aurais pu leur répondre moi-même et les envoyer balader, mais je n'avais pas envie de m'énerver. De toute façon, elles reviendraient sûrement à la charge et, tôt ou tard, elles comprendraient à qui elles avaient affaire. À cette pensée, l'image de ma dernière grosse colère ressurgit, me glaçant de la tête aux pieds. Non. Il valait mieux rester calme.

On annonça le début de la course dans les haut-parleurs.

– Venez, venez ! s'écria Jessie tout en nous tirant vers la rive.

Six bateaux d'aviron étaient prêts à prendre le départ.

– Celui de David et Ian est le quatrième, dit-elle en les pointant du doigt.

Lorsque le signal de départ fut lancé, tout le monde cria, soutenant son équipe favorite. Jessie et Sam sautaient et s'égosillaient pour encourager les garçons de notre école.

– Nos amis de l'île du Prince-de-Galles sont en tête pour l'instant, suivis de près par les élèves de la Sofeia High School, annonça le commentateur.

Super, ça commençait bien. Je me penchai un peu pour tenter de reconnaître les garçons de notre équipe. Les embarcations avançaient vite.

– Ah, on a une égalité maintenant ! Les deux favoris sont côte à côte et se disputent la première place. Qui va se démarquer ? Mesdemoiselles, messieurs, il est plus que temps de soutenir votre école !

À présent, les participants se rapprochaient de nous. J'étais sur le qui-vive. Je voyais David à l'arrière du bateau, parce qu'il nous faisait face, mais je n'avais toujours pas repéré Ian.

– Allez les gars, vous y êtes presque ! cria Sam.

– Vas-y, Ian ! Nous sommes avec toi ! entendis-je crier à ma gauche.

Reva et ses copines s'étaient regroupées un peu plus loin, et encourageaient leur idole.

– Oui, tu es le plus fort ! hurla une autre fille.

Pathétique. Elles ne me virent même pas, trop occupées qu'elles étaient à trouver un moyen de se faire remarquer par leur candidat préféré.

Notre équipe prit l'avantage juste avant de passer devant nous. Je reconnus Ian et ne pus m'empêcher de hurler pour encourager l'équipe. Mais je m'arrêtai net, étonnée par la puissance de ma voix, et surtout honteuse d'avoir ainsi perdu le contrôle de moi-même. Mes deux amies s'étaient tues et me dévisageaient, stupéfaites.

– Quoi ? fis-je en haussant les épaules.

Elles détournèrent la tête, trop impatientes de voir la suite, et continuèrent à s'époumoner comme si de rien n'était.

Je continuai à les soutenir, mais plus discrètement cette fois. Ian était assis juste devant David. Ce garçon dégageait une telle assurance que ça en devenait presque irritant.

Il se tourna dans ma direction et je crus percevoir un clin d'œil jeté à mon attention. Ça ne pouvait pas être ça… Tous les autres garçons étaient concentrés, alors qu'Ian ramait avec une facilité déconcertante.

J'eus l'impression qu'à lui tout seul, il faisait quatre-vingts pour cent du boulot.

Quelques minutes plus tard, on annonça la victoire de l'équipe de la SHS. Mes amies et moi sautions de joie.

– Ian a été phénoménal ! s'exclama Jessie.

– Ouais, on peut dire ça…, maugréa Sam en grimaçant, avant de se prendre une petite tape sur l'épaule.

Nous rigolâmes et grignotâmes des friandises sur la pelouse jusqu'au départ des écoles concurrentes en fin d'après-midi. Une petite fête était prévue pour célébrer la victoire de notre école. Nous regagnâmes nos chambres, juste le temps de mettre des habits plus chauds, et redescendîmes pile à l'heure pour profiter des grillades et autres surprises prévues dans la cour. Il y avait de la musique et tout le monde était joyeux.

– Senna ?

Ian se tenait debout derrière moi, si proche que je pouvais sentir son odeur. Il huma mes cheveux. Je me dépêchai de lui faire face.

– Toutes mes félicitations, dis-je d'une voix qui se voulait neutre.

– Ce n'était pas grand-chose, on a l'habitude des victoires.

Je n'aimais pas son arrogance, mais me gardai de le lui dire. Il ne devait pas avoir l'habitude de ce genre de remarque négative, il était sûrement plus habitué aux compliments et autres flatteries, surtout de la part de toutes ces filles qui lui tournaient autour.

– Tous les dimanches, l'école propose plusieurs activités, enchaîna-t-il. Et je me suis dit que, comme tu venais d'arriver, ça te plairait de faire une excursion maritime. La mer offre un bon nombre de surprises par ici… Qu'est-ce que tu en penses ?

Ses yeux pétillaient dans la pénombre, ajoutant encore à son charme. En général, ce genre de type à l'ego démesuré m'horripilait, mais je sentais qu'Ian ne se résumait pas qu'à ça. J'étais déterminée à percer ses mystères et à comprendre ce besoin que j'avais de le connaître mieux.

– Oui, ce serait génial.

– Parfait, je nous inscris dès ce soir. La navette part à dix heures.

– Ian ? l'interpella Reva, un peu plus loin, l'expression aguicheuse.

– Vas-y avant qu'elle ne me le fasse regretter, suggérai-je d'un ton plaisantin.

– À demain alors, me dit-il avant de s'éloigner.

Il rejoignit Reva et trinqua avec elle. J'eus un petit pincement à le voir ainsi en sa compagnie, mais je feignis l'indifférence. Interdiction de tomber dans le panneau ! Je ne voulais pas donner l'impression d'avoir succombé à son charme et, par la même occasion, de ressembler au club grotesque de ses ferventes admiratrices.

Je devais me contrôler et refouler toutes ces émotions absurdes. Il valait mieux ne pas me prendre la tête avec ce garçon étrange.

Je ne tardai pas à quitter la cour : mon dos me brûlait et me démangeait. Je n'avais qu'une hâte : l'apaiser. Je m'enfermai dans la salle de bain et fis couler de l'eau froide sur mes brûlures. Je soupirai de soulagement. Un grand miroir faisait face à la douche. Prenant sur moi, je m'obligeai à me tourner pour mesurer l'étendue des dégâts. En découvrant l'état de mon dos, mes mains se mirent à trembler un peu. Les marques s'étaient élargies et descendaient en dessous des côtes. Elles étaient très gonflées. J'eus un haut-le-cœur et détournai vite la tête. Ce n'était pas normal, j'en étais sûre !

Je revêtis vite mon pyjama pour masquer cette horreur et me rapprochai du miroir pour examiner mes iris. Ils étaient un peu rouges et fatigués. J'espérais que je ne couvais pas une conjonctivite.

Même si je n'avais pas sommeil, je me mis au lit. Jessie ne rentrerait sûrement pas de sitôt. Je l'avais quittée alors qu'elle était en pleine conversation avec David et ses amis. C'était vraiment bizarre : l'épuisement que je ressentais durant la journée s'atténuait légèrement à la tombée de la nuit, au moment où j'aurais bien aimé m'endormir. Je ne pourrais pas faire d'escapade ce soir, la fête se finirait tard. Alors, c'est sous la couette avec un bouquin que je finis la soirée, attendant impatiemment que le soleil se lève de nouveau, afin de pouvoir partir en excursion avec Ian.

Chapitre 11

Je me précipitai dehors. J'étais en retard. Non seulement j'avais eu du mal à sortir du lit, mais en plus, il avait fallu faire attention à ne pas réveiller Jessie qui dormait à poings fermés. Elle avait fait la fête toute la nuit et était rentrée à l'aube. Je m'étais presque préparée à l'aveuglette. J'aurais voulu soigner un peu plus ma présentation pour cette journée avec Ian, mais bon, j'avais juste eu le temps de démêler mes cheveux et d'enfiler un jean et un col roulé.

Bon sang, qu'est-ce que mes yeux me faisaient mal ! Ils étaient très rouges à mon réveil. Heureusement que j'avais encore les lunettes d'Ian… Il m'aurait été impossible de sortir sans elles, aujourd'hui. Le temps était couvert, mais la lumière du jour suffisait à enflammer mon système oculaire.

Je courus jusqu'à la fourgonnette de la SHS garée dans la cour. Cette excursion était une bonne idée. J'allais passer la journée dans la nature et avoir autre chose en tête que les terribles idées concernant ma santé qui me hantaient depuis quelques jours. Je savais que quelque chose ne tournait pas rond chez moi, et si c'était une maladie grave que je couvais, je ne voulais pas y penser pour l'instant. Être avec Ian me faisait presque oublier tout ça, même si je n'aimais pas l'effet que sa présence produisait en moi. Et puis, si je devais mourir, autant en profiter !

Il était déjà à bord du véhicule, et m'invita à m'in staller à ses côtés lorsqu'il m'aperçut.

– Tu n'es pas du matin, toi…

– Pas vraiment, désolée.

– Ce n'est pas grave.

Ce n'est qu'à cet instant que je me rendis compte que nous étions seuls à l'exception du chauffeur.

– Je vois que cette excursion a emballé beaucoup de monde…

– Ils sont tous en train de dormir. La fête d'hier soir les a achevés.

– Et toi ?

– Je n'aurais manqué ce rendez-vous pour rien au monde, répondit-il avec un sourire espiègle. On peut y aller, ajouta-t-il à l'attention du conducteur, qui hocha la tête avant d'actionner le moteur.

– Quelque chose me dit que Reva ne va pas apprécier ce rendez-vous, soulignai-je.

– Tant pis, je prends le risque. Et puis, je ne lui appartiens pas.

Le conducteur prit la direction du centre-ville.

– Qu'allons-nous voir au juste ?

– C'est une surprise. On y sera dans cinq minutes.

– J'ai hâte !

Ian me décocha un grand sourire. Il était élégant avec son tricot blanc et son jean noir.

– Encore ce problème aux yeux ? demanda-t-il, en remarquant que je portais ses Ray-Ban même si le soleil se montrait à peine.

– Oui, je crois que j'ai une petite irritation. En tout cas, merci pour les lunettes. Elles me sont d'un grand secours.

– De rien. C'est juste dommage que tu doives les porter. Elles dissimulent ton visage.

Je lui souris avec hésitation. Moi, ça m'arrangeait au contraire ! Être cachée derrière ces verres teintés était réconfortant.

Je me tournai vers la vitre pour contempler le paysage. Ian entreprit alors de me faire un petit historique de la ville. Sitka était magnifique et reflétait beaucoup son passé. Nous aperçûmes de nombreux totems en bois, peints de couleurs vives, dressés un peu partout.

– C'est un héritage de la culture Tlingits, expliqua Ian. C'était une population indigène qui vivait ici avant d'être réduite en esclavage par les Russes. L'objectif des envahisseurs était de faire du commerce de fourrures, et d'ailleurs c'est ce qui s'est passé : les loutres de mer ont longtemps été chassées et même menacées d'extinction.

– C'est terrible.

– Le village des Tlingits se trouvait au nord, dit-il en me montrant la direction par la vitre. Mais il n'en reste rien désormais. En revanche, il y a un musée qui expose des reliques, des objets et des photos de ce peuple ancestral. Je t'y emmènerai un jour.

Lorsque nous arrivâmes en ville, je remarquai l'architecture orthodoxe de plusieurs constructions qui reflétait le passage de la population russe, comme la cathédrale Saint-Michael. Il y avait aussi divers petits magasins qui proposaient des produits locaux, artisanaux, des souvenirs, etc. Sitka était vraiment un lieu insolite.

La fourgonnette s'arrêta devant un port : le Sitka Crescent Harbor & Marina.

– On y est ! annonça Ian avant de descendre de la voiture.

Je l'imitai, déjà excitée par l'excursion qui nous attendait. Sans un mot, le chauffeur de la voiture se remit en route. À notre droite, il y avait un grand espace vert avec un petit terrain de jeux pour les enfants, des glissades, des balançoires et autres installations multicolores. Ian me tirait par la main et avançait d'un pas déterminé vers un bateau à moteur amarré juste en face de nous. Sur sa coque, on pouvait lire : *Sea Life Discovery Tour.*

– Bonjour, jeunes gens ! nous salua celui qui était de toute évidence le capitaine. Prêts pour une balade inoubliable ?

– Oh que oui ! répondis-je en acceptant la main qu'il me tendait pour grimper à bord.

Ian me suivit et nous allâmes nous installer sur la petite banquette blanche à l'avant de la navette. Nous ne tardâmes pas à quitter le port.

– C'est génial ! m'exclamai-je, alors que le vent commençait à me fouetter le visage.

– Et tu n'as encore rien vu…

Le paysage était magnifique. Plus nous nous éloignions, mieux j'apercevais les montagnes qui dominaient de l'autre côté de l'île.

– Là, c'est le mont Edgecumbe. Il est situé sur l'île Kruzof. C'est un volcan éteint.

Le contraste est-ouest de l'île était surprenant : montagneux d'un côté et océanique de l'autre.

Nous longions la baie de Sitka, lorsque j'entendis un souffle profond, qui m'arracha un cri de surprise. Je me levai afin de mieux percevoir la silhouette marine qui surgissait hors de l'eau.

– Non ! m'exclamai-je. Ce ne serait pas une…

Comme pour répondre à ma question, un grand jet d'eau s'éleva à plusieurs mètres, provoquant un nuage vaporeux aux allures de chou-fleur.

– Oui. C'est une baleine à bosse, confirma Ian, amusé par mon ébahissement.

Le bateau ralentit et là, l'aileron dorsal du cétacé émergea. Puis, ce fut au tour de sa queue.

– C'est magnifique ! dis-je, émue.

– Regarde là-bas…

Il y en avait deux autres plus loin. Leur plongeon délicat et puissant me fascinait. Les mammifères semblaient vouloir se rejoindre. Le premier giflait l'eau avec sa queue.

– Ils convoitent sûrement un banc de harengs, expliqua le capitaine. Ils utilisent différentes techniques de pêche. Celle-ci consiste à assommer les poissons en frappant l'eau avec leurs nageoires et leur queue.

Ian se plaça derrière moi pour admirer le spectacle. Il était si proche que je sentais son souffle chaud sur ma nuque. J'aurais pu rester des heures ainsi. Nul besoin de parler, sa simple présence me suffisait.

–Je crois savoir où trouver autre chose qui va vous plaire, déclara le capitaine.

Tandis que nous continuions notre balade maritime, Ian sortit de son sac un paquet de *chips* au bacon et des fruits que nous mangeâmes tout en contemplant le paysage. Nous croisâmes des bateaux de pêche au saumon, ainsi que d'autres navettes touristiques. Les côtes de l'île Baranof, très découpées et formées de profonds fjords, étaient impressionnantes.

Nous longeâmes l'est de la ville, avec ses plages couvertes de vase et de rochers. L'accès aux pontons était privé, mais quelques mouvements dans l'eau attirèrent mon attention.

– Des loutres de mer !

–Je vous avais dit que ça vous plairait, souligna le capitaine.

Je me précipitai à l'avant du bateau pour mieux les observer. Elles nageaient sur le dos et ne paraissaient pas se soucier de notre présence.

– Elles nagent ainsi pour maintenir leur museau et leurs pattes hors de l'eau, car ce sont les seules parties de leur corps qui sont dépourvues de fourrure, commenta Ian. Regarde aussi là-bas, continua-t-il en désignant le sommet des épicéas qui surplombaient la rive. Des pygargues à tête blanche. Ce sont des rapaces.

– Waouh !

Je savourais chaque instant, et ne ratais rien de ce qu'offrait ce paysage hors du commun. Cette journée aurait été encore plus géniale si je n'avais pas été si fatiguée.

Nous continuions à naviguer sur les eaux calmes de la baie quand le ciel commença à se voiler. Des nuages épais et grisâtres firent leur apparition, annonçant l'arrivée du mauvais temps.

–Il faut rentrer, déclara le capitaine. Il ne va pas tarder à pleuvoir.

Le vent se leva. Il ne s'agissait pas d'une simple pluie ; quelques éclairs striaient le ciel, annonçant l'arrivée de l'orage. Mais au lieu de ressentir de la peur, ce fut un sentiment de quiétude qui déferla en moi. Ma migraine semblait s'atténuer. J'étais en osmose avec le temps et respirais l'air à pleins poumons. C'était si agréable de ressentir sa fraîcheur sur ma peau, dans mes cheveux, de la sentir pénétrer mon corps et le revigorer. J'aurais voulu rester dehors et savourer cette sensation encore longtemps.

Lorsque nous atteignîmes le port, la pluie commença à tomber. Le capitaine se dépêcha d'amarrer le bateau. J'en profitai pour étudier le ciel, hypnotisée par ce qu'il dégageait. Sa beauté, sa puissance et son énergie m'envoûtaient. D'ici quelques secondes, un énorme orage allait éclater. Il était proche. Je le savais, je le ressentais. Ian descendit le premier et me tendit la main pour m'aider. Je posai ma main dans la sienne, mais au moment où j'allais mettre pied à terre, je m'arrêtai, submergée par une impression étrange. C'était comme si l'air tentait de me souffler quelque chose.

– Attends ! dis-je à Ian.

Je fermai les yeux. Tout mon corps était en alerte. Je me concentrai, tendis l'oreille, et là…, je sentis une connexion. Ma vue devint trouble, mon esprit s'évada, guidé par le vent. Pendant une fraction de seconde, je l'entendis : une voix forte et sans appel résonna dans ma tête :

« Ta place est parmi nous. Où que tu sois, nous te retrouverons. »

Il y eut un flash de lumière, comme un éclair, et je revins brusquement à moi. En sortant de ma transe, je lâchai un hoquet de surprise. La déconnexion fut si rapide et brutale que j'en eus mal au cœur. J'avais l'impression d'avoir quitté mon corps et parcouru des milliers de kilomètres.

– Tu as entendu ça ? m'écriai-je, sous le choc, en distinguant de nouveau Ian en face de moi.

Il haussa un sourcil, perplexe.

– Euh… Oui, le grondement de tonnerre, répondit-il comme si c'était une évidence. Senna, vite, il faut se dépêcher si on ne veut pas finir en sardines grillées.

Devenais-je folle ? J'étais persuadée d'avoir entendu quelque chose, pas un grondement de tonnerre, mais une voix. L'orage m'avait livré un message, ou plutôt… j'avais capté un message porté par l'orage, ou à travers lui… Je ne savais comment expliquer ce qui venait de m'arriver. Mais l'expérience m'avait paru si réelle ! Je m'efforçai de me ressaisir, et suivis Ian en courant jusqu'à la fourgonnette qui nous attendait un peu plus loin.

Alors que nous reprenions le chemin de l'école, j'ôtai mes lunettes de soleil, le temps d'essuyer les verres salis par l'eau de mer. Je ne pus m'empêcher de grimacer, ce qui n'échappa pas à Ian.

– Tes yeux te font beaucoup souffrir, hein ? demanda-t-il en se penchant vers moi.

– Oui, ça empire.

– Fais voir, dit-il en m'obligeant à tourner la tête.

Mes yeux me brûlaient, mais je m'efforçai du mieux que je le pouvais de les garder ouverts pour qu'il puisse les examiner.

– C'est étrange…

– Quoi ?

– Tu as un miroir ?

– Euh… oui.

Je fouillai dans mon sac à la recherche de mon poudrier. Comme je ne l'utilisais pas souvent, cela me prit au moins une minute pour le trouver. Lorsqu'enfin je mis la main sur le petit objet en métal doré, je l'ouvris d'un geste rapide. Ian eut alors un léger mouvement de recul, comme s'il voulait éviter de croiser son reflet. Sa réaction était bizarre, mais je fis mine de n'avoir rien remarqué. Je rapprochai la petite boîte ronde de mon visage, de manière à examiner mes globes oculaires. Ils étaient encore plus rouges que la veille. J'avais aussi l'air très fatiguée, mais ce qui me surprit le plus, c'était cette teinte étrange: de petites taches pourpres s'étalaient à l'intérieur de mes iris.

–Oui, tu as raison, c'est bizarre…

Ne voulant pas montrer mon inquiétude, je remis vite mes lunettes.

–Demain j'irai à l'infirmerie, m'empressai-je de dire, même si je n'étais pas du tout décidée à le faire.

Mais Ian ne m'écoutait déjà plus. Il fixait la route, perdu dans ses pensées, le visage impassible. J'espérais ne pas lui avoir fait peur.

Nous courûmes aussi vite que possible en descendant de voiture pour rejoindre l'école, mais il pleuvait si fort que nous fûmes quand même trempés. Le couloir était anormalement calme. Quelques élèves traînaillaient par-ci, par-là, mais nous étions loin de l'agitation habituelle.

Immobile dans le hall, Ian resta un instant à me fixer, les yeux pétillants. Il baissa légèrement la tête et un moment, je crus qu'il allait m'embrasser. Effrayée par les sentiments que ce garçon éveillait en moi, je détournai la tête.

– Oh zut ! Le devoir de biologie, dis-je rapidement.

Je ne voulais pas qu'il me prenne pour l'une de ces filles crédules qui tombent dans son jeu sans réfléchir. Ian était un beau parleur doublé d'un coureur de jupons. Autrement dit, tout ce qui me déplaisait chez un garçon. Il fallait qu'il comprenne que ce ne serait pas aussi facile avec moi. J'étais allée à l'encontre de mes principes en sortant avec Jake, et je le regrettais amèrement. Je n'avais pas besoin d'une seconde mauvaise expérience amoureuse. J'avais déjà trop de soucis. Il me fallait d'abord réfléchir et comprendre ce qui m'arrivait, et ensuite je verrais.

– Tu n'as pas à t'en faire, répondit-il avec un sourire sincère. Tu as l'air fatiguée. Tu devrais te reposer avant d'affronter la nouvelle semaine de cours. Nous le ferons demain après la classe. De toute façon, je dois m'absenter pour le reste de la journée.

Je hochai la tête, pas très convaincue. Je me demandais ce qu'il pouvait bien avoir à faire un dimanche après-midi orageux, perdu sur une île en Alaska… mais je ne dis rien.

– OK… En tout cas, merci pour la journée. C'était vraiment génial.

– J'espère bien que ce ne sera pas la dernière, dit-il d'un ton charmeur.

Il continua de me dévisager en silence. Sentant mes joues s'empourprer de nouveau, je reculai et lançai un «À plus, alors» maladroit, avant de tourner les talons.

J'étais toutefois un peu déçue que l'on se quitte ainsi après une si merveilleuse journée.

Jessie n'était plus dans la chambre au moment où je rentrai, et je mourais de froid, alors je pris le risque de me changer directement dans la pièce. J'étais sur le point d'enfiler un coton ouaté sec quand la porte s'ouvrit.

– Oh!… désolée.

Je poussai un petit cri et me retournai vite pour cacher mon dos, priant pour que Jessie n'ait pas eu le temps de voir quoi que ce soit.

– Je ne voulais pas te faire peur, ajouta-t-elle, embarrassée.

Choquée, je ne répondis pas, et restai là, immobile.

– … Joli tatouage, bredouilla-t-elle. Ne t'en fais pas, je n'en parlerai à personne. Apparemment, tu voulais garder ça secret. Il est très beau, tu sais. Tu as dû avoir une réaction allergique au contact de l'aiguille. C'est sûrement pour ça qu'il est rouge et boursouflé, mais ça partira…

Mon tatouage? Qu'est-ce qu'elle voulait dire par là?

– J'ai un baume contre les brûlures que je mets sur mes coups de soleil. Ça devrait te soulager, tu en veux? proposa-t-elle en tentant de masquer sa gêne.

Je sentais que Jessie voulait me rassurer. Elle essayait de se racheter pour avoir vu ce qu'elle n'aurait jamais dû voir.

–Non, merci. J'ai ce qu'il faut.

–Bon ben, je te laisse t'habiller… Je t'ai vue dans l'escalier, alors je suis venue te prévenir que je serais à la bibliothèque, au cas où tu me chercherais. Tu peux me rejoindre plus tard, si tu veux.

J'acquiesçai et attendis qu'elle sorte pour finir d'enfiler mon chandail.

Tatouage ? Mais de quoi Jessie voulait-elle parler ? Comment pouvait-elle confondre mes horribles plaies avec un tatouage ?

Je me précipitai dans la salle de bain, inspirai profondément, et me tournai dos au miroir. Qu'est-ce que… ? Des marques noires étaient apparues sur ma peau. De fines lignes parcouraient mon dos et entouraient mes omoplates, un peu comme des veinules. Elles semblaient vouloir dessiner une forme.

Oh non, qu'est-ce que c'était, encore ! Je portai mes mains tremblantes à ma bouche. Les démangeaisons remplaçaient peu à peu la douleur, mais ce que je voyais maintenant n'avait rien de rassurant, au contraire. Comment allais-je me débarrasser de ça ? Bon sang, ce truc était tout sauf ordinaire. Lorsque je réussis enfin à détourner mon attention de cette chose épouvantable, je refis face à mon reflet et me courbai pour examiner mes iris. Heureusement, les taches étaient discrètes et ne se voyaient que lorsque l'on y prêtait attention. Il fallait que je trouve un moyen d'éclaircir tout ça au plus vite…

J'attendis un peu avant de rejoindre Jessie à la bibliothèque. Je fis de mon mieux pour paraître la plus normale possible. Jessie était dans tous ses états et n'arrêtait pas de parler. Elle omit même de m'interroger sur ma journée avec Ian, et tant mieux, car je n'avais pas très envie de discuter. Mon amie me raconta comment David l'avait embrassée à la fin de la soirée. Elle en était encore émue. C'était presque officiel : ils sortaient ensemble. D'ailleurs, elle était conviée à se joindre à lui et à ses amis le soir même pour souper, et me demanda si je voulais l'accompagner, vu que Sam aussi avait quelque chose de prévu. Je refusai poliment. J'avais besoin de passer un peu de temps seule. Je ne me sentais vraiment pas bien et n'arrivais pas à chasser l'angoisse grandissante qui m'étreignait. Le pire était que je ne pouvais en parler à personne. J'avais la gorge nouée tant j'avais envie de pleurer.

Je passai la soirée blottie dans mon lit. Lorsque ma montre m'indiqua par son bip habituel qu'il était minuit, je décidai de m'enfuir une nouvelle fois pour retrouver le doux contact de la nature. Jessie, qui avait regagné son lit sur la pointe des pieds une demi-heure avant le couvre-feu, était partie au royaume des songes depuis longtemps.

Alors que je me dirigeais vers la fenêtre, j'entendis un son en provenance du couloir. On aurait dit que quelqu'un chantonnait. C'était bizarre. Qui oserait s'aventurer à cette heure hors de sa chambre sans craindre le courroux de madame Polk et en chantant, qui plus est? Interloquée, je fis volte-face et avançai à tâtons jusqu'à la porte. Je me baissai afin de jeter un coup d'œil par le trou de la serrure. Je ne voyais rien, mais distinguais nettement la voix d'une femme. Une voix lointaine qui résonnait doucement, comme un écho. Une voix presque surnaturelle qui me donnait des frissons. Je vérifiai que Jessie n'avait pas bougé, et me risquai à entrouvrir la porte en prenant garde à ne pas faire de bruit. La mélodie semblait provenir de l'autre côté du couloir. Je poussai juste un peu la porte, de manière à voir sans être vue. Quelque chose remuait près de l'escalier. J'ouvris encore de quelques millimètres avant d'étouffer un cri.

Oh mon Dieu! Les rumeurs étaient vraies. Cette école était hantée!

Le spectre bleu d'une femme valsait dans le couloir. Ses cheveux longs et vaporeux flottaient au-dessus de sa tête, tandis que sa robe d'une autre époque glissait sur le sol de façon aérienne. Elle fit un tour sur elle-même, et je distinguai son visage: c'était celui d'une vieille femme ridée. Ses globes oculaires étaient d'un blanc opaque et ses traits me semblaient étrangement familiers. Glacée d'effroi, je reculai, mais mon pied heurta la porte, qui grinça. La silhouette fantomatique se tourna dans ma direction. Les battements de mon cœur s'emballèrent. Collée contre le mur, je retins ma respiration et n'osai plus bouger. Les dents serrées, je priai pour qu'elle ne se rende compte de rien. Pourquoi fallait-il que ça m'arrive à moi ? Après quelques secondes, l'entité plongea dans l'escalier et disparut.

Le spectre bleu d'une femme valsait dans le couloir.
Ses cheveux longs et vaporeux flottaient au-dessus de sa tête, tandis que sa robe d'une autre époque glissait sur le sol de façon aérienne. Elle fit un tour sur elle-mêtme, et je distinguai son visage : c'était celui d'une vieille femme ridée. Ses globes oculaires étaient d'un blanc opaque et ses traits me semblaient étrangement familiers.

Chapitre 12

J'avais passé toute la matinée à essayer de chasser le souvenir de la forme éthérée que j'avais vue dans le couloir. J'en frissonnais encore. J'avais décidé de ne pas en parler aux filles pour ne pas les effrayer et alimenter les rumeurs. Savoir que je vivais dans un pensionnat hanté me fichait la frousse. Et si le spectre s'infiltrait dans notre chambre pendant que nous dormions ? Peut-être devrais-je en parler à Ian ?

En fin d'après-midi, je me rendis au cours de musique, et trouvai Ian devant la salle…, à côté de Reva. Je l'avais cherché toute la journée, et le voir en compagnie de cette pimbêche me fit ressentir une pointe de jalousie. Surtout après notre rendez-vous de la veille.

Ils étaient en pleine discussion. Ian était accoté au mur et me tournait le dos. Je profitai du passage d'un groupe d'élèves pour me faufiler, et entrai dans la salle de cours. Aucun des deux ne m'avait vue. Je n'avais aucune envie d'être interpellée par Ian quand Reva était dans les parages. La situation risquait de déraper. Cette fille me haïssait, car je marchais sur ses plates-bandes, et elle finirait par me le faire payer. Or, je n'avais aucune envie de me mettre en colère compte tenu des risques que cela impliquait.

Les chaises étaient disposées en demi-cercle. Moi qui pensais m'isoler au fond de la salle, comme d'habitude… Faute de choix, je m'installai à la droite du cercle. J'espérais que Reva et Ian n'avaient pas choisi l'option musique. Après tout, le fait qu'ils discutent devant la porte ne signifiait pas forcément qu'ils avaient cours ici.

Je jetai un coup d'œil au fond de la pièce pour détailler les différents instruments de musique. Il y avait de tout : des guitares, des violons, une batterie, des tambours, etc. Ma mère m'avait initiée au violon depuis que j'étais toute petite, et je me débrouillais plutôt pas mal…, du moins, autrefois. Cela faisait un bail que je n'y avais pas touché.

L'idée de jouer devant toute la classe me terrorisait. J'étais un peu pudique. Je n'aurais jamais dû opter pour cette discipline… Quoique le théâtre et le sport, les deux autres options disponibles, ne fussent pas les plus adaptées, côté discrétion.

Le professeur entra, suivi du reste des élèves. Je guettai la porte d'entrée, espérant jusqu'à la dernière minute que Reva et Ian ne s'introduiraient pas dans la salle. Quand le dernier élève referma la porte derrière lui à la demande du professeur, je soupirai de soulagement. Trop tôt. Une main se posa sur la porte juste avant qu'elle ne claquât : c'était Ian qui, pour ne pas changer, arrivait encore après les autres.

Ce n'était pas sa présence qui me dérangeait, mais plutôt le fait de devoir jouer devant lui. La situation aurait pu être pire : au moins, Reva n'était pas présente.

Il m'adressa un de ses plus beaux sourires et s'installa juste en face de moi.

– Bonjour, chers amis ! fit le professeur d'une voix théâtrale.

Il avait un petit accent aristocrate qui collait bien avec son allure : veste et pantalon à pinces marron, chaussures cirées, fine moustache et cheveux plaqués sur la tête avec une tonne de gel.

– Bonjour, monsieur Dale, répondit poliment la classe.

Le professeur intégra le demi-cercle, se plaça au milieu, et fit un tour sur lui-même en chantonnant pour prendre connaissance de son auditoire. Il s'arrêta sur moi et me désigna du doigt.

– Vous… Vous êtes nouvelle, n'est-ce pas ?

– Oui.

– Comment vous appelez-vous, déjà ?

– Senna.

– Senna… hum, très joli, fit-il en tirant sur une pointe de sa moustache. Et vers quel instrument va votre préférence, Senna ?

– Euh, j'aime bien le violon.

– Magnifique ! s'exclama-t-il en levant les bras. Nous avons un deuxième virtuose du violon ! Eh bien, mademoiselle, nous serions ravis de pouvoir vous écouter, ajouta-t-il en refaisant un tour sur lui-même, comme s'il parlait au nom de tous les élèves.

Puis il s'assit sur l'unique chaise libre, à ma droite.

Et voilà ! Ce que je craignais arriva. Mal à l'aise, je posai mon sac, que j'avais jusque-là gardé sur mes genoux, et allai récupérer un instrument avant de regagner ma place.

– Chut ! fit le professeur à l'intention de deux élèves qui discutaient. Nous vous écoutons, Senna, lança-t-il avec un sourire encourageant.

Le violon en position de jeu, menton sur la mentonnière, je toussotai pour masquer ma gêne, puis fermai les yeux afin de mieux me concentrer et d'oublier tous ces regards braqués vers moi. Mes doigts tremblaient un peu, mais je me lançai, faisant glisser l'archet au rythme d'une mélodie que ma mère me chantait souvent quand j'étais enfant. Je me détendis peu à peu et, emportée par la musique, je me perdis dans mes souvenirs. Plus rien n'existait autour de moi. Ce furent les applaudissements du professeur et des élèves au moment de la dernière note qui me firent revenir à la réalité.

– Magnifique ! s'exclama monsieur Dale, qui s'était levé. Quelle mélodie ! Je crois que nous ferons de jolies choses ensemble, mademoiselle.

À ce moment précis, je n'avais qu'une envie : me cacher sous ma chaise.

– Monsieur Stone, nous ferez-vous l'honneur de nous montrer à votre tour ce que vous savez faire ? ajouta-t-il en désignant Ian d'un geste gracieux.

Ian ? Du violon ? Alors, c'était lui, le premier virtuose ! Je l'observai, stupéfaite, tandis que monsieur Dale récupérait un autre violon avant de le lui tendre. Ian m'adressa un clin d'œil espiègle. Ce garçon était étonnant.

Sans attendre, Ian se mit à jouer avec une aisance fascinante. L'archet glissait avec rapidité et précision au rythme de sa main, créant une musique complexe et envoûtante. Il était épatant.

Chaque élève fit une démonstration. C'était pour monsieur Dale une façon de m'accueillir et de m'intégrer dans le groupe, et en même temps de faire connaissance avec chaque élève dont l'instrument fétiche représentait selon lui le miroir de son âme.

Lorsque la sonnerie retentit, notre professeur nous autorisa à emporter l'instrument de notre choix afin de nous entraîner individuellement et de composer une mélodie personnelle pour le cours suivant. Je plaçai mon violon dans sa housse et rejoignis Ian, encore occupé à ranger le sien.

– Alors, comme ça, tu joues du violon ? fis-je, l'air taquin.

– Ça nous fait un autre point en commun, rétorqua-t-il en souriant. Maintenant, c'est sûr, on est faits l'un pour l'autre.

Il savait que ces déclarations m'embarrassaient et aimait jouer avec mes émotions. Mais je ne me démontai pas, cette fois.

– Ça, ce n'est pas si sûr…, ripostai-je en rejoignant le couloir principal, Ian sur mes talons.

C'était la dernière heure de cours. Nous devions nous rendre à la bibliothèque afin de préparer ensemble le devoir de biologie pour le lendemain.

– Oups ! lâchai-je sans m'en rendre compte.

Reva attendait, appuyée contre le mur en face de la salle, en jouant avec ses mèches décolorées. Dès qu'elle m'aperçut aux côtés d'Ian, son visage s'assombrit. Elle se redressa et se dirigea vers nous avec fureur.

Le moment tant redouté était venu… Ça ne sentait pas bon du tout !

– Revoilà la nouvelle, articula-t-elle, les lèvres crispées par un sourire sardonique, avant de s'arrêter à quelques centimètres de moi. Jamais là où il faut ! Tu devrais apprendre à respecter l'espace des autres…

Son visage était si près du mien que je pouvais sentir son parfum ambré.

– Pardon ?

Cette fille commençait sérieusement à m'énerver. Tout le monde s'était tourné vers nous et nous examinait sans ménagement. Et moi qui avais horreur de me donner en spectacle ! Ce public improvisé semblait plaire à Reva, qui s'en donnait à cœur joie, à l'aise dans son rôle d'emmerdeuse populaire prête à tout pour se faire remarquer.

– Tu as très bien compris, pesta-t-elle. Les nouvelles se croient tout permis, mais ça ne marche pas avec moi.

Senna, ne t'énerve pas, me répétai-je en serrant les poings.

Alors que je me battais contre moi-même pour ne pas m'emporter, Reva approcha sa bouche de mon oreille et murmura :

– C'est dangereux de s'incruster comme une voleuse sur mon territoire.

À cet instant précis, une bouffée de rage me submergea. Elle se répandit dans tout mon corps, puissante et indomptable. Ne pouvant plus me contenir, j'agrippai Reva par le cou et la plaquai contre le mur.

– Qui est dangereuse, maintenant ? raillai-je en plantant mon regard dans le sien. Tu veux toujours jouer ?

Reva était pétrifiée. Et la voir ainsi m'amusait.

– Ça suffit ! entendis-je derrière moi.

Quelqu'un me prit par les épaules, m'obligeant à lâcher prise, et me tira à l'autre bout du couloir. Cette intervention soudaine me permit de recouvrer mes sens et le contrôle de moi-même. Je connaissais une seule personne qui avait autant de force : Ian. Il me scruta un moment, l'air de dire : j'en étais sûr.

Qu'est-ce que j'avais fait ? Le *phénomène* avait recommencé. J'examinai mes mains tremblantes, comme si elles ne m'appartenaient pas. Je ne voulais pas que ça arrive. J'avais tout fait pour l'éviter, mais Reva m'avait cherchée…

Je levai les yeux et vis Ian, le front posé sur celui de Reva. Il tentait de la réconforter et lui répétait de ne regarder que lui, que tout allait bien, que c'était fini. Je ressentis comme un coup de poignard dans mon cœur, réduisant à néant tous mes efforts pour rester calme. J'avais la gorge nouée et je sentais la colère monter en moi, mais pas la même. Celle-ci était triste et inoffensive.

– C'est elle qui a commencé, vociférai-je tout à coup, la voix chevrotante. Elle l'a cherché !

Tout le monde ne s'intéressait qu'à Reva. Elle avait eu ce qu'elle voulait. Et Ian, où était-il quand Reva tentait de me ridiculiser devant tout le monde ? Pourquoi n'était-il pas intervenu ? Le fait qu'il aille la réconforter, *elle* au lieu de moi, qu'il veuille la protéger en m'écartant sans un mot, et ce devant toute l'école, donnait du crédit à Reva aux yeux de tous. Elle était devenue la victime et moi, la méchante.

– Que se passe-t-il ici ? tonna la voix de madame Polk, qui poussait sans ménagement les élèves pour se frayer un passage.

– Ce n'est rien, s'écria Ian en levant la main pour qu'elle puisse le voir. Tout s'est arrangé. Une petite querelle entre élèves, mais maintenant tout va bien.

L'assistante regarda autour d'elle, hésitante. Réalisant qu'elle arrivait trop tard et qu'elle ne saurait rien de plus, elle abandonna.

– Eh bien ! qu'attendez-vous, alors ? Dispersez-vous, et plus vite que ça ! ordonna-t-elle en tapant des mains.

Les élèves s'éparpillèrent, sous le regard sévère de madame Polk. Suivant le rythme, je reculai pour tenter de m'échapper moi aussi.

– *Cool* ! lâcha gaiement un élève en passant près de moi.

Je mis un temps à me rendre compte que c'était à moi qu'il s'adressait.

– Ouais, fit un autre. Reva l'a bien mérité !

Je m'immobilisai, ne sachant comment réagir. Cet accrochage n'avait pas les répercussions que je craignais. Une main s'agrippa à mon bras et me tira en arrière. C'était Sam.

–Bien joué ! murmura-t-elle en accélérant le pas. Je t'avais dit de ne pas lui faire confiance.

De qui parlait-elle, de Reva ou d'Ian ? Quelle question, d'Ian bien sûr ! Elle avait raison. Je ne l'avais pas écoutée et voilà où ça m'avait conduite. Je la laissai me guider jusqu'à ma chambre sans dire un mot, encore sous le choc.

Alors que je me laissais tomber sur mon lit, Sam ne manqua pas de me sermonner.

–Je t'avais dit que ce type était un salaud. Tu as vu comment il a réussi à calmer Reva en quelques secondes ? Il lui a fait quelque chose, j'en suis sûre. Elle souriait déjà au moment où madame Polk est intervenue. Il a une espèce de pouvoir ou quelque chose du genre, ajouta-t-elle en s'installant sur le lit de Jessie. Je crois qu'il peut contrôler l'esprit des gens…

Sam était tellement absorbée par son monologue contre Ian qu'elle ne m'avait pas prêté attention. Elle se parlait à elle-même, comme si l'incident lui avait donné l'occasion d'observer le comportement d'Ian et de confirmer ses soupçons. Ses mises en garde étaient légitimes, même si ses explications étaient farfelues. Je n'avais pas la force de répondre ni de discuter de quoi que ce soit. Il ne s'agissait pas que d'Ian. J'étais moi aussi en cause. J'avais eu un comportement anormal et carrément flippant. Sam dut se rendre compte de mon trouble, car elle soupira et posa sa main sur la mienne.

– Ça t'a drôlement remuée tout ça, hein ? dit-elle avec compassion. Désolée, j'étais tellement furieuse que je ne t'ai même pas demandé si ça allait.

Elle paraissait vraiment embêtée.

– Ce n'est pas grave, répondis-je. Où est Jessie ?

– Oh, elle n'a rien vu de tout ça. Je venais de la quitter au moment où j'ai assisté à la scène. Elle est dans la cour avec David. Ces deux-là ne se quittent plus. D'ailleurs, je vais les rejoindre. Je crois que tu as besoin de rester un peu seule pour te remettre de tes émotions.

Je hochai la tête, appréciant sa compréhension. Dès qu'elle quitta la chambre, j'enfouis ma tête dans mon oreiller. Comment avais-je pu être aussi aveugle et têtue ? Ian avait tout du parfait Casanova : égocentrique, fier et charmeur. Je m'étais convaincue pourtant qu'il avait quelque chose de plus, que cela valait la peine d'essayer de le connaître mieux et de trouver la raison pour laquelle il me faisait vibrer, malgré les avertissements de Samantha.

Je me sentis soudain confinée. J'étouffais. Je n'avais aucune envie de rester là, enfermée dans cette petite pièce. Je mis mon chandail à capuche et me dépêchai de sortir, impatiente de retrouver le calme apaisant de la nature.

Il y avait pas mal d'élèves dehors malgré le temps maussade. Le *clash* avec Reva devait être sur toutes les lèvres maintenant. Sam et Jessie n'étaient sans doute pas loin, mais je ne voulais pas les croiser. Alors, je me couvris la tête avec la capuche, et me précipitai vers la petite forêt avant le lac, à la droite de la cour. Je baissai la tête pour dissimuler mon visage, et priai pour que personne ne me remarquât.

Je venais de dépasser le dernier groupe d'élèves quand je fus saisie par la taille et tirée en arrière. Une main sur ma bouche m'empêcha de crier. Ian me plaqua sur le flanc gauche de la bâtisse, celui que j'escaladais le soir pour m'échapper. Il n'y avait personne de ce côté de la cour. Il posa son index sur ses lèvres et libéra les miennes. Puis il me sourit tendrement et approcha son visage du mien, mais je fus plus rapide et le repoussai de toutes mes forces. Il ne bougea pas de plus de quelques centimètres, mais c'était suffisant pour me dégager.

– Lâche-moi, grognai-je, agacée par son comportement. Comment oses-tu encore venir me parler après ce qui s'est passé ?

– De quoi tu parles ? J'essayais juste de calmer Reva tout à l'heure. Il fallait que je le fasse avant qu'elle ne t'attire encore plus d'ennuis. Elle n'attendait que ça !

–Tu ne comprends décidément rien, soupirai-je, dégoûtée. C'est dans tes gènes.

– Quoi ? C'est quoi ton problème ? s'énerva-t-il à son tour. Oui, j'aime traîner avec Reva et un tas d'autres filles, et alors ?

Sa prétention et son arrogance devenaient insupportables. Il admettait qu'il aimait plaire et n'avait même pas la subtilité de s'excuser pour son attitude déplacée.

– Tu me déçois tellement !

Ma voix vibrait d'indignation.

En lisant la désillusion dans mon regard, son visage s'adoucit. Il plaqua sa main contre le mur derrière moi et m'obligea à le regarder dans les yeux. La manière dont il me fixait me rappelait la scène avec Reva dans le couloir. Il était difficile de ne pas se noyer dans le gris intense de ses iris. Il se mit à jouer avec une mèche de mes cheveux.

–J'ai la possibilité de séduire qui je veux, mais il se passe quelque chose d'étrange avec toi, dit-il d'une voix envoûtante. Je n'arrive pas à vous cerner, mademoiselle Tanner… Quelque chose ne fonctionne pas.

Oh que oui, ça fonctionne, avais-je envie de lui dire. Mais les paroles qu'il venait de prononcer attisèrent mon irritation, ce qui me donna assez de force pour résister. Je réussis à me dégager encore une fois et crachai :

– Garde ton baratin pour d'autres. Il y a quelque chose en toi de pas normal, et j'ai été trop stupide pour ne pas m'en apercevoir plus tôt.

– Ah oui ? C'est toi qui dis ça…

Qu'est-ce qu'il voulait dire par là ? Avait-il remarqué quelque chose ? Nous restâmes un moment silencieux, nous dévisageant l'un l'autre.

– Tu me fais perdre mon temps, siffla-t-il soudainement. Je n'ai pas à me préoccuper d'une fille gâtée pourrie telle que toi. Je suis ce que je suis et ce n'est pas toi qui me feras changer. Tu me parles de normalité mais tu n'es même pas… Oh, et puis laisse tomber, je…

– Garde ta salive, le coupai-je en levant la main. Tu perds encore de ton précieux temps à parler à la fille gâtée pourrie que je suis. Tout ce que je souhaite, c'est que tu ne t'approches plus jamais de moi.

– Parfait ! explosa-t-il.

– Parfait ! répétai-je, furieuse, en m'éloignant d'un pas rapide vers la forêt.

À ce moment précis, tout ce qui m'importait était de fuir le plus loin possible de ce garçon aussi mystérieux qu'obscur. Toutes ces émotions contradictoires qu'il provoquait en moi m'effrayaient.

Chapitre 13

Ian n'était pas venu au cours de biologie le lendemain, et ne s'était pas montré de toute la semaine. Il avait disparu du paysage, avant de refaire son apparition le lundi suivant, mais nous nous évitions comme la peste. Heureusement que j'avais fait le devoir de monsieur Kingsley toute seule…

S'il ne me toisait pas, Ian m'ignorait totalement. Il fréquentait ses groupies habituelles et continuait à vivre comme s'il ne s'était rien passé. Son attitude m'exaspérait.

Ça m'apprendra, me répétais-je sans arrêt.

Je savais que ce type avait un côté louche, et mieux valait me tenir à distance. Je n'arrivais pourtant pas à lui en vouloir autant que j'aurais dû, et encore moins à me le sortir de la tête. Peut-être avait-il tout comme moi une part de lui un peu sombre, secrète. Était-il dangereux pour autant ? Fallait-il le condamner ? Et moi, étais-je dangereuse ? Il me ressemblait beaucoup, et c'était peut-être ce qui m'attirait en lui.

Ces deux semaines avaient été tout sauf faciles. Outre l'indifférence d'Ian, les doutes et l'incompréhension qui m'assaillaient, j'avais dû supporter tant bien que mal les cours, sans compter les œillades méprisantes de Reva. Je n'avais pas passé beaucoup de temps avec mes amies non plus, préférant me retrouver seule la plupart du temps. Celles-ci se rendaient bien compte que ça n'allait pas et redoublaient d'efforts pour me faire sortir de la chambre et me divertir.

Ma fatigue empirait. Mes douleurs dans le dos avaient disparu et laissé place à des démangeaisons de plus en plus intenses. J'avais un moment hésité à me rendre à l'infirmerie, mais quelque chose en moi me criait que ce n'était pas une bonne idée. J'avais peur. Peur du diagnostic. Et puis, comment aurait réagi l'infirmière devant ces marques noires qui se multipliaient et s'étendaient dans mon dos ? Elles formaient à présent un dessin symétrique et complexe qui ressemblait de plus en plus à un papillon. J'avais effectué des recherches sur internet, mais n'avais rien trouvé de similaire. Ce truc était invraisemblable. Il se passait quelque chose d'étrange en moi. Quelque chose qu'un médecin ordinaire ne pourrait pas comprendre.

Quant à mes iris, ils ne me faisaient plus souffrir, mais avaient viré au violet. Ma vue s'était affûtée, tant et si bien que je distinguais chaque petit détail avec précision comme, par exemple, une armée de fourmis transportant une petite miette de pain, à une distance de plus d'une dizaine de mètres. Tels des radars, mes yeux repéraient tout. Tout cela était terriblement dé stabilisant, sans parler du fait que je voyais dorénavant presque aussi bien la nuit qu'en pleine journée.

J'avais dû anticiper les interrogations des autres en inventant l'excuse des lentilles de contact colorées, et leur expliquer que j'avais renoncé à les mettre jusque-là pour ne pas attirer l'attention, mais que mes problèmes de vue m'obligeaient à les porter de nouveau. Néanmoins, je préférais me cacher le plus souvent possible derrière les lunettes d'Ian.

Nous étions vendredi. Je n'avais pas cours cet après-midi-là. Et, une fois de plus, j'avais décliné l'invitation de Jessie, la laissant se rendre seule à la bibliothèque. Allongée sur mon lit jonché de bouquins,, je ne m'intéressais à aucun. Comme mes omoplates commençaient à me gratter, je décidai de prendre une douche. Je fis glisser le jet puissant le long de mon dos pour me soulager, car utiliser mes ongles irritait encore plus ma peau déjà sensible.

Je sortais de la salle de bain au moment où Jessie frappa à la porte. Il était à peine quinze heures. Je ne m'attendais pas à la revoir si tôt ; cela faisait à peine une heure qu'elle était partie.

– Coucou ! fit-elle l'air enjoué en passant sa tête à travers le chambranle de la porte.

Jessie avait pris l'habitude de frapper avant d'entrer depuis l'incident de la dernière fois.

– Alors, toujours pas changé d'avis ? Il n'y a pas grand monde à la bibliothèque. Et si tu veux savoir, Ian et ses godiches ne sont pas là-bas.

– Non, je préfère rester ici. Et quant à Ian, il fait ce qu'il veut, ça ne me concerne pas.

J'avais répondu un peu froidement, mais j'en avais marre que mes copines pensent que c'était à cause d'Ian que j'étais aussi distante. Elles pensaient que j'avais de la peine et que je ne me remettais pas de notre dispute. Mais Ian n'était pas mon souci principal. Loin de là.

– Très bien, je n'ai rien dit…

Je m'assis sur mon lit tout en continuant à me sécher les cheveux avec une serviette, et invitai ma copine à me rejoindre.

Elle ouvrit la bouche pour parler, mais elle s'interrompit et m'observa, soudainement préoccupée.

– Ton dos est encore irrité ? demanda-t-elle, hésitante, alors que je me grattais derrière l'épaule. Tu devrais peut-être en parler à l'infirmière…

–Hein ? Oh non, t'en fais pas. Ça va déjà beaucoup mieux.

Je suspendis mon geste, et feignis un sourire qui se voulait rassurant.

–Je me fais du souci pour toi, c'est tout !

Elle poussa un long soupir et se tourna vers mes habits humides posés sur la chaise un peu plus loin, preuve de mon escapade de la veille, avant de me faire de nouveau face. Son regard était empli de compassion.

–Senna…, je sais que tu n'es pas du genre à te confier ou à parler de tes problèmes. Mais certaines choses te tracassent, alors sache que tu peux avoir confiance en moi. Si tu veux parler à une amie, je suis là.

Je lui pris la main, touchée par ses mots.

–Merci, Jessie, vraiment. Mais rassure-toi, je vais très bien.

Je lui souris de nouveau et elle me rendit la pareille.

–Au fait, je suis venue te dire que la directrice te cherche. Je pense qu'une bonne nouvelle t'attend. Peut-être du courrier…

–Du courrier ? m'exclamai-je, folle de joie.

–Hum hum, fit mon amie en riant. Je savais que ça te ferait plaisir, alors je me suis dépêchée de venir te l'annoncer.

–Merci !

Je fonçai vers la salle de bain pour me changer.

– Ça fait plaisir de te voir comme ça, dit Jessie à travers la porte. Bon, je reviendrai te chercher avec Sam à dix-huit heures trente, pour souper avant d'aller voir le match.

Le match de basket ! Je l'avais déjà oublié. Sam ne participait pas ce soir, mais tenait à notre présence à toutes les deux.

– OK, pas de problème.

– À tout à l'heure alors, dit mon amie avant de s'en aller.

Du courrier…, ce devait être mon père ! Il s'était peut-être résigné à me dévoiler certaines choses, à m'expliquer ce qui se passait en moi. J'aurais enfin des réponses. Je finis de sécher mes cheveux, et descendis précipitamment. La porte du bureau de la directrice était fermée. Je frappai trois coups et entrai.

– Ah, Senna…, je te cherchais. Assieds-toi, je t'en prie.

Madame Stephens arborait son éternel sourire chaleureux. Dès que je fus installée, elle déposa ce qu'elle avait en main, croisa les doigts et me dévisagea avec intérêt.

– Alors, comment vas-tu ? Tu t'adaptes bien ?

Son visage reflétait la sympathie. Elle semblait en savoir plus sur moi qu'elle ne voulait bien le dire. Mon père avait dû se confier à elle, j'en étais certaine.

– Oui. Très bien, merci.

Elle me regarda droit dans les yeux.

–Parfois, on vit des choses pas faciles, mais ce ne sont que des étapes. Après, ça va mieux.

J'acquiesçai, en me demandant bien de quoi elle était au courant. Cette phrase résonnait comme un message. Qu'est-ce qu'ils avaient tous aujourd'hui à s'inquiéter pour moi? D'abord Jessie, et maintenant la directrice… Je faisais si peur à voir, ou étaient-ce *des ondes psychiques de détresse* qui émanaient de moi?

–Bien, j'ai reçu quelque chose pour toi, annonça-t-elle tout en fouillant dans son tiroir.

Elle en sortit une enveloppe de taille moyenne dont le coin supérieur était décollé. Elle avait déjà été ouverte. Je ne reconnaissais pas l'écriture de mon père. Impatiente, je tendis la main, mais madame Stephens ne me la remit pas tout de suite. Son sourire s'élargit lorsqu'elle s'aperçut de mon impatience.

Alors qu'elle tenait l'enveloppe, je remarquai que celle-ci n'était pas à mon nom, mais adressée à la directrice elle-même.

–Avant de te donner ceci, je voudrais que tu saches que j'ai promis à ton père de prendre soin de toi. Si tu as besoin de te confier ou de parler de *quelque chose* en particulier, n'hésite pas à venir me voir. Tu peux *tout* me dire.

Qu'est-ce qu'elle essayait de me faire comprendre? Je ne pouvais tout de même pas me confier à elle…

Personne ici ne pouvait m'aider, à part peut-être le contenu de cette lettre. Rien d'autre ne comptait pour l'instant. Je n'avais pas mis les lunettes de soleil. Et la directrice me fixait comme si elle avait perçu le changement dans mes yeux. Je baissai la tête.

– Cette enveloppe n'est pas à mon nom, fis-je remarquer.

– Oh, oui, je sais. Elle contient une lettre pour moi, et une autre pour toi.

Elle sortit une première page de l'enveloppe qu'elle garda pliée et la rangea dans son tiroir. Puis elle me tendit l'objet.

– Il y a le cachet de la poste de l'Oklahoma dessus, dis-je, stupéfaite.

– J'ai vu. Ton père devait être en déplacement, je suppose.

– Peut-être, répondis-je, peu convaincue. Merci beaucoup en tout cas.

– De rien.

Je saluai la directrice et me levai, impatiente de me retrouver de nouveau seule. À peine étais-je sortie dans le couloir que je me mis à courir, volant dans l'escalier avant d'aller m'enfermer dans ma chambre. J'avais tellement hâte de découvrir le contenu de la lettre que je déchirai l'enveloppe, pourtant déjà ouverte, et plongeai sur mon lit.

Je fus soulagée de reconnaître l'écriture de mon père, et commençai ma lecture.

Senna,

J'espère que tout se passe bien dans ta nouvelle école. Je sais que certaines choses doivent te sembler un peu compliquées ces temps-ci, et que tu voudrais des réponses. Mais n'as-tu pas toujours été unique en ton genre ? Et les personnes uniques vivent des choses uniques. Crois-moi, tu as en toi toute la force nécessaire pour affronter tout ça.

Tu auras bien d'autres épreuves à vivre, mais ta mère et moi avons toujours tout fait pour te rendre les choses plus faciles. Et même si aujourd'hui elle n'est plus là, je fais et ferai toujours mon possible pour que ton fardeau soit le moins lourd possible. Parfois, tu n'approuves pas mes décisions, je le sais. Mais elles n'ont toujours eu comme ultime objectif que ton bien-être, ta protection, ton bonheur. Tout ça est un peu compliqué, mais je ne te demande pas de comprendre, juste d'accepter.

Ton anniversaire approche à grands pas. Encore une autre étape que tu vas devoir franchir. Ta recherche de toi-même n'est pas encore terminée, mais patience, tu vas encore grandir.

Tu devras faire des choix. Quels qu'ils soient,
je les accepterai.

Tu as toujours été notre priorité, à ta mère et moi. Sache que je ne m'arrêterai devant aucune limite pour te protéger. J'espère qu'un jour tu comprendras tout ça et que tu accepteras mieux les décisions que je me suis permis de prendre à ta place.

Si tu te sens perdue et que tu ne trouves pas les réponses que tu désires, cherche en toi. Elles font partie de ton héritage. Tu possèdes tout ce qu'il faut pour choisir la bonne voie, celle qui répondra à l'appel de ton cœur.

Ta tante t'embrasse très fort et nous te souhaitons d'ores et déjà un joyeux anniversaire.

Sois forte,
Papa

Cette lettre me laissa un goût amer. Qu'est-ce que tout ça signifiait ? Mon père en disait tant et si peu à la fois. Sans m'en rendre compte, je m'étais levée et faisais les cent pas, ne sachant trop quoi penser de ce que je venais de lire. Pourquoi me dire ça maintenant ? Il voulait me faire comprendre quelque chose, j'en étais sûre. Mais alors pourquoi tous ces sous-entendus ? Il n'y avait plus de doute sur le fait que mon père me cachait des choses. J'en avais ras le bol de ses cachotteries, j'avais le droit de savoir, de comprendre ce qui m'arrivait. Je saisis un bouquin et l'envoyai valser à l'autre bout de la pièce avant de m'effondrer sur mon lit.

Je me sentais si mal… Quelque chose me tracassait. J'attendis de retrouver mon calme et entrepris de relire le courrier. J'avais peut-être raté une information. Je relus et relus encore la lettre, mais je n'arrivais toujours pas à saisir ce qui m'angoissait tant, alors je me remis à marcher de long en large à la recherche d'une solution. J'eus soudain une idée : je sortis une feuille de papier du tiroir de ma commode et m'allongeai sur le ventre. Puisque c'était comme ça, j'allais mettre mon père au pied du mur et exiger des explications.

Je griffonnai quelques lignes, mais mes phrases étaient incompréhensibles. Je les effaçai et recommençai. Je repris la manœuvre plusieurs fois, mais ce n'était jamais tel que je le souhaitais. Au bout d'une heure, mon lit était envahi de boulettes de papier. En fin de compte, je ne savais pas comment m'y prendre ni par où commencer… D'autant plus que, selon le règlement de l'école, la lettre devrait être lue par la directrice avant d'être envoyée. Je ne pouvais pas tout déballer comme ça. Il fallait être subtile. Découragée, je poussai un long soupir et posai ma tête sur le matelas. Que faire ?

Je sursautai lorsque les voix de Jessie et de Sam résonnèrent dans la chambre. J'avais dû m'endormir. Si mes amies n'étaient pas venues me tirer du lit, j'aurais manqué l'heure du souper et le match par la même occasion. Jessie me força à prendre une douche froide pour me réveiller avant de descendre.

Je reconnus à peine mon reflet dans la glace. J'avais l'air si fatiguée qu'il fallut une bonne couche de poudre pour masquer un peu mes cernes. Il n'était pas difficile de deviner que j'avais pleuré. Mes amies se faisaient déjà assez de mouron pour moi, alors je m'efforçai de paraître un peu plus gaie. Je n'allais pas gâcher leur soirée. Je pris une grande inspiration et sortis de la salle de bain en poussant un joyeux : « Je suis prête ! »

Nous soupâmes au réfectoire puis nous partîmes au gymnase. Sam voulait arriver tôt pour avoir de bonnes places. Elle avait raison, car les gradins ne tardèrent pas à se remplir. Elle ne participait pas à certains matchs compte tenu de son statut féminin, mais elle voulait à tout prix encourager l'équipe. Elle était surexcitée.

J'aperçus Ian un peu plus haut. Il était entouré de Reva et de la brune extravagante de la dernière fois. Nos regards se croisèrent un quart de seconde, mais il détourna vite la tête. Cette mascarade était aussi agaçante que stupide. Je reportai mon attention sur le spectacle, mais il était difficile de ne pas penser à mon père ainsi qu'à sa lettre. Elle ne cessait de me tourmenter.

Notre école remporta le match avec deux points d'écart. Alors que Sam se dépêchait de rejoindre ses amis et coéquipiers pour savourer la victoire, Jessie avait rejoint David un peu plus loin. Elle était en pleine conversation. J'en profitai pour m'éclipser. Je regagnai la chambre pour récupérer le courrier ainsi qu'une petite lampe de poche, même si je pouvais désormais voir aisément dans l'obscurité.

J'avais encore besoin de décortiquer tout ça au calme.

Il n'y avait pas grand monde dehors. Les élèves étaient tous en train de faire la fête dans le gymnase. Il faisait très noir, mais je décidai d'aller quand même jusqu'au lac. Je m'installai en dessous du feuillage épais de l'arbre pleureur pour m'adonner une nouvelle fois à la lecture.

Lorsqu'enfin je compris ce qui me perturbait, je fondis en larmes. Cette lettre résonnait comme un adieu. Je connaissais assez bien mon père pour deviner qu'il se passait, ou allait se passer, quelque chose de terrible. Il le ressentait et tenait à me dire tout ce qu'il avait sur le cœur *avant*.

Je sentis soudain une présence derrière moi… Je n'eus pas besoin de me retourner pour deviner de qui il s'agissait.

– Je savais que je te trouverais là, entendis-je dans mon dos.

Ian se tenait debout derrière moi, adossé au tronc de l'arbre.

Chapitre 14

J'essuyai rapidement la larme qui venait de couler sur ma joue.

–Qu'est-ce que tu veux? demandai-je, d'une voix lasse.

Je n'avais aucune envie de me disputer avec lui. Ce n'était vraiment pas le moment, je n'en avais pas la force.

–Je t'observe depuis un moment. Je sais que tu viens ici presque toutes les nuits, seule, surtout quand ça ne va pas… Et là, apparemment, ça ne va pas.

Ian m'observait tous les soirs ? Comme je ne répondais pas, il vint s'asseoir à côté de moi. Qu'est-ce qu'il voulait au juste ? Nous restâmes un moment ainsi, silencieux. Ian fixait le sol et jouait avec quelques brins d'herbe. J'aurais dû protester et lui demander de me laisser tranquille, mais je n'en fis rien. Je n'en avais pas envie. Je ne savais pas pourquoi, mais sa simple présence me faisait du bien, surtout ce soir. Il avait cc petit truc que personne d'autre n'avait.

Sans relever la tête, il murmura «Je suis désolé». Ces trois mots semblaient vraiment sortir du plus profond de son cœur. Étonnée de cette réaction aussi spontanée qu'inattendue, je tournai enfin la tête vers lui.

–Je n'ai jamais ressenti ça pour personne, et ça m'a fait peur, expliqua-t-il sans me regarder. C'est comme si j'avais perdu une part de moi. Depuis que je t'ai rencontrée, je ne me reconnais plus.

Mon cœur s'emballa. Je ne savais quoi répondre. Et, même si je l'avais su, j'étais trop perturbée pour réussir à l'articuler correctement.

–Je ne m'attache à personne, moi, je suis comme ça, ajouta-t-il en haussant le ton, presque agacé. C'est ma nature, mon vrai *moi*..., mais ça ne marche pas avec toi. Dès que tu es près de moi, tu me fais perdre mes moyens, mes habitudes. Ce n'est pas normal pour quelqu'un comme moi d'éprouver ce genre de sentiments. Quelque chose en toi m'attire, pourtant je n'arrive pas à te cerner... Tu n'es pas comme les autres.

Je me sentis rougir. Je devais avouer que ce nouveau Ian me plaisait encore plus, ce qui commençait à m'inquiéter.

– Ian, je…

Il leva la main pour m'arrêter.

– Je m'en voulais d'être aussi faible à cause d'une fille, continua-t-il en fixant toujours l'herbe devant lui, et je pensais sincèrement que prendre mes distances avec toi aurait arrangé les choses, mais loin de là. Je n'arrive pas à te chasser de mes pensées… et ignorer ce que je ressens, c'est encore plus difficile !

Ian s'arrêta pour prendre une grande inspiration, puis il tourna lentement la tête vers moi et plongea ses yeux dans les miens.

– Tu as le droit de me repousser, et d'ailleurs peut-être que c'est ce que tu aurais de mieux à faire… mais sache que s'il faut que je change pour être avec toi, alors… je suis prêt à le faire.

Son expression était des plus sérieuses. Nous restâmes un moment ainsi à nous dévisager dans l'obscurité. Ses yeux brillaient d'une lueur argentée presque irréelle. Il approcha lentement son visage du mien, et je sus qu'il allait m'embrasser… mais cette fois, je ne me défilai pas.

Lorsque nos lèvres se touchèrent, mon cœur se mit à battre très fort. Il commençait à pleuvoir, mais cela ne paraissait pas déranger Ian. Je ne savais pas si ce que j'étais en train de faire était une bonne chose, ni si ce rapprochement aurait des conséquences désastreuses sur moi, mais je ne pouvais m'empêcher de répondre à son baiser. Le côté sombre d'Ian m'attirait presque autant qu'il me terrifiait. Et, paradoxalement, je me sentais bien auprès de lui, apaisée, en sécurité. J'avais l'impression qu'il absorbait mes angoisses, mes doutes, mes peurs…

Un bruit de froissement me fit sursauter. Une rafale emporta la lettre que je tenais encore fermement dans ma main. Je me détachai de l'étreinte d'Ian et plongeai pour la rattraper, tombant à plat ventre sur l'herbe mouillée.

Mon geste avait été si brusque que je ne me rendis pas tout de suite compte que mon chandail s'était relevé, révélant une partie de mon dos. Ian avait lui aussi réagi rapidement. Il s'était remis debout. Il avait ramassé la lampe torche et la pointait dans ma direction. Me rendant compte qu'il éclairait cette partie de moi qui aurait dû rester cachée, je me relevai aussitôt, mais il était trop tard.

–Qu'est-ce que c'est ? demanda-t-il, tandis que je me dépêchais de dissimuler ma peau marquée.

–Rien, rien du tout.

Horriblement gênée, je m'apprêtais à partir, mais Ian me saisit le poignet.

–Non, attends…, de quoi as-tu peur ? Laisse-moi voir, je t'assure que tu peux me faire confiance.

–Je… je ne peux pas.

Ian me tint par le menton. Il plongea son regard rassurant dans le mien. J'avais envie de tout lui dévoiler, de lui confier tout ce qui me tracassait, mais je craignais sa réaction. Les poings fermés, je soupirai longuement et me retournai afin de lui laisser découvrir le mystérieux « tatouage » qui s'étalait sur mon dos. Je n'en revenais pas de faire ça.

Ian releva mon chandail avec d'infinies précautions. Je ne pouvais plus faire marche arrière. Je sentis le bout de ses doigts effleurer mon dos, suivre les lignes noires qui s'étendaient de mes reins à mes omoplates. Après quelques secondes, comme il ne disait rien, je me défis de son emprise. Je lui fis face pour lire l'expression de son visage, mais je n'y vis ni terreur ni dégoût. Il n'avait même pas l'air surpris, juste intrigué. D'une pression sur mon épaule, il m'invita à me rasseoir.

– Tu ne dis rien ?

– Tu as mal ?

– Non, plus maintenant. Ça démange un peu, mais c'est supportable à présent.

– C'est très joli.

– Joli ? pouffai-je. Tu te moques de moi…

Alors que je venais de lui dévoiler cette partie de moi dont j'avais honte, Ian réagissait comme si cela n'avait rien d'extraordinaire. Ce truc me pourrissait la vie depuis des mois !

– Pourquoi me moquerais-je de toi ? Tu es quelqu'un de spécial, alors je ne suis pas étonné, c'est tout. D'ailleurs, je suis sûr que je ne suis pas au bout de mes surprises, ajouta-t-il d'un ton énigmatique.

Ian semblait lire en moi comme dans un livre ouvert, mais cela ne m'étonna pas plus que ça. C'était comme s'il tentait de me faire comprendre qu'il savait… Il savait que je cachais certaines choses.

– Ah oui ? fis-je d'une voix perplexe. Tu as des trucs à m'expliquer, toi aussi. Je viens de te dévoiler quelque chose que seuls ma tante et mon père ont été autorisés à voir, alors, c'est à ton tour maintenant…

– Mmm… Je suis honoré de faire partie de ce groupe restreint. Dois-je comprendre que je compte pour toi ?

Il tentait de détourner le sujet, mais je repliai mes genoux sur ma poitrine et le fixai, déterminée à obtenir une réponse. À ma vive surprise, ses épaules s'affaissèrent et ses lèvres se crispèrent en signe de capitulation.

– Tu as raison, souffla-t-il après quelques secondes.

J'ouvris de grands yeux, impatiente d'entendre son histoire. Ian poussa alors un long soupir et reprit :

– Tu l'auras deviné, je ne suis pas tout à fait *normal.* Il y a beaucoup de choses que les gens ignorent ou préfèrent ignorer, et je fais en quelque sorte partie de ces choses…

Comme il était vague et hésitant, je risquai :

– C'est donc pour ça que tu sais faire certains trucs, comme convaincre les gens, les séduire…

– Entre autres, oui.

Sa franchise m'épata. J'attendis la suite pendant un long moment, mais Ian n'était pas très bavard. Son silence m'intriguait encore plus. Je commençais à me faire des films dans ma tête et à imaginer des explications des plus saugrenues et improbables.

– Je ne suis pas le seul à être hors-norme, finit-il par dire après quelques minutes. Tu es spéciale, toi aussi, tout comme moi. Tu as des talents particuliers.

– Des talents ? Moi ?

Ian acquiesça.

– Je l'ai su dès que je t'ai vue. Je sens ces choses-là.

Je restai coite. Alors c'était la raison pour laquelle il m'avait scrutée ainsi. Cela expliquait sa méfiance à mon égard dès qu'il m'avait aperçue dans le couloir, le jour de mon arrivée.

– Le problème, c'est que tu n'as pas encore découvert tes capacités. Elles ne s'expriment pas totalement, alors il est difficile de définir exactement qui tu es.

– Je ne comprends pas.

– Tu es différente, Senna, et je suis certain que tu le sais au fond de toi.

Les propos d'Ian trouvaient un écho en moi. Il n'avait pas tort. Je m'étais toujours sentie différente, à part.

–Alors, tu es prête à me dévoiler tes autres secrets? Quels mystères y a-t-il encore à découvrir chez vous, mademoiselle Tanner?

Il passait du sérieux à l'ironie en un rien de temps.

Je le dévisageai un moment. Il avait réussi à détourner le sujet et à le ramener de nouveau à moi. Cela dit, je ne tenais pas à lui forcer la main, du moins pour l'instant. J'étais bien placée pour savoir que ce qu'il avait à dire n'était sûrement pas facile à confier. J'appréciais déjà l'effort qu'il avait fait en avouant être «particulier», mais, de toute façon, ce n'était que partie remise. Je reviendrais à la charge le moment venu. Jusqu'à ce qu'il crache le morceau.

Alors qu'il m'encourageait du regard, je lâchai prise et me lançai. Je n'avais plus rien à perdre, donc, autant tout lui dire maintenant. Il pourrait peut-être m'aider à comprendre ce qui m'arrivait. Me confier me ferait du bien, et il était la seule personne à qui je pouvais tout dire sans être jugée. Je respirai profondément, puis saisis ma lampe torche et m'éclairai le visage avec cette lumière.

–Pour commencer: la couleur de mes yeux... Je raconte à tout le monde que ce sont des lentilles de contact, mais c'est faux. Tu avais remarqué le changement la dernière fois dans la fourgonnette. Ma vue s'est aiguisée et je vois aussi bien dans l'obscurité qu'en plein jour, mais ce n'est pas tout... Même si ça va beaucoup mieux désormais, j'ai des maux de tête. Je suis constamment fatiguée… et dangereuse quand je me mets en colère.

Confiante et soulagée de pouvoir enfin parler à quelqu'un, je balançai tout ce que j'avais sur le cœur. Tout depuis la mort de ma mère jusqu'à aujourd'hui.

Ian m'écouta jusqu'à la fin sans broncher.

– Alors, comment puis-je découvrir ce que tout ça pourrait signifier ? demandai-je, impatiente, tandis qu'Ian, allongé sur le dos, le visage impassible, fixait le ciel.

– Tes parents, ta famille. Ils savent sûrement, eux.

– Je sais, mais ils ne veulent rien me dire. Toi, tu peux m'aider, non ? Mes yeux ou alors cette chose dans mon dos ne te donnent pas des indications ?

Je me rapprochai de lui, pleine d'espoir.

– Il est vrai que j'y ai réfléchi. J'ai bien une petite idée, dit-il en tournant la tête vers moi, mais tant que je ne suis pas sûr, je préfère ne pas m'avancer. C'est trop… délicat.

– Alors, toi non plus, tu ne veux pas m'aider…

– Je voudrais bien, Senna, se défendit-il en se redressant sur un bras, mais je ne crois pas que ce soit une bonne idée. Et si je me trompais ? Ce ne serait pas te rendre service. Et, de toute façon, ce n'est pas à moi de faire ça. D'autres sont bien mieux placés que moi pour t'avouer des choses aussi *intimes.* S'ils ne l'ont pas encore fait, c'est qu'ils ont sans doute leurs raisons.

–Je comprends, déclarai-je sans dissimuler ma déception. Alors peut-être pourrais-tu m'éclairer d'une autre façon... Je soupçonne une personne en particulier de savoir de quoi il est question : mon père. Je sens qu'il me cache certaines choses, des choses graves. Peut-être est-ce en rapport avec tout ce qui m'arrive...

Après l'avoir sortie de ma poche, je tendis la lettre à Ian. Il la lut d'une traite.

–Hum, effectivement, fit-il en fixant toujours le papier. Tu devrais tenter de le contacter, lui faire comprendre que tu te doutes de certaines choses. Peut-être serait-ce alors plus facile pour lui de t'avouer ce qu'il te cache.

–Pff, ça se voit que tu ne le connais pas !

Alors peut-être devrais-tu le mettre au pied du mur...

Il se tut un instant pour réfléchir.

–Mais comme je te l'ai dit, il doit avoir de bonnes raisons de te tenir à l'écart, de dissimuler les réponses que tu cherches. Surtout en sachant que tu remarquerais tôt ou tard qu'il se passe des choses anormales en toi.

–C'est possible. Il faudrait que je lui parle. Si seulement je pouvais l'appeler... mais je n'ai plus mon téléphone.

–Ce n'est pas un problème !

Il se pencha et plongea la main dans la poche de son jean avant d'en sortir un téléphone cellulaire.

J'étouffai un petit cri de surprise.

– Comment as-tu fait pour le garder ?

– J'ai plus d'un tour dans mon sac, tu as oublié ? Vas-y, essaie de l'appeler.

Je ne me le fis pas dire deux fois, trop heureuse d'avoir enfin trouvé un moyen de contacter mon père. Je voulais m'assurer qu'il allait bien et, par la même occasion, tirer la situation au clair. Mais après trois tentatives, je commençai à m'inquiéter.

– On dirait que la ligne de la maison a été coupée. Quant à son cellulaire, il est éteint. Quelque chose cloche, je le sens.

– Calme-toi, répondit-il en me caressant le dos. Il faut trouver autre chose…

Soudain, la solution m'apparut clairement.

– Ma tante !

– Hein ?

– Je suis sûre qu'elle est au courant. Certaine, même. Elle agissait bizarrement avec moi et me posait un tas de questions, comme si elle savait quelque chose. Je me tournai vers Ian. C'est la sœur de ma mère.

– Alors contacte-la.

– Oui, mais… je n'ai pas son numéro en tête. Ma tante en change tout le temps, alors impossible de m'en souvenir. Le dernier en date est enregistré sur mon téléphone, et comme tu le sais, on me l'a confisqué.

Ian haussa les épaules.

–Pas de problème, dis-moi comment il est, et je pourrai te le récupérer.

–Qu'est-ce que tu dis ? Tu ne vas quand même pas entrer par effraction dans le bureau de madame Stephens…

–Non. Je crois qu'il se trouve déjà dans le dépôt du sous-sol avec les autres, mais ne t'occupe pas de ça. Contente-toi de me le décrire, et je ferai le reste.

–Et si tu te fais prendre ?

–Ne t'en fais pas. Je ne suis pas un élève ordinaire, et madame Stephens le sait.

Comprenant que je n'en apprendrais pas plus, je lui donnai les informations nécessaires.

–OK. Je m'en charge. Demain, tu auras ton téléphone.

Je hochai la tête. Je n'étais pas au bout de mes surprises avec Ian. J'avais encore tellement de questions à lui poser… Je ne savais d'ailleurs toujours pas à qui j'avais réellement affaire. Mais est-ce que j'avais envie de le savoir ?

–Au fait, continua-t-il avec sa désinvolture habituelle, une excursion dans la nature est prévue ce week-end. Le départ est pour demain après-midi.

Ça te dit de venir avec moi ? Cela nous donnera tout le temps pour discuter.

Il avait insisté sur la dernière phrase comme s'il avait lu dans mes pensées. J'acquiesçai en me promettant de profiter de ce moment privilégié pour le motiver à me révéler ses secrets. Je devais découvrir une bonne fois pour toutes qui il était réellement…, peu importaient les conséquences.

– Bien… Je crois que tu as eu ton compte d'émotions pour aujourd'hui. Tu devrais aller te reposer. Un peu de sommeil te fera du bien.

Sa main posée sur ma joue, il m'embrassa une dernière fois avant de se relever, prêt à partir. Une question me turlupinait, et ce, depuis le début. Le problème, c'est que la réponse me terrifiait.

– Ian ?

Sans un mot, Ian s'immobilisa.

– Devrais-je… avoir peur de toi ?

Il tourna légèrement la tête. Un sourire énigmatique sur les lèvres, il répondit :

– Certains te diraient que oui.

Chapitre 15

Il faisait très beau ce samedi matin là et pourtant, je n'avais pas d'entrain, alors que les autres élèves se promenaient dans la cour et profitaient de la journée « découvertes artistiques » organisée par l'école. Il y avait des ateliers de dessin, de peinture, d'écriture, de musique, etc. De nombreux chapiteaux étaient installés dehors, permettant à des professionnels d'exposer leurs œuvres ou d'exercer leur talent.

Jessie et Sam avaient prévu de participer à tout. Je les enviais d'être aussi joyeuses. Elles n'avaient pas d'autres inquiétudes que d'avoir de bonnes notes et de s'amuser. Quant à moi, j'essayais encore de rédiger cette fichue lettre à mon père. Je n'arrivais pas à me défaire de cette mauvaise impression qui me tenaillait depuis la veille. Et je n'avais pas dormi de la nuit malgré les recommandations d'Ian.

Je ne pouvais m'empêcher de réfléchir, et me posais un tas de questions à son sujet. Il était difficile de deviner qui il était réellement. Les idées les plus folles me traversèrent l'esprit : et si Ian était un vampire ? Ou plutôt un loup-garou… peut-être bien un autre métamorphe ? Pff, c'était ridicule ! Je m'imaginais déjà vivre un épisode de *True Blood*, ou de *Vampire Diaries*… Ian avait des talents particuliers, certes, mais cela ne signifiait pas pour autant qu'il était un être surnaturel sorti tout droit des séries télé, même s'il en avait le charisme et l'apparence.

Je lançais ma troisième boulette de papier dans la corbeille lorsque j'entendis un bruit à la fenêtre. J'avançai prudemment jusqu'à la vitre que j'avais fermée pour m'isoler des bruits de la cour. Je jetai un coup d'œil au travers, et étouffai un cri de surprise.

– Ian ?

Celui-ci était accroché au treillis et me fixait d'un air amusé.

– Tu m'invites à entrer ? demanda-t-il d'un ton faussement impatient. J'ai peur de ne pas pouvoir passer inaperçu encore longtemps.

Je reculai pour lui permettre d'enjamber la fenêtre, et commençai à mesurer les conséquences de sa présence dans ma chambre.

– Mais qu'est-ce que tu fais là ? murmurai-je, tandis qu'il s'installait sur mon lit. C'est insensé, madame Polk fait des rondes toute la journée, et si…

Ian m'arrêta d'un geste de la main.

– Ne me dis pas que tu crains le courroux de madame Polk ? Permets-moi de douter que tu aies toujours été une fille sage et obéissante. Sinon, tu ne serais pas ici, dans un pensionnat strict, au beau milieu de nulle part.

Obligée d'admettre que j'avais déjà commis des erreurs plus graves et bravé des interdits bien plus importants, je capitulai.

– J'ai quelque chose pour toi, poursuivit-il, satisfait.

Ayant une petite idée de ce à quoi il faisait allusion, j'allai verrouiller la porte d'entrée en espérant que personne n'arriverait au même moment. Cela paraîtrait plus que louche, mais en valait la peine.

Je rejoignis Ian sur le lit et tendis la main d'un geste automatique.

– Alors, tu l'as trouvé ?

– Tu invites un homme à entrer dans ta chambre et c'est tout ce que tu trouves à dire ?

Ian jouait avec mes nerfs. Mais l'impatience qu'il lut sur mon visage eut raison de lui. Il me tendit mon cellulaire noir et rouge.

– C'est génial ! Comment as-tu fait ?

– Secret de pro, fanfaronna-t-il.

J'allumai l'appareil. Il restait encore un peu de batterie ! Je sélectionnai d'une main tremblante le numéro de ma tante dans ma liste de contacts. Cet appel pourrait se révéler lourd de conséquences.

– Bon. J'y vais ! soupirai-je en cherchant du courage auprès d'Ian.

Il hocha la tête et me sourit affectueusement ; j'appuyai sur la touche d'appel. Stressée, je me mis à arpenter la pièce. À la quatrième sonnerie, ma tante décrocha.

– Tante Éva ?

Il y eut un moment de silence.

– Allô ? Tante Éva ?

J'entendis un long soupir à l'autre bout du combiné.

– Senna…

– Oui, c'est moi. Tante Éva, je dois te parler…

– Pourquoi fais-tu ça ? Tu ne devais pas m'appeler…

Elle semblait contrariée et déçue de mon appel.

– Merci, quel accueil ! C'est sympa, venant d'une personne qui n'a même pas daigné venir me dire au revoir avant que je ne sois expédiée au fin fond de nulle part.

Tante Éva maugréa des paroles incompréhensibles en grec, comme toujours lorsqu'elle était tourmentée.

– Qu'est-ce que tu racontes ? Hé ho, je suis là !

– Je le savais, marmonna-t-elle, sans prêter attention à ce que je disais. Je le savais.

– Tu savais quoi ? demandai-je, agacée.

– J'avais dit à ton père que c'était une mauvaise idée, tout ça. Tu n'aurais pas dû m'appeler… Maintenant, c'est trop tard.

– Quoi ? Mais qu'est-ce que ça veut dire ?

– Elle t'aurait retrouvée tôt ou tard, alors pourquoi te faire subir tout ça…, continua-t-elle, comme pour elle-même, sans m'écouter.

« Elle », mais de qui parlait-elle au juste ?

– Ton père m'avait fait promettre de ne rien faire. De te laisser ton libre arbitre. Mais comment peux-tu choisir si tu ne sais pas… ?

– TANTE ÉVA ! la coupai-je en haussant le ton. Je ne comprends rien. Arrête de paniquer et dis-moi tout maintenant. J'ai besoin de réponses : qu'est-ce qui m'arrive ? Et pourquoi ai-je l'impression que papa a des problèmes ?

Ma tante soupira de nouveau.

– Tu es toujours là ? demandai-je après un moment.

– Écoute, je ne peux pas te parler longtemps. C'est trop long à expliquer, tout ça…

– Mais tu ne comprends pas ! m'énervai-je. Il se passe des choses de plus en plus bizarres en moi, et c'est flippant : mes iris ont viré au violet, je suis constamment fatiguée et j'ai ce truc bizarre qui s'étend dans mon dos. J'aurais besoin de quelques fioles, et surtout, je veux des explications *maintenant* !

– Tu as parlé à quelqu'un de tout ça ?

– Oui… à un ami, répondis-je, étonnée qu'elle me pose cette question. Il s'appelle Ian, il est à côté de moi.

Comme elle ne répondait pas, j'enchaînai :

– C'est quelqu'un… d'unique. Il est le seul à qui je peux me confier, ici.

– Si tu lui fais confiance, alors je vais tâcher de faire de même… Passe-le-moi.

Après une courte hésitation, je tendis le téléphone à Ian, qui parut aussi surpris que moi.

– Allô ? dit-il.

Je me rapprochai de lui pour capter quelques bribes de conversation.

– Hum hum. C'est exact.

Il hésita un instant, avant d'ajouter :

– Je ferai de mon mieux.

Je tendis encore plus l'oreille, me demandant ce que ma tante pouvait bien lui raconter. Ian fronça les sourcils et prit soudain un air sérieux que je ne lui avais jamais vu auparavant.

– Très bien. Vous avez ma parole.

Il attendit quelques secondes avant de me repasser le téléphone, puis détourna la tête et se mit à fixer la fenêtre.

– Senna, reprit ma tante dès que j'eus de nouveau l'appareil collé aux oreilles, je sais que tu es perdue et que tout ça est difficile pour toi, ma chérie, mais sache que tout ce qui t'arrive est normal. Il vaut mieux ne pas rester trop longtemps au téléphone, je t'expliquerai tout en temps voulu. Il n'y a pas eu d'incident au moins ?

–N-non…, mentis-je.

–Tant mieux. Écoute… Ton père m'a fait promettre de ne pas intervenir dans ses décisions, mais vu les circonstances… Je ferai de mon mieux pour arranger la situation, mais il faut que tu me promettes de ne jamais rester seule à partir de maintenant. Et refuse de parler à qui que ce soit que tu ne connais pas, c'est compris ?

Ma tante avait parlé d'un ton déterminé et sans équivoque. C'était la première fois qu'elle s'adressait à moi de cette façon.

–Je…

–Ne pose pas de questions et fais-moi confiance.

–D'accord. Mais papa va bien au moins ?

–Oui, bien sûr. Je t'aime, ma chérie. Sois prudente.

Tante Éva raccrocha. Elle m'avait rassurée quant à mon père. Mais je ne l'avais jamais vue réagir ainsi, ce qui m'inquiétait un peu.

–Qu'est-ce qu'elle t'a dit ? demandai-je à Ian sans attendre.

Il n'avait pas bougé, et semblait encore perdu dans ses pensées.

–Elle m'a demandé de prendre soin de toi. De te protéger.

–Mais, de quoi ?

Ian haussa les épaules. Je me doutais qu'elle lui en avait dit bien plus. Mais avant que j'insiste, il se leva pour s'accouder à la fenêtre.

–Au moins, maintenant, plus de doute, soupirai-je. Je sais que tante Éva est au courant de ce qui se passe. Selon elle, tout cela est normal.

–Hum…, fit Ian distraitement. C'est donc sûrement de ce côté-là de la famille que tu trouveras les réponses à tes questions.

Il se tourna enfin vers moi, les bras croisés sur la poitrine.

–Qu'est-ce que tu sais de ta famille maternelle ?

Sa question me surprit. Je ne m'étais jamais vraiment intéressée aux origines de ma mère.

–Pas grand-chose, répondis-je en tentant de me remémorer le peu que ma mère m'avait raconté sur sa vie. Maman n'avait pas beaucoup de famille… À vrai dire, à part ma tante, je ne connais personne. Elles sont toutes les deux nées en Grèce, elles ont coupé tout lien avec leur passé depuis des années, et ce bien avant ma naissance.

Je m'arrêtai un moment pour réfléchir. Cela me sauta aux yeux subitement : il y avait beaucoup de zones d'ombre dans ma vie. Je ne connaissais rien de mes parents. Ni mon père ni ma mère ne m'avaient parlé de leur vie avant que je vienne au monde. Mon père m'avait seulement expliqué avoir vécu dans un centre d'accueil après avoir été abandonné par sa famille lorsqu'il était encore nourrisson. Quant à ma mère, elle me parlait souvent des dons particuliers de sa grand-mère et de l'héritage que celle-ci leur avait laissé, à elle et à tante Éva, d'où leurs talents pour fabriquer des remèdes. Mais je ne savais rien de plus. Mes parents s'étaient rencontrés en Grèce avant de s'installer à Houston, pour ne plus jamais se quitter. Je m'étais habituée à notre petit cocon familial et je ne m'étais jamais posé de questions jusqu'à aujourd'hui.

– C'est toujours comme ça, murmura Ian d'un rire jaune, et tellement bas que je ne fus pas sûre d'avoir bien entendu.

– Qu'est-ce que tu dis ?

– Je t'ai entendue parler de fioles, dit-il en ignorant complètement ma question. Qu'est-ce que c'est ?

– Oh… rien. Ce sont de petits remèdes ancestraux grecs fabriqués par ma mère et ma tante, expliquai-je en m'étalant un peu plus sur le lit. Elles utilisent les savoirs légués par mon aïeule pour créer des potions et toutes sortes de choses à base de plantes. Ma mère avait même aménagé une salle spéciale à la maison pour se consacrer à ses travaux. Ces fioles me requinquent instantanément, c'est vraiment génial.

– Hum… je vois, répondit-il en fixant le sol, à nouveau perdu dans ses pensées.

– Ian ?

Il tourna lentement la tête vers moi.

– Tu sais quasiment tout sur moi à présent, dis-je en m'asseyant en tailleur. Du moins, tout ce que je peux t'apprendre. J'ai répondu à toutes tes questions, alors c'est à ton tour maintenant !

Ian m'observa un moment sans parler, le visage indéchiffrable.

– Je ne sais pas si c'est le bon moment, répondit-il sans cacher sa réticence.

– Ce ne sera jamais le bon moment, mais je n'abandonnerai pas tant que tu ne m'auras pas tout dit. Alors, autant le faire tout de suite. Comment puis-je te faire confiance si je ne sais rien de toi ?

Il y eut un silence.

– J'y tiens, ajoutai-je, déterminée.

Ian se mit à marcher sans but, visiblement tourmenté, avant de s'asseoir en face de moi.

– Bon, comme tu veux. Mais avant tout, il faut que tu oublies tout ce que tu penses connaître. Tout ce que tu as appris jusqu'à présent.

Je hochai la tête, plus qu'impatiente d'entendre ce qu'il avait à me dire.

– Ce que je m'apprête à te révéler défie toute logique. Et je ne voudrais pas que ton attitude envers moi change, parce que… parce que je ne suis pas du tout ce que tu crois.

Chapitre 16

–Je ne comprends pas, fis-je, en plissant les yeux.

–Ce que je veux dire, c'est que... les hommes prétendent tout savoir, mais ignorent beaucoup de choses... jusqu'à l'existence d'autres... êtres, bafouilla Ian. Je veux dire... Crois-tu en l'existence d'autres espèces à part les humains ?

–Heu oui... Il y a les animaux.

–Mais non, voyons ! Je parle de quelque chose de... différent, comme des « créatures ».

Oh mon Dieu ! Ce n'était pas possible ! Ian tentait-il de me dire qu'il était...

Je me redressai d'un seul coup, un peu effrayée par les images qui se formaient dans ma tête. Ian semblait chercher les mots justes, la bonne façon de m'annoncer cette chose qu'il avait tant de mal à avouer. Mon cœur battait à tout rompre, mais je devais prendre sur moi. C'était mon idée, après tout. Je lui avais en quelque sorte forcé la main.

Les scénarios rocambolesques que j'avais imaginés pendant la nuit ne me semblaient plus si dérisoires. Et si c'était possible ? Il fallait que je sache. Que je vérifie. Je devais mettre fin à tous ces doutes une bonne fois pour toutes, même si je prenais le risque de passer pour une idiote. Je pris les devants avec l'intention de lui faciliter les choses et lui demandai sur un ton plus brusque que je ne l'aurais voulu :

– Tu… tu es un vampire, c'est ça ? Je dois savoir, alors peu importe, je suis prête à accepter ce que tu vas me dire. Je ne devrais pas être étonnée, de toute façon, ajoutai-je avec un petit rire nerveux. Je vis des choses tellement étranges que je ne sais même plus où sont les limites…

– Je ne suis pas un vampire…

– Ah…

Ian se rapprocha lentement de moi. Je serrai plus fort un morceau de drap que je tenais dans ma main. Il ouvrit la bouche et, sans me quitter des yeux, il dit :

– Je suis un incube.

La phrase d'Ian grésilla littéralement dans ma tête. Comment étais-je censée réagir à ça ? J'avais déjà lu des histoires sur ce monstre ignoble qui abusait des femmes et les tuait pendant leur sommeil.

– Je te le répète, oublie ce que tu crois savoir, poursuivit Ian comme s'il avait lu dans mes pensées. La majorité des informations contenues dans les livres sont erronées.

Ne sachant quoi dire ni quoi faire, je restai là, bouche bée, le regard perdu.

– Senna, regarde-moi.

Au prix d'un gros effort, je réussis à recouvrer mes esprits et je levai la tête vers Ian, qui parut dérouté par ma réaction.

– Je ne suis pas si effrayant que ça, dit Ian avec un petit rire nerveux, en ouvrant les bras.

Je l'observai, examinai ses traits sous tous les angles. Comme si je m'attendais à le voir autrement. Mais rien n'avait changé. Il était toujours le même, avec son regard pénétrant et son charisme surnaturel. Il n'avait rien d'un monstre.

– Et sache que je ne te ferai jamais aucun mal. Je ne fais de mal à personne, d'ailleurs. Certains le font, mais je ne fais *plus* partie de ceux-là désormais.

– Tu… tu n'en fais plus partie…, répétai-je, le ventre noué.

– Je mentirais si je te disais que je n'ai pas fait certaines choses que je regrette amèrement. Mais c'est fini.

Cette période est loin derrière moi. Tu ne dois surtout pas avoir peur de moi, Senna. Bien au contraire…

Il avait l'air sincère. Je sus qu'il ne me mentait pas. Mon corps commença alors à se détendre, et mon cœur, à retrouver un rythme plus régulier.

– Est-ce que… ? Y en a-t-il beaucoup d'autres comme toi ?

– Oui, répondit-il, soulagé que j'eusse retrouvé l'usage de la parole. Mais ce n'est pas tout : les vampires existent, les loups-garous aussi, tout comme les goules et les djinns. Il y a de nombreuses créatures dans la nature. Plus que tu ne peux l'imaginer. Ce que tu entends parfois à la télé, les disparitions, les meurtres et les morts inexpliqués, n'est pas toujours l'œuvre des hommes.

Je nageais en plein cauchemar. Toutes ces créatures étaient bel et bien réelles.

–Vous autres, humains, avez la conscience tellement endormie que vous vivez perpétuellement entourés de créatures sans même vous en rendre compte, pouffa Ian.

Je n'étais pas en état de lui faire une remarque sur son manque de tact, trop perturbée par les révélations qu'il venait de me faire.

– Il y en a même dans cette école, poursuivit-il : la chère assistante slave de la directrice, madame Polk, n'est autre qu'une drioma.

– Une drioma ? Qu'est-ce que c'est ?

– Les driomas sont des spectres de la nuit, expliqua Ian. Elles sont fascinées par les enfants et aiment leur rendre visite le soir durant leur sommeil, lorsqu'elles sont sûres de ne pas être vues. Ce bâtiment est très ancien, et madame Polk habitait déjà les lieux lorsqu'il a été décidé d'en faire un pensionnat. La directrice a accepté qu'elle reste à condition qu'il n'y ait pas d'incident. Elle lui a même accordé la faveur de pouvoir revêtir une apparence humaine grâce à un rituel magique puissant. Les driomas sont peu nombreuses, car elles ne peuvent se reproduire, d'où leur obsession pour les jeunes. Il y a des rumeurs qui circulent selon lesquelles des élèves auraient croisé un fantôme dans l'école. Il s'agissait en réalité de madame Polk sous son apparence véritable.

– Alors c'est elle que j'ai vue danser l'autre soir dans le couloir ? Seigneur, j'ai eu la trouille de ma vie !

Ian éclata d'un rire franc devant ma réaction, qu'il devait juger exagérée. Mais moi, je trouvais la situation loin d'être hilarante.

Comme s'il avait perçu mon désarroi, il me prit par les épaules et me força à lui faire face.

– Je sais que tout cela est nouveau pour toi. Que tu te sentes perdue et que tu te poses plein de questions. Et je te promets de t'aider à les éclaircir. Mais on aura tout le week-end pour en discuter, alors détends-toi.

–Je ne sais pas si c'est une bonne idée…

–Ta tante m'a fait jurer de veiller sur toi. Ce sera plus facile pour moi de tenir ma promesse si tu viens, dit Ian d'un ton espiègle. Et puis je te promets de répondre à toutes tes questions.

Allongé sur le côté, il me dévisagea un moment. Embarrassée, j'inclinai un peu la tête pour masquer mon visage, mais Ian écarta mes cheveux avec le dos de sa main.

–Tu exerces tes pouvoirs sur moi, là ? demandai-je, soudain suspicieuse.

–Non. Je ne dis pas que je n'ai pas déjà essayé, mais les effets sont minimes sur toi. C'est d'ailleurs ce qui m'a confirmé que tu n'étais pas banale. L'heure passe, ajouta-t-il en consultant sa montre. Tu as déjà préparé ton sac ?

–Euh non, je le ferai tout à l'heure…

Au même moment, quelqu'un essaya d'ouvrir la porte, avant de frapper.

–Senna, tu es là ?

–Oh zut ! murmurai-je, prise de court.

C'était Jessie.

–Ouvre, on t'apporte une surprise, renchérit Sam.

–J'arrive tout de suite ! répondis-je, en panique. Qu'est-ce que je fais ? demandai-je à Ian.

–Tu n'as qu'à leur dire que tu avais besoin d'être seule pour écrire à ta famille, dit-il, amusé par la situation, en se dirigeant déjà vers la fenêtre. Après tout, ce n'est pas comme si tu avais invité en douce un garçon dans ta chambre.

Je soupirai d'exaspération. Il ne manquait pas une occasion de plaisanter.

– Rendez-vous à quatorze heures devant le portail, ajouta-t-il avant de disparaître.

Je pris une grande inspiration avant d'aller ouvrir à mes amies.

– Hé… Désolée, j'avais besoin de m'isoler un peu.

Jessie sembla d'abord incrédule, puis elle haussa les épaules et me tendit une grosse part de gâteau au chocolat avant d'entrer.

– On l'a acheté à la foire. Il est délicieux.

Samantha, elle, avait l'air soupçonneuse. Pas convaincue, elle entra à la suite de Jess et commença à examiner la chambre, les sourcils froncés. Elle s'approcha de la fenêtre restée ouverte. Je lui emboîtai le pas par précaution et jetai un coup d'œil dehors. Ian était dans la cour et s'éloignait d'un pas tranquille.

– J'ai décidé de faire l'excursion, affirmai-je, mal à l'aise, pour détourner leur attention, même si j'étais certaine que Sam avait déjà compris ce que j'essayais de cacher. Ça me fera du bien de passer un peu de temps dans la nature.

Son regard confirma mes soupçons. Embarrassée, je n'arrivais pas à la regarder en face. Elle ne comprenait certainement pas que je puisse ne serait-ce qu'adresser encore la parole à Ian… et elle n'avait pas tort. J'avais toutes les raisons de me tenir loin de lui, mais je n'arrivais pas à m'y résoudre.

– D'ailleurs, j'étais en train de faire mon sac, poursuivis-je tout en faisant mine de trier mes vêtements.

– Beurk ! s'exclama Jessie. Tous ces insectes, très peu pour moi ! Sans les moustiques et autres bibittes qui en veulent à mon sang, j'aurais pu envisager d'y participer, mais là, passer la nuit en forêt, non merci. Quoique, si ça peut te faire du bien… Tu es au courant que Reva et sa bande y vont aussi ?

– Super…, soupirai-je sans cacher ma déception, en me demandant si Ian avait omis volontairement de me divulguer cette information.

La simple présence de cette fille me rebutait, moi qui n'étais déjà pas très emballée par ce week-end façon « scout ». Mais Ian m'avait promis une discussion sérieuse, et je ne pouvais rater ça.

– Si elle t'embête, tu n'auras qu'à lui en balancer une, continua Jessie. De toute façon, après l'incident de la dernière fois, ça m'étonnerait qu'elle te cherche encore noise !

Je haussai les épaules, encore gênée à l'évocation de ce moment.

Une bonne dizaine de minutes plus tard, mes deux copines prirent congé. Jessie me serra fort dans ses bras, tandis que Sam se força à l'imiter sans réussir à dissimuler son irritation. Il serait difficile à l'avenir de lui faire accepter la situation. J'aurais du fil à retordre et redoutais déjà mon retour. Dès qu'elles furent parties, je bouclai mon sac et m'allongeai sur le dos.

Que d'émotions en une matinée ! Je n'avais pas encore digéré la révélation d'Ian. *Un incube*, me répétai-je, pour tenter de prendre conscience de cette réalité. C'était incroyable et terrifiant. Il y avait encore des zones d'ombre à éclaircir le concernant, pourtant je ne me sentais pas en danger. Du moins, pas pour l'instant.

Comme convenu, je me rendis près du portail à quatorze heures. Un groupe d'élèves attendait en bavardant, un énorme sac sur le dos. Reva était là également avec trois de ses amies. Il n'y avait qu'elle pour réussir à combiner le mot « chic » avec « randonnée ». Sa tenue rose et noire était assortie au sac de marque posé à ses pieds. En pleine discussion, elle ne remarqua pas ma présence. Craignant d'attirer son attention, je détournai la tête, et j'aperçus Ian qui était adossé à un arbre, un peu plus loin.

– Reva à une randonnée ? Étonnant, et en même temps, pas du tout, fis-je en glissant mon regard de lui à elle. Je suppose que tu n'étais pas au courant de sa présence…

– Si, mais si je te l'avais dit, tu n'aurais pas voulu venir. Et je tenais absolument à ce que tu sois là.

Je me retournai au moment où les yeux de la fausse blonde se posèrent sur moi, électriques et haineux.

– Qu'est-ce que tu as fait à Reva, la dernière fois ? demandai-je à Ian, surprise que le comportement de cette fille n'ait pas changé à mon endroit après la terreur que je lui avais causée lors de notre altercation dans le couloir.

– J'ai effacé ses souvenirs et je l'ai apaisée. C'est très utile parfois.

– Comme les vampires ?

Je n'arrivais pas à croire que j'avais dit ça. Je parlais de vampires, comme si c'était un sujet ordinaire.

– Non, surtout pas comme les vampires, répondit Ian, outré. Eux hypnotisent les humains afin de leur faire croire ce qu'ils désirent, alors que nous, nous fouillons vraiment dans les souvenirs et pouvons les raviver ou les effacer.

– En tout cas, ne t'avise pas d'utiliser tes pouvoirs sur moi !

– Même si je le voulais, ça ne fonctionnerait pas vraiment. Mais je pourrais peut-être essayer…

Je le fusillai du regard.

– Je plaisante. Promis.

Chapitre 17

Menés par quatre professeurs et trois assistants, nous commençâmes notre progression dans la nature. Tous les deux à l'arrière du peloton, Ian me devançait de quelques pas. Je faisais exprès de traîner un peu et tentai à maintes reprises de ralentir. Je simulai la fatigue, espérant qu'il m'imiterait pour que nous puissions avoir *la* discussion, la principale raison de ma participation à cette sortie. Après tout, Ian m'avait fait la promesse de me dévoiler tout ce que je voulais savoir si j'acceptais de l'accompagner. Mais il semblait déterminé à ne pas s'écarter du groupe. Peut-être faisait-il exprès de rester à proximité des autres pour retarder l'échéance, ou alors il avait changé d'avis et évitait d'être seul avec moi…

Je commençais à regretter d'être venue. Je dus prendre sur moi pour supporter la présence de ses admiratrices qui, malgré son indifférence, tentaient par tous les moyens d'attirer son attention. Je n'étais pas jalouse, loin de là, mais leur attitude m'exaspérait. Je me retins de rire lorsque l'une des amies de Reva, une blonde prénommée Alison, trébucha à trop vouloir se déhancher devant lui. Je me sentis coupable de me moquer ainsi quand je vis l'expression triste de la meneuse de bande. Reva semblait vivre très mal le changement d'attitude d'Ian à son égard. J'avais remarqué à plusieurs reprises sa mélancolie lorsque son attention se portait sur lui et là, elle était en train de le remercier timidement de l'avoir aidée à relever son amie. Elle ne reçut aucune réponse en retour, pas même un regard.

Je le trouvais un peu dur de la traiter ainsi. Ce n'était pas parce que Reva était une garce qu'elle n'avait pas de cœur. Ian l'avait séduite et à présent, il l'ignorait. Je pris conscience que j'étais la cause principale de ce changement, et contre toute attente, cela me fit de la peine. J'avais un peu chamboulé la vie de ces filles sans le vouloir.

Alors que je me faisais la promesse d'en toucher quelques mots à Ian, je surpris un regard de Reva. Elle s'était rendu compte que j'avais suivi la scène et me toisa méchamment avant de se remettre en route. Quel cas, celle-là ! Elle qui me détestait déjà avant, elle devait espérer ma mort désormais. Et moi qui commençais à me faire du mouron pour elle…

Le petit incident de parcours d'Alison obligea tout le monde à s'arrêter quelques minutes. Lorsque le professeur Harvey ordonna la reprise de la marche, j'eus une idée. J'attendis que le groupe se fût un peu éloigné et poussai un petit cri. Comme prévu, Ian fit demi-tour. Je me penchai et fis mine d'examiner une égratignure insignifiante sur mon mollet. Ian se dépêcha de me rejoindre et s'agenouilla pour analyser ma microblessure.

– Ça va ? demanda-t-il, aux petits soins.

– Hum, hum. Ce n'est rien de grave, ça tire un peu, c'est tout.

Je compris à son expression qu'il avait deviné la supercherie. Il poussa un soupir accusateur et se releva.

– On devrait se dépêcher, sinon on ne pourra plus les rattraper.

Alors qu'il me tirait par le bras pour m'aider à me relever, je me lançai :

– Attends, j'ai plein de questions à te poser…

– On a tout le temps, répliqua-t-il en reprenant déjà le rythme.

– D'accord, mais je me demandais juste…, me hâtai-je d'ajouter, en lui emboîtant le pas. Quelqu'un d'autre sait, pour toi ? Enfin, tu vois ce que je veux dire…

– Non. À part la directrice.

Ian avançait si vite que je devais presque courir pour rester à sa hauteur. Comme sa réponse était évasive, je lui adressai un regard plein de reproches ; alors il poursuivit :

–Elle non plus n'est pas tout à fait « normale ». C'est une gardienne. Elle est du « bon côté de la force » si tu vois ce que je veux dire. Elle œuvre pour le bien.

– Alors pourquoi te tolère-t-elle dans son établissement ?

– C'est un arrangement que nous avons conclu. Elle m'a sauvé la vie, une fois. J'ai le droit de rester à condition que je ne commette pas de bêtises ; et en échange, j'assure la protection de l'école tant que je suis là.

– La protection de l'école ? Mais contre quoi ?

– Les créatures, les serviteurs de l'ombre, les intrus… Tout ce qui pourrait nuire à son fonctionnement normal. Et même les nouvelles élèves « un peu spéciales », railla-t-il. On ne sait jamais.

– Alors c'est pour ça que ton comportement était aussi hostile à mon égard ? Tu me surveillais…

– C'est ma mission. Lorsque j'ai senti que tu étais différente, je me suis mis sur mes gardes. Je devais te tenir à l'œil et m'assurer que tu n'étais pas un danger. Mais madame Stephens m'a vite fait comprendre qu'il n'y avait rien à craindre de ce côté-là.

– Vous deux, là-bas, tonna le professeur de sport, un peu de nerf, vous traînaillez !

Ian accéléra la cadence, rendant la discussion plus difficile.

– Tu en sais plus sur moi que tu ne veux bien le dire, pas vrai ? réussis-je à articuler entre deux respirations.

– Peut-être bien, répondit-il avant de rejoindre pour de bon le peloton, et mettant par la même occasion fin à l'interrogatoire.

– Et c'est reparti pour un tour, bougonnai-je dès que je fus de nouveau seule.

Comme je l'avais pressenti, je n'eus aucun autre répit pour parler à Ian jusqu'à ce que les guides-professeurs décident qu'il était temps de s'arrêter. Nous n'avions pu passer qu'un court moment seuls.

Une fois le campement dressé, je m'installai avec les autres autour du feu de camp. Je contemplai, déçue, le reste de mon sandwich. Cette excursion ne se passait pas du tout comme je l'avais prévu. Après les révélations de ces deux derniers jours, j'avais besoin d'explications. Je ressentais aussi le besoin de parler, de me confier. J'avais enfin trouvé une personne avec laquelle je pouvais le faire sans crainte. Et cette personne n'était autre… qu'un incube.

Rien qu'à cette pensée, des frissons me picotèrent la nuque.

Je levai les yeux vers Ian, qui était assis un peu plus loin. Il était en grande conversation avec le professeur Dale. Je le surpris en train de m'observer, l'air taquin.

Il se souvient enfin de mon existence…, pensai-je, irritée.

Je lui répondis d'une mimique qui se voulait plus une grimace qu'un sourire, lui témoignant ainsi ma rancœur. C'est alors qu'il se leva et avança dans ma direction. Il passa derrière moi et fit glisser sa main le long de mon dos avant de me saisir le bras qu'il tira légèrement, m'invitant à le suivre. Je me laissai faire, mais traînai un peu des pieds, tenant à tout prix à le faire payer pour m'avoir laissée de côté pendant toute la journée.

– Où est-ce que tu m'emmènes ? rouspétai-je.

– C'est une surprise !

Ian avançait avec détermination dans le noir et semblait savoir exactement où il allait.

– Tu connais bien cette forêt, on dirait, déclarai-je après quelques minutes.

– Mieux que n'importe qui.

Le chemin devenait de plus en plus pentu et escarpé. Nous marchâmes encore pendant un bon quart d'heure. Alors que je m'apprêtais à râler pour lui signifier que nous nous éloignions assez comme ça, il s'immobilisa.

Je jetai alors un coup d'œil aux alentours. Nous avions atteint un petit plateau rocheux offrant une vue panoramique sur l'île. La nuit polaire, entre crépuscule et noirceur, donnait un aspect surnaturel au paysage.

– C'est incroyable ! m'émerveillai-je.

– Je passe des journées entières ici lorsque j'ai besoin d'être seul, expliqua Ian. Cette forêt est un peu ma maison.

Il s'installa sur un gros rocher plat et m'invita à le rejoindre. Le bloc de pierre était si large qu'on pouvait presque s'y allonger. Nous contemplâmes la vue en silence, savourant ce moment magique durant lequel le ciel et la mer s'alliaient pour nous offrir le plus beau des décors.

– Alors, que veux-tu savoir ? demanda Ian après un moment.

Le moment que j'attendais tant était arrivé ; or, je ressentis soudain de l'anxiété.

– Je ne sais pas par où commencer…

– Eh bien, dis tout ce qui te vient à l'esprit, on verra bien.

Il fallait que je mette de l'ordre dans ma tête. Des milliers de questions s'y bousculaient.

– Pour commencer…, quel âge as-tu ?

– Environ huit fois le tien.

Je restai un moment sans voix, le temps pour moi d'assimiler l'information.

– On se croirait dans un film…

– C'est une bonne chose ou pas ?

–Je ne sais pas trop. C'est… bizarre!

–Je te rassure, ça l'est pour moi aussi. Je n'ai pas l'habitude de me dévoiler ainsi à des humains, et encore moins d'éprouver ce genre de sentiments. C'est à l'encontre de ma nature.

Ian avait secoué la tête en prononçant ces derniers mots, comme si lui-même n'en revenait pas d'être en train de vivre une chose pareille. Il eut d'ailleurs un petit rire nerveux qui me confirma que la situation l'embarrassait. Je déposai un baiser sur sa joue et posai ma main sur la sienne en guise de remerciement pour la confiance qu'il m'accordait. En réponse, Ian m'attira vers lui et m'embrassa longuement. Ce rapprochement électrique me fit tourner la tête. Je me sentais honteuse des émotions que ce garçon éveillait en moi. Dès que ma bouche fut de nouveau libre, je toussotai pour masquer mon trouble. J'attendis de recouvrer mes sens avant de poursuivre:

–Il y a quelque chose que je ne comprends pas bien: à part votre faculté de modeler à votre guise les souvenirs des humains, qu'est-ce qui vous différencie, toi et les tiens, des vampires?

–Beaucoup de choses, répondit Ian, qui jouait avec un caillou. Les vampires sont loin de l'image que les romans, la télé et le cinéma veulent bien donner d'eux.

Il se pencha en arrière, et un sourire amusé se dessina sur ses lèvres.

– Premièrement, ils ne sont pas aussi séduisants qu'on veut bien vous le faire croire. C'est même rarement le cas. Ils peuvent néanmoins convaincre leurs victimes du contraire grâce à leurs pouvoirs de persuasion et d'hypnose.

Ian prit une grande inspiration et continua d'une voix monocorde :

– Leur vue n'est pas très développée. Et, étant donné que ces êtres sont techniquement morts, ils ne possèdent pas d'âme. Quant au sang qui coule dans leurs veines, il pourrit, ce qui leur donne une couleur noire. C'est d'ailleurs par contact sanguin que les vampires contaminent leurs proies.

– Ils contaminent leurs proies ?

– Eh oui, on ne parle pas de transformation, mais bien de contamination, car le sang de ces créatures agit comme du poison sur les humains. Quand le corps de la victime réagit bien, celle-ci se transforme en vampire, et si elle réagit mal au processus, cela crée des maladies sanguines que vous connaissez bien, comme l'hémophilie. Et je suppose que ce n'est pas la peine de te préciser que ces suceurs de sang ne peuvent pas copuler. Ils se servent de l'hypnose pour procurer du plaisir à leurs victimes pendant qu'ils s'abreuvent de leur sang.

– Oh, c'est affreux. On croirait avoir affaire à des zombies.

– Tu ne crois pas si bien dire, rétorqua Ian, qui prenait un malin plaisir à démystifier l'image de ces séducteurs irrésistibles et mystérieux qui faisaient fantasmer tant de femmes.

Cette nouvelle vision de notre monde me faisait très peur. Comment vivre en sachant qu'il y avait autant d'obscurité autour de moi, tant de dangers inconnus de tous ?

– Tu comprends pourquoi nous n'aimons pas du tout cette comparaison. Nous, les incubes, n'avons rien à voir avec ces créatures incontrôlables, guidées par le sang. Les incubes sont plus réfléchis et contrôlent leurs émotions. Certes, les vampires sont plus forts et plus rapides, mais nous sommes plus malins. Nous ne nous nourrissons pas de la même manière et n'avons pas toujours cette apparence.

– Comment…, tu veux dire que tu te transformes ?

– On peut dire ça, répondit sèchement Ian, soudain distant, comme s'il regrettait d'en avoir trop révélé.

Ses traits s'étaient durcis. Pourquoi réagissait-il ainsi ?

J'ouvris la bouche pour parler, mais Ian me devança :

– Avant que tu le demandes, je préfère t'arrêter tout de suite, dit-il en se tournant de nouveau vers moi. Je ne revêts « l'autre forme » que dans des cas exceptionnels. C'est quelque chose que je tiens à garder pour moi.

Tu ne me verras probablement *jamais* ainsi. Et tu ne rates rien, tu peux me croire.

Une autre forme ? Était-elle si horrible pour qu'Ian veuille à ce point me la cacher ? Son aversion pour le miroir dans la voiture me revint en mémoire. Et si c'était pour fuir son reflet ? Le reflet de son image véritable ? J'avais néanmoins beaucoup de mal à imaginer Ian se transformer en un être si affreux que j'en vienne à le trouver repoussant.

Ça doit être lui qui en fait trop, comme d'habitude, me dis-je. Cet aveu attisa la peur et la curiosité en moi, mais je décidai de ne pas insister pour le moment, préférant poser le maximum de questions tant qu'Ian m'accordait cette chance. J'avais une multitude de détails à élucider. De peur d'en oublier un, je décidai d'enchaîner :

– Tu as dit tout à l'heure que vous ne vous nourrissiez pas de la même manière que les vampires, et je sais que tu peux manger normalement… je veux dire… comme nous, les humains, puisque je t'ai déjà vu le faire.

– Oui, mais ce n'est pas suffisant. Nous nous nourrissons du désir et du plaisir des humains, de leurs phéromones. C'est pour cela que nous avons besoin de séduire. Nous devons engendrer ces émotions chez eux pour ensuite les aspirer.

Sa réponse me décontenança. Je me sentis tout à coup stupide de faire confiance à un être assoiffé de séduction et de plaisir. C'était donc pour cela qu'il était toujours entouré de filles. Il se nourrissait d'elles.

– Rassure-toi, Senna, ajouta-t-il lorsqu'il se rendit compte que je restais silencieuse. Je ne suis pas dépendant de ça…, du moins je ne le suis plus, contrairement aux autres incubes. Et si parfois j'y ai recours, c'est pour m'amuser, et cela reste superficiel. Je ne fais de mal à personne. D'ailleurs, grâce à mon expérience, j'ai réussi à trouver une solution de rechange.

– Une solution de rechange ?

Ian hocha la tête.

– Oui, à la place de leurs désirs, j'ai appris à absorber l'énergie vitale des humains. L'effet est moins intense, mais je peux m'en contenter. Je ne leur en prends qu'un peu. Ils se sentent alors juste fatigués, étourdis ou affamés.

Je ne savais trop comment réagir à ce qu'Ian venait de me dire.

– Et comment t'y prends-tu ?

– Pour absorber de l'énergie vitale, un simple contact physique suffit.

– Et pour les phéromones ?

– Il faut provoquer leur sécrétion chez l'autre. Comme ça…

Ian posa sa main sur ma joue. Son regard était intense, charmeur. Il était très séduisant, intimidant même. Si ses pouvoirs étaient moindres sur moi, je n'avais aucun mal à imaginer que les autres filles puissent le trouver irrésistible.

–… ou comme ça…

Il se pencha doucement vers moi et posa un léger baiser sur mes lèvres.

–Il y a bien un autre moyen, plus efficace et plus intense, plaisanta-t-il, mais je ne crois pas qu'une démonstration soit nécessaire.

Au lieu de répondre, je lui lançai un regard noir.

–Si j'ai bien compris, continuai-je pour éviter qu'il s'éloigne de la discussion principale, tu es immortel…

–Je ne suis pas immortel, car je peux mourir en cas de blessure fatale. Je suis plutôt *éternel*. Je peux vivre éternellement tant que j'absorbe assez d'énergie et que je ne me fais pas tuer.

Éternel… Qu'éprouvait-on à vivre éternellement? Une longue, très longue solitude certainement.

Alors que je sondais Ian et essayais de déchiffrer des émotions dans ces iris semblables à deux perles grises impénétrables, je ne pus m'empêcher d'examiner de plus près la cicatrice qui lui barrait la moitié du visage. Doucement, je fis glisser mon index sur la marque fine et claire qui, au lieu d'être repoussante, accentuait son côté rebelle et mystérieux.

–Comment est-ce arrivé? lui demandai-je avec douceur.

– C'est une vieille histoire, soupira-t-il en secouant la tête, pas très enclin à en discuter.

– Et as-tu déjà…

– Tué ? Oui, il y a longtemps.

J'allais répondre lorsque j'eus une sensation étrange, un malaise.

– Je ne te fais pas peur, j'espère, s'inquiéta Ian, qui me dévisageait.

– Non. J'ai juste…

Ce sentiment ne m'était pas étranger. J'essayais de me remémorer le moment où j'avais ressenti cette lourdeur angoissante quand soudain, cela me vint comme une évidence.

Oh non, ça recommence ! pensai-je, en proie à la panique.

– Ian… J'ai l'impression que nous ne sommes pas seuls, affirmai-je en me levant d'un bond.

Je me tournai et retournai dans tous les sens, aux aguets, scrutant les arbres les plus proches. Au vu de ma réaction, Ian se mit à humer l'air. Comme pour confirmer mes soupçons, il ne tarda pas à froncer les sourcils.

– Moi aussi, admit-il, avant de sonder à son tour l'obscurité.

Subitement il y eut un courant d'air frais, comme si quelque chose était passé tout près de moi…, si près que mes poils se hérissèrent. Puis il y eut une autre rafale encore plus glacée, et je crus apercevoir un nuage noir qui plongeait sur moi. Je n'eus pas le temps de crier. Ian, aussi rapide que l'éclair, me plaqua au sol avant de se jeter sur moi pour me protéger. Cherchant à comprendre ce qui se passait, je tournai la tête et découvris un trait rouge qui barrait la joue de mon protecteur. Dans un mouvement brusque, il redressa le torse et poussa un gémissement de douleur.

Le temps de réaliser ce qui se produisait, Ian se pencha encore plus sur moi. Il me serra fermement contre lui et m'entraîna dans un roulé-boulé sur un ou deux mètres afin d'échapper à quelque chose que je n'eus pas le temps d'apercevoir.

J'entendis alors comme un bruit d'ailes fouetter l'air avant de s'éloigner.

– Senna, il faut rejoindre le campement ! me dit Ian d'un air grave avant de se relever.

– Qu'est-ce qui se passe ? m'affolai-je. Qu'est-ce que c'était ?

Ian me tourna le dos, sur ses gardes. C'est à ce moment-là que je compris : son tee-shirt était déchiré, et une large coupure barrait ses omoplates.

– Oh, mon Dieu. Ian, tu es blessé !

– Ce n'est rien. Je n'aurais jamais dû t'emmener ici. Attention ! cria-t-il en se jetant de nouveau sur moi. Mais cette fois, il saisit une pierre pointue qui gisait à côté, pivota légèrement le buste et donna un coup violent à la chose qui nous attaquait.

Un sifflement, ou plutôt un petit cri de douleur se fit entendre.

– Mais qu'est-ce que c'est ? demandai-je de nouveau en me relevant avec peine.

– Rien, je m'en occupe, répondit Ian, avant de me fixer sévèrement. Écoute-moi : à mon signal, tu commences à courir. Tu n'as qu'à suivre le petit sentier.

Je hochai la tête pour lui signifier que j'avais compris. Je ne l'avais jamais vu aussi inquiet, et c'est ce qui m'effrayait le plus.

Les sens en alerte, Ian se remit à inspecter les alentours.

– Elle revient ! murmura-t-il soudain, concentré. Attends ici.

Il se mit à courir et sauta agilement dans un arbre avant de disparaître. Si j'avais eu quelques minutes auparavant des doutes sur ses capacités surnaturelles, je n'en avais plus désormais. Pas rassurée le moins du monde, j'avançai de quelques pas pour tenter d'apercevoir quelque chose et entendis des bruits d'affrontement. Les feuillages s'agitèrent. Inquiète, je me penchai pour tenter d'apercevoir quelque chose, puis distinguai une silhouette noire juste à l'endroit où Ian venait de disparaître.

– Senna ! Maintenant ! entendis-je soudain crier.

Surprise de pouvoir bouger, je courus aussi vite que je le pouvais. J'avais toujours été rapide, mais à ce moment précis, je me surpris moi-même. L'adrénaline me donnait des ailes. Les branches s'agitaient dangereusement au-dessus de moi, comme si quelque chose sautait d'arbre en arbre à ma poursuite.

Surprise de pouvoir bouger, je courus aussi vite que je le pouvais. J'avais toujours été rapide, mais à ce moment précis, je me surpris moi-même. L'adrénaline me donnait des ailes. Les branches s'agitaient dangereusement au-dessus de moi, comme si quelque chose sautait d'arbre en arbre à ma poursuite. Terrorisée, j'accélérai de plus belle, quand Ian réapparut derrière moi.

– Ne t'arrête pas ! hurla-t-il.

Il avait dû semer la chose, ou du moins réussir à la ralentir. Après quelques minutes, hors d'haleine, je perdis de la vitesse. Ian en profita pour me rattraper. Il saisit ma main et me tira avec détermination, comme s'il savait exactement ce qu'il faisait.

– Où est-ce qu'on va ?

– Dans une grotte. Tu y seras en sécurité.

Mon cœur tambourinait dans ma poitrine. Je ne saurais dire depuis combien de temps nous courions, mais j'avais du mal à respirer. À mon grand soulagement, il n'y eut aucun incident jusqu'à notre arrivée à la fameuse grotte. Je commençais à penser que, finalement, Ian s'était débarrassé de cette chose morbide qui nous pourchassait. Dès que nous fûmes à l'abri, il me fit asseoir tout au fond du trou de pierre.

– Écoute, me dit-il en s'agenouillant pour être à mon niveau. Tu te souviens de notre discussion à propos des différentes créatures qui habitent ce monde ?

Encore essoufflée, je fis oui de la tête.

– Eh bien, cette chose en est une. Et pas des moins dangereuses. J'ai réussi à la retarder, mais ça ne durera pas. Elle n'abandonnera pas. Ces créatures-là n'abandonnent jamais leurs proies. Alors il faut que je l'arrête.

– Non ! m'écriai-je, en comprenant ce qu'Ian avait l'intention de faire. Tu vas te faire tuer, n'y va pas !

– Ne t'en fais pas, répondit-il en me caressant la joue. Je sais ce que je fais. Promets-moi de ne surtout pas bouger d'ici quoi qu'il arrive.

Après une courte hésitation, je hochai la tête à contrecœur, espérant qu'Ian avait tort et que ce monstre avait abandonné la partie. Mais cette idée disparut rapidement : un bruit de battement d'ailes se fit brusquement entendre, m'arrachant un cri de surprise. Puis un voile noir plongea droit sur la grotte.

L'espace d'un instant, je crus distinguer une cape sombre et un masque au bec pointu, mais Ian s'interposa devant moi. Il m'enveloppa de ses bras de manière à former un bouclier protecteur. La créature menaçante tentait par tous les moyens de nous atteindre, mais l'abri de pierre semblait constituer un réel obstacle pour elle. De frustration, elle poussa un cri à percer les tympans.

Le hurlement de cet être démoniaque était si horrible que je me recroquevillai au sol, les mains sur les oreilles. Cela ne dura que quelques secondes, mais ce laps de temps était suffisant pour me donner l'impression que ma tête allait exploser. Dès que le sifflement s'arrêta, je me laissai tomber à terre, soulagée.

– Elle est partie ? réussis-je à articuler.

– Oui, pour l'instant, confirma Ian, qui examinait l'entrée de la grotte avec précaution. Elle ne peut pas entrer ici, mais elle attendra qu'on en sorte. Les créatures de l'air ne supportent pas les espaces clos et souterrains.

– Et ce cri… Je n'ai jamais rien entendu de si terrifiant.

– Il permet de déstabiliser ses victimes. C'est une arme puissante contre les humains. Ils peuvent en perdre l'ouïe… ou sombrer dans la folie.

Cette créature était monstrueuse en tous points. Mais le pire, c'est que j'avais le sentiment de ne pas être étrangère à cette histoire. Cette attaque n'était pas le simple fruit du hasard.

– Ian, je connais cette chose, révélai-je, encore sous le choc. Je l'ai aperçue à plusieurs reprises à Houston. Elle vient pour moi, c'est ça ?

Ian fit mine de ne pas entendre.

– Il faut rejoindre le campement, déclara-t-il, à l'affût du moindre mouvement extérieur. Elle s'attaque à nous parce que nous sommes seuls. Je dois l'affronter, il n'y a pas d'autre solution.

– Quoi ? Alors, je viens avec toi.

– Non. C'est trop dangereux.

– Tout ça est de ma faute, alors je ne te laisserai pas y aller seul.

– Senna, fais-moi confiance, c'est la seule solution, dit Ian avec douceur.

Je poussai un soupir désapprobateur, mais ne protestai pas.

– Je vais te couvrir, reprit-il, déjà prêt à partir. À mon signal, tu fonces au campement.

Il attendit mon accord, puis m'embrassa et disparut une nouvelle fois dans l'obscurité.

Chapitre 18

Mon cœur recommençait à s'emballer. Non seulement j'étais inquiète pour Ian, mais en plus je devais me préparer à une deuxième course-poursuite pour sauver ma peau. Je me rapprochai avec précaution de l'orifice de la grotte pour guetter les alentours, mais je n'entendis et ne vis rien d'anormal. Tout semblait calme quand tout à coup, la voix d'Ian s'éleva dans l'obscurité :

– Fonce !

Je réagis au quart de tour et piquai un sprint. Aussitôt, un cri strident déchira l'air, m'agressant de nouveau les tympans. Je me rappelai ce qu'Ian m'avait expliqué : ce cri servait à déstabiliser les victimes. La créature tentait de me piéger. Il ne fallait surtout pas m'arrêter. De nombreuses branches tombaient autour de moi : Ian affrontait cette chose obscure et terrifiante quelque part au-dessus des arbres, tout près. Il tentait d'entraver sa course, de l'empêcher de m'attraper, au péril de sa vie.

– Iaaan ! criai-je, horrifiée, tout en m'efforçant de continuer à courir, les larmes aux yeux.

À cause de moi, Ian était en danger. Je devais lutter contre moi-même pour ne pas faire demi-tour et l'aider à affronter cette chose malveillante, même si je n'avais aucune idée de la façon dont je pouvais m'y prendre.

Je lâchai un cri de surprise lorsque mon compagnon de randonnée tomba juste à mes côtés. Il m'agrippa par la taille et m'attira vers un petit sentier. Celui-ci dessinait des zigzags entre les arbres.

– Le campement n'est plus très loin. Cours aussi vite que tu peux, je te rejoins, lança-t-il avant de relâcher son étreinte.

La créature était tout près. Je pouvais entendre le bruit sinistre de sa cape fouetter l'air à quelques mètres. Elle poussa un autre cri perçant. Puis, il y en eut encore un, beaucoup plus grave, mais tout aussi menaçant. Ce n'était pas celui de la créature. Je ne pus m'empêcher de tourner la tête pour vérifier, et ce que je vis à cet instant dépassait tout ce que j'aurais pu imaginer : là où se tenait Ian à peine quelques secondes auparavant se dressait une créature des plus monstrueuses.

Elle avait la peau lisse, les oreilles droites et pointues et de petites ailes de chauve-souris.

Au même moment, la bête se tourna vers moi, et je reconnus ces yeux que j'avais toujours tant de plaisir à regarder. C'était Ian ! Lorsque ses yeux me trouvèrent, je crus y discerner une profonde tristesse et de la gêne. Le choc me fit perdre l'équilibre. Presque immédiatement, les grognements et les bruits de lutte reprirent derrière moi. Je me relevai précipitamment, et distinguai une dernière fois la silhouette de gargouille qui s'élançait avec une rapidité féroce et disparaissait dans les feuillages.

Le cœur serré, je me remis à courir et ne m'arrêtai que lorsque j'eus atteint le campement. Le son des voix des autres élèves si innocents et naïfs était rassurant. Je n'avais cependant aucune envie de me mêler à eux. Mon cœur battait trop fort et j'avais la nausée après cette course effrénée. Il me fallait un peu de calme. Je ne voulais surtout pas que l'on me perçoive ainsi. Ian ne devrait pas tarder. Je me précipitai dans ma tente dans l'espoir de le voir arriver rapidement.

Quelle ne fut pas ma surprise en trouvant tout un groupe de filles s'affairant dans mon espace personnel ! Reva et deux de ses amies m'attendaient là, occupées à détailler plusieurs de mes affaires. La fille brune arrogante de la dernière fois portait même un de mes tee-shirts préférés et humait ma crème solaire.

– Tiens, tiens, voilà la nouvelle! roucoula cette dernière d'un air mauvais, en m'apercevant.

– Qu'est-ce que vous faites ici? grondai-je en récupérant un tube de pommade des mains d'Alison.

– Ça ne se voit pas? répondit Reva en me toisant. On voulait faire un peu ta connaissance, en savoir plus sur toi. Mais comme tu n'étais pas là, on s'est dit que ça ne te dérangerait pas que nous menions notre petite enquête, ajouta-t-elle d'un ton provocant en se dandinant devant moi. Et d'ailleurs, elle s'est avérée fructueuse!

C'est à ce moment-là que je m'aperçus qu'elle jonglait avec mon flacon de médicaments.

– Rends-moi ça tout de suite! hurlai-je en me jetant sur elle.

Mais au moment où je m'apprêtais à lui faire payer sa méchanceté, la brune tendit une photo de mon père et menaça de la déchirer.

– Relâche-la immédiatement, ou je te jure que je le fais!

Je me détachai de Reva à contrecœur.

– Jane, voyons. Ce n'est pas gentil de jouer avec la famille! cracha la chef de bande, qui avait repris de l'assurance.

– Tu as raison, répondit cette dernière. En fin de compte, regarde-la. C'est une gentille fille à son papa derrière ses airs de rebelle.

Au summum de l'énervement, je me précipitai si violemment sur la belle brune que nous nous retrouvâmes toutes les deux à même le sol. J'avais l'intention de lui faire du mal et ne contrôlais plus mes mouvements. Je me sentais puissante, bestiale. Ma vue était perçante et mes ongles, des lames acérées. Je lui déchirai un bout de tee-shirt. Nous roulâmes pendant quelques secondes, mais je pris vite le dessus. À califourchon sur elle, la main levée, je m'apprêtais à lui asséner un coup au visage lorsqu'une odeur enivrante me monta à la tête. Le visage de Jane, à quelques centimètres du mien, était défiguré par la peur. La bouche ouverte, la jeune fille respirait bruyamment. Derrière son haleine tiède, cette fragrance sucrée attisait mes sens et m'envoûtait. Incontrôlable, je lui enserrai le cou d'une seule main, subjuguée par l'odeur qui émanait des orifices de son visage, lorsqu'Ian intervint… une seconde fois.

Il saisit ma main, qu'il retint fermement. Irritée d'avoir été interrompue, je me tournai vers lui, furieuse. Ian me fixait d'un air étrange, comme s'il découvrait quelqu'un d'autre en face de lui.

– Senna, écarte-toi ! ordonna-t-il. Il faut que tu te calmes *tout de suite !*

Essoufflée et encore submergée de colère, je luttais contre moi-même pour ne pas replonger sur Jane.

– Senna ! répéta-t-il sèchement.

L'expression d'Ian se durcit. Luttant de toutes mes forces contre l'agressivité et la fureur qui avaient pris possession de moi, je me défis de son emprise et me réfugiai à l'autre extrémité de la tente.

Alison, qui se tenait à quelques mètres de moi, s'écarta si vite qu'elle en laissa tomber un objet. Instinctivement, je baissai la tête et une vision d'horreur s'imposa à moi… Mon miroir gisait là et me renvoyait une image atroce : mes yeux n'étaient plus humains, mais bel et bien ceux d'un prédateur. Mon regard était dur, froid, féroce. En découvrant mon reflet, je pris peur.

Le choc me fit reprendre possession de mon corps et de mes sens si brutalement que j'en eus le souffle coupé. Mais que m'arrivait-il ? C'était encore plus horrible que la dernière fois, dans la chambre avec Jake. Tout mon corps tremblait. Je levai les mains pour examiner mes doigts. J'avais eu l'impression quelques minutes auparavant que mes ongles avaient laissé place à des griffes acérées et pointues, des armes redoutables.

– C'est la dernière fois que tu agis ainsi ! Sinon c'est à moi que tu auras affaire ! entendis-je Ian déclarer d'un ton dur à Jane.

Pourquoi lui disait-il cela ? La menace ne venait clairement pas d'elle. S'il y avait quelqu'un à blâmer, c'était bien moi. C'était de ma faute si les choses avaient dérapé.

Reva, aussi surprise qu'impressionnée, avait perdu toute son assurance. Alison et elle se tenaient à l'écart. Elles semblaient vouloir se recroqueviller sur elles-mêmes. Jane réussit à se défaire de l'emprise d'Ian avant de s'enfuir de la tente, apeurée et déboussolée.

–Ian…, fis-je, contrariée, en comprenant que celui-ci avait tenté de pénétrer l'esprit de la jeune fille.

Il se tourna vers moi. Je n'eus pas besoin de parler, car il comprit tout de suite l'objet de mon angoisse.

–Je m'en occupe, répondit-il en sortant à son tour.

Il était tard, et personne ne devait quitter le camp sans permission. S'aventurer dans la forêt était plus que dangereux ce soir, avec cette créature atroce qui rôdait dans les parages. Jane m'inquiétait. Elle devait être effrayée. Contrairement aux autres filles qui se tenaient à l'écart, elle n'avait rien raté de mon état.

–Attends! m'exclamai-je en rejoignant Ian hors de l'abri. Je viens avec toi.

–Non! C'est trop risqué. De toute façon, je dois remédier à certaines choses. Elle en a trop vu ce soir. Je ne voudrais pas que cela l'affecte. Fais-moi plaisir, reste ici en sécurité, et assure-toi que les autres font de même.

Impuissante, je le regardai s'enfoncer dans la forêt. Ne sachant que faire d'autre, je pris mon courage à deux mains et réintégrai la tente, où les deux autres filles étaient restées. Elles paraissaient encore secouées.

–Reva, écoute, je voudrais vraiment..., commençai-je.

–Non, me coupa-t-elle énergiquement. C'est de ma faute, tout ça. Je suis désolée, Senna. J'ai été une idiote. J'étais jalouse et je n'ai fait que te pourrir la vie depuis ton arrivée...

Je la sentais un peu craintive. Elle se tenait en arrière avec sa copine et agissait comme si elle avait peur que, d'un moment à l'autre, je lui saute dessus.

–C'est oublié, dis-je en empruntant un ton qui se voulait rassurant. Tu n'as rien à craindre de moi.

L'autre blonde me surveillait elle aussi, avec inquiétude. Pour les rassurer, je leur offris mon plus beau sourire et les invitai à me rejoindre sur mon lit de fortune.

Reva et moi partageant la même tente..., qui aurait pu l'imaginer !

Il faudrait vraiment qu'Ian exerce ses pouvoirs afin d'effacer les événements de cette nuit de leur mémoire. Je n'aimais pas du tout être un objet de crainte. Je ne voulais pas qu'elles aient peur de moi. Retenant au mieux mes larmes, je m'efforçai de garder mon calme et de prendre le contrôle de la situation :

–Écoutez, Ian est parti à la recherche de Jane, expliquai-je en essayant de maîtriser les tremblements de ma voix. Je vous propose de les attendre tranquillement avec moi. Je suis sûre que tout ira bien, et qu'ils ne vont pas tarder.

Elles hochèrent la tête. Je réfléchis à un moyen de les distraire le temps qu'Ian revienne. Mais je ne pouvais m'empêcher de stresser.

Quelque chose n'allait pas…

Après plusieurs parties de cartes, les filles finirent par s'endormir. Je m'étais allongée à leurs côtés, mais impossible de me détendre. Il était presque trois heures du matin lorsqu'Ian réapparut. Il glissa sa tête dans l'ouverture de la tente et me fit signe de le rejoindre sans faire de bruit.

Soulagée de le voir enfin, je sortis sur la pointe des pieds, pressée d'avoir des nouvelles. À son expression, mon angoisse s'amplifia. Il avait l'air soucieux, et surtout…, il était seul.

– Ian… Où est-elle ? Où est Jane ?

Il tourna la tête vers moi. Mes nouvelles facultés visuelles me permirent de distinguer une tache sombre au coin de sa bouche, malgré l'obscurité environnante.

– Elle n'est pas rentrée ? répondit-il, l'air surpris.

Je fis non de la tête, de plus en plus inquiète.

– Je l'ai retrouvée et calmée, puis je l'ai laissée à quelques mètres du campement. Je soupçonnais la créature d'être encore dans les parages. Son odeur était présente, alors je suis allé faire une ronde, mais il n'y avait rien à signaler.

– Peut-être est-elle retournée dans sa tente ? dis-je sans certitude. Allons vérifier.

Nous fouillâmes les tentes de Reva, Jane et Alison. Elles étaient vides. Qu'avait-il bien pu se passer ? Nous demeurâmes silencieux pendant un long moment.

Alors qu'Ian me raccompagnait, je détaillai encore une fois la commissure de ses lèvres. Cette tache…, on aurait dit du sang. La possibilité qu'Ian soit pour quelque chose dans la disparition de Jane m'effleura l'esprit et me serra le cœur. Après tout, il n'était pas humain. C'était une créature. Et les créatures faisaient du mal aux gens, c'était dans leur nature.

Ian surprit mon regard et porta la main à sa bouche. Puis il tourna les talons, et lâcha :

– Tu devrais aller te reposer un peu. Je vais fouiller la forêt. D'ici demain matin, tout devrait rentrer dans l'ordre.

Il me cachait quelque chose, j'en étais sûre ! Je regagnai mon sac de couchage, en priant pour qu'il ne soit rien arrivé à Jane et que je ne me sois pas trompée sur celui en qui j'avais appris à avoir confiance… en dépit de tout. Je ne me le pardonnerais jamais s'il était arrivé quelque chose à cette pauvre fille.

Le lendemain matin, je fus réveillée par des voix, des appels. Je ne m'étais même pas rendu compte que je m'étais endormie. Reva et Alison n'étaient plus là. Intriguée, j'enfilai un coton ouaté et sortis de la tente.

Tout le monde, élèves comme professeurs, était préoccupé et s'agitait dans tous les sens.

«Jane!!!» criaient certains.

Jane n'était pas rentrée de la nuit! Au loin, Reva et Alison étaient en compagnie du professeur de sport. Celui-ci tentait de les rassurer. Pourvu qu'elles n'aient pas parlé de mon altercation de la veille avec leur amie! Il fallait que je trouve Ian! Je fis le tour du campement, et le dénichai un peu à l'écart, en pleine discussion avec d'autres professeurs. Dès qu'il me vit, il mit fin à sa conversation et vint à ma rencontre.

– Alors, tu ne l'as pas retrouvée…

– Non, répondit-il en continuant à marcher pour se mettre à l'abri des oreilles indiscrètes. J'ai pourtant scruté toute la forêt, mais je n'ai repéré que son foulard, près de l'endroit où je l'avais laissée hier soir.

– Tu l'as remis aux professeurs?

– Non, je l'ai laissé là-bas pour ne pas éveiller des soupçons inutiles. Ils le découvriront par eux-mêmes.

Je me rappelai la trace de sang sur la bouche d'Ian. M'avait-il tout dit sur ses tendances bestiales? Pourquoi cherchait-il à se protéger en dissimulant certains détails aux autres? Avait-il quelque chose à se reprocher? Je ne savais plus quoi penser. Son attitude était étrange et je n'arrivais pas à m'ôter ces idées noires de la tête.

Ian ouvrit la bouche pour parler, mais fut interrompu par monsieur Dale qui demandait à tout le monde de se rapprocher.

–J'imagine que vous êtes tous au courant que l'une de vos camarades manque à l'appel ce matin, déclara le professeur d'une voix forte. Il s'agit de Jane Mans. La police et les gardes forestiers ne vont pas tarder à arriver et nous espérons tous la retrouver très vite.

Reva et Alison se mirent à sangloter à côté du professeur.

–J'espère que Reva n'a pas parlé aux autres de ma querelle avec Jane, soufflai-je à Ian, le cœur lourd.

–Rien à craindre. Je m'en suis occupé, répondit-il froidement sans cesser de fixer le professeur.

Au lieu de me rassurer, les nombreux pouvoirs d'Ian commençaient à me dérouter. Je ne pus m'empêcher de repenser une nouvelle fois à la trace de sang de la veille, *après qu'il eut retrouvé Jane dans la forêt, et juste avant qu'elle ne disparaisse.* Le mystère autour de sa personne s'épaississait. Je le soupçonnais de me cacher certaines choses, et cela ne faisait qu'empirer mes craintes. Qui sait ? La bête que j'avais aperçue dans les bois…, peut-être était-elle incontrôlable, peut-être qu'Ian lui-même ne se rendait pas compte de ce qu'il faisait lorsqu'il se transformait et revêtait cette forme… Après tout, je ne savais pas grand-chose de lui.

–Étant donné les circonstances, poursuivit monsieur Dale, nous avons décidé d'écourter cette expédition. Le départ est prévu dans une demi-heure. Certains professeurs, dont moi-même, resteront sur place pour attendre les renforts. Mais vous, vous serez escortés jusqu'à l'école par le reste de l'équipe pédagogique. Restez groupés, et gardez votre calme. Une réunion aura lieu plus tard à l'école pour vous tenir informés de l'avancée de la situation. Merci de votre attention.

Pendant le chemin du retour, j'évitai tout contact avec Ian. J'avais besoin de garder mes distances. Tant que cette histoire n'aurait pas été tirée au clair, je ne pourrais plus le regarder de la même façon. Chaque fois que je le sentais se rapprocher, j'accélérais le pas ou entamais une discussion avec d'autres camarades. Qui était cet être qui pouvait faire preuve d'autant de froideur et de générosité à la fois ? Il m'avait avoué avoir déjà tué. Qu'est-ce qui l'empêchait de recommencer ?

Perdue dans mes pensées, je n'avais pas vu que nous avions atteint le portail de l'école. Profitant de ce moment, Ian me rejoignit et me tira un peu plus loin, à l'écart du groupe.

–Je sens que tu m'évites depuis ce matin. Qu'est-ce qu'il y a ? Qu'est-ce que tu me reproches ?

Pas disposée à lui parler pour le moment, je détournai la tête. Mais il saisit mon visage et m'obligea à le regarder en face. Contrainte, j'en profitai pour l'observer, tenter de capter quelque chose de véreux dans son regard, ses expressions. Mais je n'y détectai rien.

–À toi de me le dire, répondis-je après un long silence. Devrais-je avoir quelque chose à te reprocher ?

Comme il faisait mine de ne pas comprendre ce que j'insinuais, je lâchai tout à trac :

–As-tu quelque chose à voir avec la disparition de Jane ?

–Quoi ? lâcha-t-il, choqué.

J'étais partagée entre deux sentiments : la colère et la déception. Je m'efforçais de ne pas craquer, mais c'était plus fort que moi.

–J'ai remarqué le sang sur ta bouche, hier soir ! éclatai-je. Alors, dis-moi que ça n'a rien à voir avec la disparition de Jane ?

–Ce n'est pas moi… je… tu ne comprendrais pas.

Il paraissait décontenancé. Il se mit à marcher de long en large, les mains sur la tête comme s'il cherchait à se défendre de quelque chose.

–Je te faisais confiance, marmonnai-je, au bord des larmes.

–Mais tu DOIS me faire confiance, protesta-t-il.

Ian approcha son visage du mien et articula avec toute la sincérité du monde :

–Je n'y suis pour rien, Senna. Je n'ai rien fait. Tu dois me croire.

Je me détachai de lui avec force.

– Alors, que lui est-il arrivé ?

– La créature de l'autre nuit… Je pense que c'est elle.

– Quoi ? Mais tu m'as assuré qu'elle était partie.

– Je ne voulais pas t'inquiéter, se défendit-il.

– Le sang sur ta bouche, alors, c'était celui de la créature ?

– Pas exactement…

Le ventre noué, je ne me défilai pas et défiai Ian du regard.

– Senna, il y a autre chose que je dois t'avouer sur moi, sur mon espèce.

Je croisai les bras, attendant la suite avec impatience.

– Les incubes ne se nourrissent pas que de phéromones et de plaisir. Nous avons parfois aussi besoin de sang pour nous régénérer lorsque nous avons perdu trop de forces. C'est lui qui nous permet de garder notre apparence humaine.

– Non…

– Attends, ce n'est pas ce que tu crois. Je lui en ai pris juste un peu. L'affrontement avec l'autre créature m'avait épuisé. Jane allait très bien quand je l'ai quittée, et je lui ai ôté ce souvenir de la mémoire avant de la laisser.

– Du sang ? Tu ne m'as jamais parlé de sang ! m'énervai-je de plus belle.

– Senna, il me fallait être prêt pour te protéger en cas d'attaque. Et je ne pouvais pas tout te dévoiler de ma vie, comme ça, en une soirée. J'ai un long passé. J'ai vécu tellement de choses qu'une seule vie humaine ne suffirait pas à les résumer.

– Comment puis-je te croire désormais ? hésitai-je, encore sous le choc.

– Il le faut. Je n'aurais *jamais* fait de mal à Jane. Quelle en serait la raison ? Mon seul but était de te protéger…

Une lueur de culpabilité voila son regard.

– … mais j'ai failli à ma promesse, ajouta-t-il avec amertume. Ta tante m'avait prévenu, et je ne l'ai pas écoutée…

– Qu'est-ce que tu veux dire ?

– Elle m'a dit que le meilleur moyen d'assurer ta sécurité était de te maintenir à proximité des humains. Tu ne devais pas t'écarter, t'isoler, et moi, je n'en ai fait qu'à ma tête. Je n'aurais jamais dû te proposer de faire cette randonnée. Tout est de ma faute !

Chapitre 19

L'ambiance à l'école était des plus tendues. Une fois la directrice et le reste de l'équipe pédagogique au courant de la disparition de Jane, ce fut au tour des élèves d'en être informés par le biais d'une annonce générale. Celle-ci me semblait inutile, étant donné que la rumeur s'était déjà répandue telle une traînée de poudre dans tout l'établissement.

J'avais dû faire un compte rendu de l'expédition à Jessie et Samantha, en évitant toutefois certains détails. Et il m'avait fallu passer sous silence mon rapprochement avec Ian. Et pour cause : Sam se comportait étrangement avec moi depuis qu'elle me soupçonnait d'être proche de lui. Elle me considérait comme suspecte, une menteuse. Son comportement à mon égard n'était cependant pas ma priorité du moment. Il y avait plus grave.

Une fois seule avec Jessie, je me lâchai un peu plus. Elle avait remarqué l'attitude de Sam et avait attendu de pouvoir me poser toutes les questions qui lui brûlaient la langue depuis mon arrivée. Je me confiai à elle autant que je le pouvais.

En fin de journée, une réunion générale eut lieu au gymnase. Le corps pédagogique nous informa que, pour l'instant, les recherches dans la forêt n'avaient rien donné, mais que les équipes sur place continuaient d'inspecter les moindres recoins de la montagne dans le but de retrouver Jane. De nombreux sanglots résonnèrent dans la salle. Quant à moi, j'avais le cœur lourd et le moral au plus bas.

Ian ne cachait pas son exaspération. Il avait pris la décision de partir examiner la forêt dès la fin de la réunion. Selon lui, il ferait en quelques heures ce qui prendrait des jours aux autorités. J'espérais qu'il avait raison. Attendre ainsi était plus que stressant, car nous le savions : plus le temps passait, moins nous avions de chances de retrouver Jane vivante.

En quittant la salle de sport, nous aperçûmes madame Stephens qui discutait dans la cour avec deux de ses collègues.

– Attends-moi là, me dit Ian avant de s'éloigner.

Je le suivis des yeux jusqu'à ce qu'il eût rejoint la directrice. Il lui dit quelques mots à l'oreille, puis attendit qu'elle prenne congé de ses confrères. À l'écart des indiscrets, ils se mirent à discuter avec le plus grand sérieux.

La nature de leur relation m'échappait encore. Entre deux phrases, madame Stephens regarda dans ma direction. Puis elle hocha la tête en touchant affectueusement le bras d'Ian. Qu'est-ce que cette femme savait de moi au juste ? Plus que moi-même. Ça, j'en étais sûre.

Quelques minutes plus tard, Ian était de retour à mes côtés.

–Je l'ai mise au courant de mon départ, m'expliqua-t-il en se dirigeant vers l'autre extrémité du domaine.

–Et elle est d'accord ?

–Bien sûr, répondit-il comme si ma question le surprenait. C'est la meilleure solution. On ne peut pas se permettre de perdre encore plus de temps.

À quelques mètres de la clôture de pierre qui encadrait l'école, j'attrapai Ian par le bras, l'obligeant à s'arrêter.

–Je crois qu'il faut qu'on parle, affirmai-je le plus calmement possible, même si j'appréhendais sa réaction.

Quelque chose me trottait dans la tête depuis notre retour. Pensant que le moment était venu de mettre les choses au clair, je me lançai :

– La dernière fois, dans la forêt… je t'ai vu. Je t'ai vu sous ton autre *forme*. Je sais que tu ne voulais pas, mais…

– Je ne veux pas qu'on parle de ça ! me coupa-t-il, agacé et gêné, avant de me tourner le dos, pressé de fuir cette conversation.

Ian était résolument fermé sur ce plan. Il avait honte. Honte de cet aspect de lui, cette facette peu séduisante qui caractérisait pourtant son identité profonde. Je savais ce sujet sensible. J'avais quand même voulu tenter le coup dans l'espoir qu'il serait prêt à en parler, mais il était encore trop tôt.

– Très bien, fais attention alors ! lançai-je à la hâte alors qu'il continuait à s'éloigner à grands pas.

L'intervention d'Ian accélérerait peut-être les choses et nous permettrait d'élucider le mystère autour de la disparition de Jane, mais j'étais quand même anxieuse. La forêt n'était pas sans danger. La créature pourrait encore y être.

Je suivis Ian du regard jusqu'à ce qu'il atteigne le portail de l'école. Celui-ci était fermé, mais cela ne l'arrêta pas : Ian enjamba la muraille de pierre avec une facilité déconcertante et disparut de mon champ de vision en une fraction de seconde.

Sous quelle « forme » allait-il arpenter la forêt ? Ses sens devaient être aiguisés lorsqu'il se transformait. Dans tous les cas, je savais qu'il ferait l'impossible. Et j'espérais de tout cœur qu'il reviendrait vite, car après cette réunion plus que déprimante, l'ambiance déjà morose qui régnait dans l'établissement était encore descendue d'un cran. Sans nouvelles de Jane, personne n'avait l'esprit à travailler ou à rigoler. D'ailleurs, même si les cours avaient eu lieu normalement pendant la journée, les professeurs avaient été plutôt conciliants. Tous les devoirs et autres évaluations avaient été annulés pour le reste de la semaine.

Les élèves, d'habitude joyeux et pleins de vie, avaient perdu leur entrain. S'ils n'avaient pas regagné leurs chambres respectives, ils se tenaient en groupes à l'intérieur de l'établissement, à la bibliothèque ou dans des salles de permanence. Cette atmosphère me pesait trop. J'avais besoin de m'éloigner de cette aura grise et déprimante.

Ian m'avait donné rendez-vous à vingt et une heures près du grand épicéa. Même s'il restait une bonne heure et demie avant son retour, je décidai de m'y rendre et de l'y attendre. Je n'avais rien d'autre à faire de toute façon. Et même si je m'éloignais un peu du reste des élèves, tant que je restais dans le périmètre de l'école, j'étais en sécurité, selon lui.

Installée confortablement sous le grand arbre, mon violon en main, je jouai mes airs préférés. La musique m'apaisait, et j'en avais grand besoin en ce moment. Je ne vis même pas le temps passer tant je me sentais bien. Ce n'est que lorsque la silhouette d'Ian se dessina au loin que j'eus le réflexe de consulter ma montre. Il était en avance. Je ne savais pas si c'était une bonne chose, mais je me refusai à tirer des conclusions hâtives. En tout cas, il était seul…

Je déposai précautionneusement mon instrument dans l'herbe et attendis, le cœur battant, qu'il me rejoigne. Je priai pour que mes craintes soient infondées, qu'Ian me dise que tout allait bien… mais je dus vite me rendre à l'évidence : son attitude ne présageait rien de bon.

Une fois assis à mes côtés, il secoua la tête, l'air dépité. Ses traits étaient tendus et tristes.

– Qu'est-ce qu'il y a ? demandai-je, sachant déjà que la réponse allait m'effrayer.

Comme son épaule était collée à la mienne, je sentis ses muscles se tendre. Sa mâchoire était serrée. Rassemblant tout mon courage, je saisis sa main posée dans l'herbe.

– Que lui est-il arrivé ?

– La créature…, articula-t-il avec animosité. J'en suis certain à présent.

Tout mon corps se figea. S'il me restait un peu d'espoir, il s'était envolé en fumée.

– J'ai retrouvé le corps de Jane… sans vie, poursuivit Ian avec une expression de dégoût. Il était perché en haut d'un arbre.

– Ce n'est pas possible…, murmurai-je, tandis qu'une douleur cuisante se faisait sentir au creux de mon estomac.

– C'est la raison pour laquelle les secours ne l'ont pas encore retrouvée, ajouta-t-il, désolé.

Une larme glacée coula le long de ma joue, puis une autre.

– Mais… qu'est-ce qu'on va faire ?

– Rien. Je l'ai descendue. Ils la trouveront sûrement demain.

– Et comment sais-tu…, commençai-je, sans pouvoir continuer ma phrase.

– J'ai sondé les dernières images enregistrées dans ses souvenirs, et j'ai vu la créature. Elle était furieuse. En fait…, je crois qu'elle vous a confondues.

– Confondues ? répétai-je distraitement, en tentant de me remémorer le visage de Jane.

Il est vrai qu'on pouvait noter une certaine ressemblance : nous étions toutes les deux brunes, avec la peau légèrement hâlée et les cheveux longs.

– En plus, elle portait mon tee-shirt.

Ian hocha la tête.

–La créature a dû y repérer ton odeur. Lorsqu'elle s'est rendu compte qu'elle n'avait pas attrapé la bonne cible, elle l'a tuée.

Cette phrase m'atteignit en plein cœur. Cette pauvre fille avait perdu la vie par ma faute. Les larmes coulaient à flots sur mon visage à présent. Ian me prit dans ses bras et me caressa les cheveux.

–Ton bracelet est ta meilleure protection, déclara-t-il en soulevant doucement mon poignet dès que je me fus un peu calmée. La créature ne peut pas te repérer lorsque tu le portes. Il a un effet magique puissant.

Je me redressai pour mieux observer le bijou que mon père m'avait offert avant mon départ et me remémorai ses mots : « Promets-moi de ne jamais, jamais l'enlever. » Il savait ce qu'il faisait en me le donnant. Peut-être que la raison de ma venue ici… Et si mon père avait pris cette décision pour m'éloigner, me protéger ?

–La créature… Elle veut me tuer ?

–Non, sinon elle l'aurait déjà fait.

–Alors qu'est-ce qu'elle veut ? m'enquis-je en reniflant. Pourquoi *moi ?*

–Je ne sais pas, répondit-il, trop rapidement pour être sincère.

J'allais protester lorsque j'entendis quelque chose d'étrange.

« Sennnaaaaa… »

C'était comme un chuchotement, un murmure inquiétant.

« Sennnaaaaa… »

– Tu entends quelque chose ? demandai-je à Ian, décontenancée.

Il se mit sur ses gardes. Il ouvrit la bouche pour parler, mais je ne l'entendais déjà plus. Un message me parvenait, m'envahissait. En réalité, c'était une chanson… portée par le vent. Je la reconnus tout de suite. C'était la chanson que ma mère chantait souvent.

♪♪♪

Je suis le vent, je suis le temps, je suis la voix
Quand tu m'appelles, je suis toujours auprès de toi
Tu ne me vois pas, pourtant je suis là
Alors ferme les yeux et écoute-moi

Je murmure, je crie, je gronde, et je chante parfois
Pourtant personne ne daigne entendre ma voix
Souvent, tu te réfugies dans mes bras
Car au fond, tu sais que je veille sur toi

Lors de ton dernier souffle, tu fais appel à moi
Mais pourquoi nous dire « à la prochaine fois » ?
Ne t'en va pas puisque je suis là
À quoi bon… si tu ne m'entends pas ?

Petit oiseau tombé du ciel
Quand tu chantes, je chante avec toi
Fille de la lune, maîtresse du temps
Quand tu danses, je danse avec toi
Enfant de l'orage et du vent
Quand tu voles, je vais où tu vas

Émue, je la fredonnai en même temps que le vent. Je me sentais liée à lui, comme si nous ne faisions qu'un. Je me laissais porter par cet air que je connaissais par cœur lorsqu'Ian mit fin à la connexion. Me tenant par les épaules, il me secoua jusqu'à ce que je revienne enfin à moi et me pria de lui expliquer ce qui se passait.

–Je… je ne sais pas, bégayai-je. C'était comme si le vent chantait…

Il me dévisagea alors, incrédule.

–C'était le même air…, celui de la berceuse que ma mère chantait souvent quand j'étais petite.

Après quelques instants de réflexion, le regard perdu dans le vague, Ian marmonna comme pour lui-même :

–C'est un appel !

–Quoi ? fis-je, troublée par ce que je venais d'entendre.

Se rendant compte qu'il avait pensé tout haut, Ian détourna la tête. Il sous-estimait ma ténacité : je n'allais pas le laisser se défiler aussi facilement.

– Tu parles de la créature ? Qu'est-ce qu'elle attend de moi ?

– C'est compliqué…

– Encore ta promesse à ma tante ? m'énervai-je, lasse d'être tenue à l'écart d'un secret dont j'étais le sujet principal.

– Elle m'a promis qu'elle ne tarderait pas à te mettre au courant, se défendit-il d'un ton agacé. J'ai déjà failli à ma première promesse, ne me demande pas de recommencer !

Sur ces mots, il se releva pour mettre fin à la conversation.

Je luttai pour ne pas m'emporter. Je n'en pouvais plus de tous ces secrets. Les poings serrés, je m'apprêtais à répliquer quand une forte bourrasque sortie de nulle part vint nous fouetter violemment le visage. Un frisson glacé me parcourut.

– On devrait rentrer, je crois, affirma Ian d'un ton grave en scrutant le ciel. Je pensais qu'on serait en sécurité ici, mais je n'en suis plus très sûr maintenant.

Chapitre 20

Après avoir brossé et relevé mes cheveux en queue-de-cheval, j'enfilai mes bottes blanches à poils longs. Comme le cours de sport de l'après-midi avait été annulé, je m'apprêtais à descendre à la bibliothèque pour me changer un peu les idées et faire des recherches. Puisque ni Ian ni ma famille ne voulaient me donner d'explications sur les incidents tragiques et anormaux qui se produisaient autour de moi ces temps-ci, j'allais profiter de ce temps libre pour les chercher toute seule. Il y avait sûrement des bouquins ou des informations sur internet concernant cette créature voilée, ou encore des renseignements sur certains symptômes particuliers tels que les excès de colère, la modification de la vue et les marques sur la peau. Tout cela était lié, j'en étais certaine ! Le monstre de l'autre nuit en avait après moi à cause de ça, de ces particularités qui me rendaient spéciale à ses yeux.

Cela faisait trois jours que la directrice avait annoncé le décès de Jane à toute l'école, et je n'avais pas adressé la parole à Ian depuis. Cet accident dramatique me pesait sur la conscience. Je me sentais triste, mais aussi coupable.

Ian refusant de me donner plus de précisions, je lui avais intimé l'ordre de me laisser tranquille et de ne revenir me parler que lorsqu'il serait enfin décidé à me dire tout ce qu'il savait à mon sujet. Il pouvait me reprocher mon entêtement et mon mauvais caractère, cela m'était égal. Cette mascarade avait trop duré ! J'en avais assez d'être mise à l'écart, surtout que j'étais directement impliquée dans cette affaire.

À trop vouloir jouer à cache-cache avec un secret aussi important, la situation avait pris une tournure catastrophique : une personne avait perdu la vie ! Finis les mensonges à tout va. J'étais déterminée à prendre les choses en main et à découvrir toute seule le fin fond de l'histoire.

Je m'examinai avant de partir. Mes cernes s'étaient estompés. J'avais réussi à dormir un peu cet après-midi-là, et c'était tant mieux. Il fallait que je fasse attention et que je maîtrise mes émotions : avoir l'air trop affectée par la mort de Jane paraîtrait louche aux yeux des autres élèves.

Je descendais l'escalier principal en évitant au mieux la foule qui s'y concentrait quand je remarquai une étrangère dans le couloir du rez-de-chaussée, en face du bureau de madame Stephens. Elle portait de larges lunettes de soleil, et un châle brun lui couvrait la tête. Elle avait l'air perdue au milieu des élèves qui la détaillaient sans retenue. Son visage me semblait familier. Je plissai les yeux pour mieux l'observer quand la femme ôta ses lunettes et me sourit : c'était tante Éva !

Aussi étonnée que ravie, je dévalai le reste des marches pour aller à sa rencontre.

– Tante Éva ? Mais qu'est-ce que tu fais ici ? m'écriai-je en me jetant dans ses bras.

J'étais si heureuse de la voir que j'en oubliai toute ma rancœur. Après tout, elle avait pris la peine de venir jusqu'ici pour moi.

– Je suis contente de te voir, *gataki mou*, répondit-elle en m'embrassant dès que j'eus relâché mon étreinte. Je suis venue aussi vite que j'ai pu, mais avant tout…

Elle scruta les environs avec méfiance.

– … Y aurait-il un endroit plus tranquille où nous pourrions parler ?

– Oui, bien sûr. Viens, dis-je en lui prenant la main.

Je m'apprêtais à remonter dans ma chambre, quand j'aperçus Ian qui se tenait immobile, adossé à un casier dans le hall. Comme je m'attardais, ma tante suivit mon regard et, à ma grande surprise, déclara en désignant Ian du menton :

– Ton ami devrait venir aussi.

Je hochai la tête, perplexe, et invitai Ian à nous suivre d'un signe de tête. J'étais contente que ma tante ait pris cette initiative, même si je n'en comprenais pas encore la raison. Ian paraissait tendu, mais ne fit aucun commentaire. Lorsqu'il nous eut rejointes, je surpris un échange des plus étonnants entre ma tante et lui : les deux se toisaient avec intensité comme s'ils se tâtaient. Leur attitude était froide et distante. À un moment donné, ma tante plissa le nez à la manière d'un lapin, comme si l'odeur d'Ian l'incommodait.

– On y va, dis-je pour mettre fin à la tension ambiante avant d'amorcer la montée de l'escalier.

Tante Éva remit ses lunettes et me suivit sans broncher, Ian sur les talons. Dès que nous atteignîmes l'étage réservé aux filles, je fis signe à mes hôtes d'attendre et vérifiai que la chambre était vide avant de les y inviter. Ceci n'était qu'une simple formalité, car je savais qu'il n'y avait personne, Sam et Jessie étant à la bibliothèque. Je jetai un dernier coup d'œil dans le couloir avant de fermer la porte à clé. Je ne voulais pas avoir de mauvaises surprises.

Ma tante s'installa sur la chaise de mon bureau avec ses gestes précieux et son élégance habituelle, tandis qu'Ian optait pour le bord du lit de Jessie. On aurait dit qu'il cherchait à maintenir une distance entre eux.

– Tante Éva, c'est quoi cet accoutrement ?

Si ma tante avait l'habitude de défier les tendances en portant des robes sombres de style victorien, ses tenues étaient toujours chics et soignées dans le moindre détail, mais là, elle portait une longue robe banale et informe sous un immense manteau bon marché.

– Tu as l'air d'une fugitive en deuil.

Elle ôta de nouveau ses lunettes ainsi que son châle, et me fixa gravement.

– Je devais prendre toutes les précautions avant de venir. Hélas, je n'ai pas beaucoup de temps, mon oiseau.

Ces mots sonnèrent comme un compte à rebours. De peur de perdre ne serait-ce qu'une minute de plus, je me dépêchai de rejoindre ma tante et m'installai en face d'elle, sur mon lit.

– Pour commencer, je t'ai apporté ça, déclara-t-elle en fouillant dans son sac à main couleur cassis.

Elle en sortit une dizaine de fioles pleines du liquide miraculeux que je désirais tant. Mais au lieu de me les donner, elle se pencha pour m'observer de plus près.

– Je ne m'attendais pas à une évolution aussi rapide, avoua-t-elle en examinant mes iris. Ces flacons vont te soulager. Tes yeux retrouveront une couleur normale, et tu te sentiras moins fatiguée.

– Justement, à propos de mes yeux…

– Chaque chose en son temps, *gataki mou* ! me coupa-t-elle, l'index levé.

Lasse d'être rembarrée, je voulus riposter, mais ma tante me tendit si précipitamment les petits tubes en verre que je manquai de les faire tomber. Quelque chose attira mon attention : tante Éva portait à son poignet un bracelet identique au mien, mais celui-ci semblait lui brûler la peau.

Je lâchai les fioles sur le lit et lui saisis la main. D'un geste rapide, je remontai la manche de son manteau et étouffai un petit cri : des marques virulentes, presque sanguinolentes, lui entouraient le poignet et remontaient le long de son avant-bras.

Tante Éva, prise de court, retira sa main de mon emprise.

– Ce n'est rien. De toute façon, c'était la seule solution.

– Tu plaisantes ? Ce doit être une allergie. Ce bracelet te brûle la peau, tu dois l'enlever tout de suite !

– Non, ce serait trop risqué.

– Pourquoi ? C'est papa qui te l'a donné, ou c'est encore un de vos gris-gris grecs bizarres à maman et à toi ? Et puis… comment ça fonctionne ce truc, qu'est-ce que c'est exactement ?

– C'est un nœud de protection, expliqua ma tante, qui gardait un calme à toute épreuve. Il efface ta trace, ton odeur. S'il réagit ainsi à mon contact, c'est parce qu'il n'est pas destiné à être porté par des personnes comme moi. Avec toi, c'est différent.

– Différent avec moi ? Pour quelle raison ? Je suis de ta famille et le même sang coule dans nos veines, non ?

– C'est compliqué, *agapoula mou*. Et je n'ai pas le temps de tout t'expliquer maintenant. Il y a des choses plus importantes que tu dois savoir sans plus attendre. Certaines personnes te cherchent, et si j'en crois les dires de ta directrice, elles t'ont déjà retrouvée. Peut-être ton appel a-t-il donné l'alarme, mais peu importe. Elle m'a aussi appris qu'une jeune fille de l'école était morte, c'est bien ça ?

Je secouai la tête, encore troublée par ce souvenir.

– Bon, alors il n'y a plus de temps à perdre. Ton père ne me pardonnera sûrement jamais de m'être immiscée ainsi dans ses décisions, mais… même si je risque beaucoup en étant ici, je ne pouvais plus rester sans rien faire. Il fallait que je te mette en garde.

Un long silence suivit ces mots. Une ride barrait à présent le front, d'habitude si parfait, de ma tante.

– Tu as reçu un héritage familial peu banal, reprit-elle avec sérieux. Et en dépit de ce que pense ton père, tu ne peux pas y échapper.

Nous allions enfin passer aux choses sérieuses. Tante Éva m'observait avec intensité, appréhendant mes réactions. Comme elle tardait à reprendre la parole, je la devançai :

– Et… c'est à cause de cet « héritage » que je suis recherchée ?

Elle acquiesça d'un signe de tête. Maintenant que je m'étais lancée, je voulais tenter le tout pour le tout. Mettre ma tante au pied du mur et la tester.

– Il s'agit de cette créature voilée, n'est-ce pas ? demandai-je de but en blanc, en serrant les dents tant cette idée m'horrifiait.

Après quelques secondes, elle hocha de nouveau la tête.

Alors, elle est au courant…

J'en restai bouche bée. Je ne savais pas à quoi m'attendre en posant cette question, mais surtout pas à une réaction si… franche et spontanée. Ainsi, tante Éva connaissait l'existence de cette créature et me l'avait cachée. J'avais l'impression de la découvrir avec des yeux nouveaux, de percevoir un autre aspect d'elle-même et je n'étais pas sûre d'aimer ça.

– Et tu sais aussi que c'est elle qui a tué Jane ? articulai-je lentement pour contenir les tremblements de ma voix.

Cette fois, ma tante ne répondit pas. Embarrassée, elle baissa la tête.

Je sentis la colère monter. Ma tante savait depuis le début de quoi ce monstre était capable. Et il avait fallu que quelqu'un perde la vie avant qu'elle ne se décide enfin à réagir ! Elle me confirmait que cette créature meurtrière était à ma recherche, alors qu'elle n'avait pas jugé nécessaire de me mettre en garde avant… Mais qui était cette personne qui se tenait devant moi ?

Je serrai les poings et me concentrai sur ma respiration pour garder mon calme. Il le fallait si je voulais venir à bout de cette discussion. Je pris une grande inspiration pour me donner du courage et continuai sans me démonter :

– Pourquoi est-elle après moi ? Qu'est-ce qu'elle me veut ?

Mon ton était dur et plein de reproches. Tante Éva se tourna de nouveau vers moi.

– Elle te veut, toi.

Je restai un moment sans voix, puis je me levai pour mieux réfléchir. La tête entre les mains, je fis quelques pas, puis me rassis.

– Mais… pourquoi ?

– Parce qu'elle pense que tu lui appartiens, répondit tante Éva, qui n'avait rien perdu de son sang-froid. Ton père voulait te protéger jusqu'au bout et t'éviter ça. Mais il y a des règles strictes…

– Donc, j'avais raison. Papa cherchait à me protéger depuis le début en m'envoyant ici…

– Oui, et j'ai dû me plier à sa décision même si je savais que ça ne durerait pas, rétorqua ma tante en soupirant.

Alors qu'elle tentait de capter à nouveau mon attention, je levai les bras brusquement, la faisant sursauter.

– Qu'est-ce que ça signifie ? Vous avez passé un pacte noir avec ce monstre grotesque ou quoi ? Vous m'avez vendue ?

– Non, bien sûr que non, s'offensa ma tante.

Je lui jetai un regard noir qui la déstabilisa un instant. Elle battit des paupières, et hésita quelques secondes avant d'ajouter :

– D'ailleurs, il faut que tu saches quelque chose…

Elle poussa un autre soupir.

– … Il n'y a pas qu'une… mais plusieurs centaines de créatures de ce genre.

– Quoi ? fis-je avec une grimace d'horreur. Non, mais je rêve !

La colère faisait à présent place à la panique. Je me levai de nouveau et allai m'adosser au rebord de la fenêtre.

– Il faut trouver une solution, un moyen d'en finir avec cette histoire. Je ne veux pas avoir affaire à ces monstres. Tante Éva, aide-moi, fais quelque chose ! Tu dois bien avoir une idée ?

– Ce n'est pas aussi simple que ça, mon oiseau. Tu fais partie de leur plan et elles n'abandonneront pas.

Je ne peux pas t'en dire plus pour l'instant, car le temps est compté, mais tu sauras très vite toute la vérité.

– Pff, j'aurais dû m'en douter, maugréai-je en lui tournant le dos. Tu te défiles encore…

– Senna, je ne plaisante pas, me coupa ma tante d'un ton grave.

Surprise par son changement d'attitude, je fis volte-face et remarquai que tante Éva s'était relevée, son sac à la main, prête à partir. Les traits de son visage étaient tendus.

– Je dois rentrer et veiller sur ton père, poursuivit-elle. Ce n'est vraiment pas le moment de nous disputer, je te l'ai dit : je n'ai pas de temps à perdre. Il est en danger tant que je reste ici, car maintenant qu'elles ont une piste et savent où te trouver, il ne leur sert plus à rien. Elles voudront lui faire payer pour ce qu'il a fait.

– Papa ? Non !

Mon cœur fit un bond dans ma poitrine. Mon intuition était bonne : mon père avait réellement des problèmes. Choquée par les aveux de ma tante, je ressentis le besoin de me rasseoir et rejoignis lentement mon lit. Touchée, ma tante se radoucit. Elle déposa son sac sur la chaise, s'approcha de moi puis me caressa les cheveux. Je pouvais sentir son parfum poivré que j'aurais reconnu entre mille.

– Pas d'inquiétude. Je vais m'occuper de lui. Tu n'as pas à t'en faire, tout ira bien.

Elle se pencha un peu plus vers moi.

– Seulement, promets-moi de faire tout ce que je te dis, ma caille. Elles savent que tu es ici, mais ne peuvent te sentir grâce au bracelet. Alors ne t'écarte pas de tes camarades et de l'école. Tant que tu restes mêlée aux autres humains, elles ne s'approcheront pas.

– Oui oui, Ian me l'a dit, réussis-je à articuler malgré l'énorme nœud qui s'était formé dans ma gorge.

Ma tante se tourna vers lui comme si elle venait de se souvenir de sa présence. Elle l'observa un moment avec une hostilité non dissimulée, puis demanda d'un ton dur en désignant Ian du menton :

– Tu as vraiment confiance en lui ?

Ian était à moitié allongé sur le lit de Jessie et fixait tante Éva, une expression indéchiffrable sur le visage.

– Absolument, répondis-je sans hésiter.

– Sais-tu au moins qui il est réellement ? continua-t-elle sans le quitter des yeux.

– Oui… Il m'a tout dit ! répondis-je, étonnée qu'elle me pose cette question.

Alors voilà la raison pour laquelle elle se comportait ainsi à son égard ! Elle savait qu'Ian n'était pas humain. Ma tante était décidément pleine de surprises !

– Mais toi, comment le sais-tu ?

– Je l'ai senti. Je sais reconnaître ces choses-là.

– Encore un de tes secrets, bougonnai-je.

Ma tante m'avait entendue, mais ne releva pas. Elle se dirigea vers le bureau et récupéra son sac qu'elle enfila à son avant-bras.

–Je comprends que tu puisses m'en vouloir, ainsi qu'à ton père, déclara-t-elle avec une moue compatissante. En tout cas, je te promets que tu sauras tout en temps voulu, et bien plus tôt que tu ne le penses… Mais je dois m'en aller à présent !

Je me levai pour lui dire au revoir, mais elle se tourna de nouveau vers Ian.

–En temps normal, je n'aurais pas toléré ta présence auprès de ma nièce, lui dit-elle froidement. Cependant, vu les circonstances, je présume qu'elle a besoin de toi. Et si elle te fait confiance, alors je suppose que je devrais pouvoir faire de même… pour l'instant. Sois présent pour elle, mais nous aurons à discuter plus tard.

Ian se contenta de hocher la tête, mais il semblait à la limite de l'agacement.

–Quant à toi, *gataki mou*, ne fais confiance à personne et refuse tout contact avec des personnes étrangères à l'école. Le temps est compté désormais, et tous les moyens sont bons pour te récupérer. Quand les créatures de cette espèce ont quelque chose en tête, rien ne peut les arrêter. Elles n'ont aucune limite.

Ses mots me firent tressaillir. Ma tante m'enlaça fort, et se dirigea d'un pas pressé vers la porte.

– Attends ! dis-je précipitamment. Je ne comprends rien ; le temps est compté pour qui ?

– Pour toi, *gataki mou*. Dans quelques jours, tu célébreras ton anniversaire. Tu auras dix-sept ans, et cette date symbolique signera par la même occasion un événement important : ton éveil.

Chapitre 21

– Il te faut sérieusement voir un psy, plaisanta Jessie alors que nous sortions du cours de mathématiques de monsieur Balton.

– C'est à moi que tu dis ça, répliqua Sam, sur la défensive. Ce prof est toujours à côté de ses pompes. Il fallait bien que quelqu'un le lui dise enfin !

Les chamailleries de mes deux amies me divertissaient. Elles réussissaient à me faire oublier ne serait-ce que quelques minutes tous mes problèmes. Le caractère bien trempé de Sam lui avait valu quatre heures de retenue. Elle avait détendu et distrait toute la classe pendant quelques minutes en osant affronter le professeur, qui cumulait les oublis aussi bien pour ses cours que pour ses affaires personnelles. Elle s'était même permis de lui donner des conseils pour régler ses troubles de mémoire.

– On vous a déjà dit que vous étiez insupportables ? ironisai-je.

Je me sentais mieux depuis que tante Éva m'avait remis les fioles. Mes iris avaient, comme elle me l'avait annoncé, repris leur teinte habituelle. Je me sentais moins fatiguée et beaucoup plus détendue malgré les situations fantastico-dramatiques et les aveux rocambolesques qui me tombaient dessus depuis plusieurs semaines. Ces rares moments de joie avec mes copines me faisaient oublier que je n'étais pas une fille ordinaire…, ce que je n'arriverais sûrement jamais à accepter. Le plus difficile était de me rendre compte que toute ma vie avait été une illusion, et que ma famille m'avait menti depuis le début. Je ne savais même pas si ce que je ressentais était de la tristesse ou du ressentiment. La plupart du temps, je me sentais vide, perdue, déçue et terrifiée. Je savais que ces instants tranquilles passés en compagnie de Jessie et Sam étaient éphémères et que mon lourd fardeau familial referait rapidement surface. Alors je les savourais autant que possible.

La vie à l'école reprenait petit à petit son cours normal. Les esprits s'étaient calmés depuis ce qu'on catégorisait comme « l'accident » mortel de Jane. Son corps avait été rapatrié quelques jours auparavant auprès de ses parents en Ohio pour y être inhumé. Nous évitions tous d'en parler. Le sujet était encore sensible.

Alors que nous nous dirigions vers la cafétéria, je repérai Ian qui avançait d'un pas rapide dans notre direction en évitant au mieux la foule qui s'accumulait et lui barrait le passage. Il surgit si précipitamment devant moi que nous nous heurtâmes. Un coup d'œil me suffit à comprendre qu'il était perturbé.

– Hé ! Ian, tu manges avec nous ? proposa gentiment Jessie, qui n'avait pas remarqué la mine renfrognée de Sam.

La rebelle à la mèche désormais orange laissa échapper un soupir d'exaspération qu'il était difficile d'ignorer. Ian lui accorda à peine un regard.

– Qu'est-ce qu'il y a ? lui demandai-je en l'examinant avec inquiétude.

– Il faut que je te parle…, murmura-t-il à mon oreille.

Je priai mes copines de bien vouloir m'excuser quelques minutes et m'éloignai avec Ian. Celui-ci se retourna à plusieurs reprises avant d'annoncer :

– Deux femmes demandent à te voir. Elles sont en ce moment même dans le bureau de Céleste… euh, je veux dire de madame Stephens.

– Ah bon ? fis-je, incrédule, en me hissant sur la pointe des pieds pour tenter de voir par-dessus son épaule.

– Ça ne sent pas bon ! Elle m'a demandé de t'avertir et de t'éloigner du campus. Il faut partir tout de suite.

– Quoi ? Tu en es sûr ? Mais je dois …

– On n'a pas le temps, Senna, me coupa-t-il. La directrice ne pourra pas les retarder encore longtemps.

Je vis à son expression que ce n'était pas une plaisanterie. Je m'apprêtais à répondre quand Jessie nous interpella :

– Eh, mais qu'est-ce que vous faites ? s'écria-t-elle en faisant de grands gestes impatients.

J'adressai à Ian un regard entendu et rejoignis ma camarade de chambre adossée à la rambarde d'escalier. Samantha, quant à elle, me tournait le dos, mais je devinai sans peine son hostilité. Elle avait fait des efforts jusque-là, mais dès qu'Ian apparaissait, son naturel revenait au galop.

Je décidai de faire abstraction de son humeur et me tournai vers Jessie, même si c'était aux deux que je voulais m'adresser.

– Allez-y sans moi, fis-je, désolée. Je n'ai pas le temps de vous expliquer. Il faut que je parte tout de suite, la directrice est au courant.

– Hein ? s'exclama Jessie, perplexe.

–Ça paraît insensé, mais… c'est un truc familial, déclarai-je sans réfléchir.

–On a cours cet après-midi…

–Je sais, l'interrompis-je. Peut-être que si tout se passe bien je serai de retour à temps…

Je n'étais pas convaincue le moins du monde de ce que j'avançais, cependant je n'avais pas le choix : je devais trouver une excuse pour m'échapper au plus vite avec Ian sans éveiller trop de soupçons.

–On se demande qui est à l'origine de tout ça, grommela Sam dans mon dos. Tu pars avec lui, je suppose ?

Alors que j'avais réussi à éviter la confrontation pendant plusieurs jours, je sentais que le moment était venu de riposter et de dire enfin à Samantha ses quatre vérités. Je me retournai et plantai mes yeux dans les siens, prête à en découdre, lorsqu'une main imposante se posa sur mon épaule.

–Senna, il faut y aller maintenant ! me pressa Ian, le regard dirigé vers le bureau de la directrice.

–Mais…

Je n'eus pas le temps de finir ma phrase. Ian m'entraînait déjà à l'autre bout du couloir. Je réussis à tourner la tête une dernière fois vers mes amies, et dirigeai mon regard à l'endroit où l'attention d'Ian s'était portée quelques secondes auparavant. La directrice se tenait devant son bureau. Elle était en pleine conversation avec les deux femmes, vêtues de longues robes noires extravagantes. Je ne pus distinguer leurs visages, dissimulés derrière des voiles de dentelle noirs, comme ceux que l'on porte en général aux enterrements. Néanmoins, il se dégageait d'elles quelque chose de sombre, froid et puissant qui me donna la chair de poule.

Ian m'entraîna avec lui. Il vira à droite puis descendit un petit escalier avant de se diriger vers une porte donnant sur l'extérieur. C'était la première fois que je venais dans cette partie de l'établissement, et j'étais quasiment certaine qu'aucun élève n'était au courant de cette issue. Ian s'immobilisa et glissa sa main dans la poche de son pantalon. Il en ressortit un trousseau avec trois clés. Sans hésiter, il en choisit une et l'inséra dans la serrure. Un « clac », et la porte s'ouvrit sur l'arrière-cour.

Madame Stephens devait lui faire confiance pour lui laisser ainsi les clés du pensionnat. J'avais l'impression qu'il en connaissait tous les coins et recoins. Sa main posée sur mon dos, il m'encouragea à sortir la première. Le domaine était si vaste ! Plus que ce que j'imaginais. Derrière les murailles qui encerclaient l'institution, on pouvait apercevoir le sommet d'une montagne imposante que la neige recouvrait. L'espace d'un instant, elle me fit penser à un cupcake au glaçage blanc.

– Où est-ce qu'on va ? m'enquis-je tandis que nous traversions la cour en courant.

–Une voiture nous attend derrière le portail. Le chauffeur nous conduira à un endroit sûr. Céleste a tout prévu.

Il appelait la directrice par son prénom. Cela ne me surprit pas. Leur relation était particulière et, outre la confiance mutuelle qu'ils se portaient, je les soupçonnais de partager de lourds secrets.

Nous ne dîmes plus un mot avant d'avoir rejoint la fourgonnette. Le chauffeur pencha la tête vers nous et attendit le consentement d'Ian avant de démarrer. Je me tournai une dernière fois vers la Sofeia High School. Je restai ainsi à contempler le luxueux domaine jusqu'à ce qu'il disparaisse de mon champ de vision.

–Ces femmes qui demandaient à me voir..., commençai-je.

Mais je croisai alors le regard du chauffeur dans le rétroviseur, et m'interrompis. J'attendis qu'il détourne les yeux avant de reprendre un ton plus bas :

–... qui sont-elles ?

La mâchoire d'Ian se crispa, comme chaque fois qu'il était contrarié.

–J'ai bien peur que les créatures et elles ne fassent qu'un, répondit-il sans cesser de fixer la route.

J'étouffai un cri de surprise. Alors, tante Éva avait raison : tous les moyens seraient bons pour m'approcher ! Je n'avais jamais imaginé que ces monstres pouvaient avoir l'apparence d'êtres humains tant ils me faisaient horreur. À présent, je comprenais mieux le malaise que j'avais ressenti en les observant dans le couloir.

– Qu'est-ce qu'on va faire ? Je croyais qu'il ne fallait pas que je m'éloigne de l'école.

– Oui, mais tu n'y es plus en sécurité…, en tout cas, pour l'instant. C'est une situation d'urgence. Il faudra vite trouver une solution : les choses se compliquent.

Plus le temps avançait, plus j'avais du mal à imaginer une issue favorable à cette histoire. Ces créatures me traqueraient sans cesse, jusqu'à obtenir ce qu'elles souhaitaient. J'avais peur qu'elles fassent du mal à d'autres personnes avant d'arriver à leurs fins, mais que pouvais-je faire ? Me rendre ? Cette idée m'effraya au plus haut point. Je n'osai imaginer ce qu'il adviendrait si elles mettaient la main sur moi.

Le reste du trajet se fit dans un silence complet. Chacun était perdu dans ses pensées. La tête collée contre la vitre, je regardais le paysage sans le voir, perdue dans le brouillard de mes tourments. Je me sentais au pied du mur, et je savais que je ne pourrais pas retarder encore longtemps l'inévitable. Il me fallait rassembler le courage nécessaire pour assumer ce que je devais faire.

– Nous sommes presque arrivés, annonça Ian.

Je risquai un œil vers le pare-brise. Nous empruntâmes un petit chemin fait de gravier en calcaire, bordé de buissons touffus et fleuris. Cette charmante allée s'étendait sur plusieurs mètres avant d'être interrompue par une barrière en fer forgé blanc, laquelle était surmontée d'un dessin complexe représentant un soleil aux multiples rayons ondulés. Le chauffeur sortit une télécommande de la boîte à gants et enclencha le processus d'ouverture.

Chapitre 22

Nous pénétrâmes à l'intérieur de la propriété, qui abritait une magnifique maison blanche aux allures de villa romaine, et dont les baies vitrées donnaient sur un jardin élégant et riche en couleurs. Cet endroit était tout simplement superbe. Je ne me souvenais pas d'avoir vu autant de fleurs de toute ma vie.

– Où est-ce qu'on est ? demandai-je à Ian, tandis que le chauffeur tirait sur le frein à main.

– Chez madame Stephens, déclara Ian avec fierté avant de descendre du véhicule.

Confuse, je me dépêchai de débarquer à mon tour.

– Je ne crois pas que ce soit une bonne idée…, lançai-je tout en faisant le tour de la fourgonnette pour le rejoindre. N'oublie pas que je ne dois pas être isolée. Il n'y a personne ici.

Au lieu de me répondre, Ian remercia le chauffeur d'un geste de la main et celui-ci enclencha la marche arrière sans plus attendre.

– Mais qu'est-ce que tu fais ? rouspétai-je, incrédule.

Ian attendit que la voiture s'éloigne, puis se tourna vers moi. Il m'embrassa sur le front et affirma avec un sourire rassurant :

– Ne t'en fais pas. Tu es plus en sécurité ici que nulle part ailleurs.

Je haussai les épaules, interdite. Ian s'engageait déjà vers la demeure d'un pas tranquille et décidé. Il s'arrêta sur le seuil et attendit que je le rejoigne. Puis, tourné vers la porte, il prit une grande inspiration et leva la main droite, poing fermé et poignet orienté vers l'extérieur. Dubitative, je me courbai un peu et compris qu'il fixait un symbole gravé sur le bois blanc : il représentait le même soleil que celui que j'avais repéré sur le portail. Même le paillasson en était brodé.

Concentré, Ian respira un bon coup et récita d'une voix solennelle :

– *Universalis sol, interrogo te benigne accipe me in domo tua. Venio sicut amicus, et spondeo obedire lex luminis, dum hic sum*[5].

La porte d'entrée s'ouvrit dans un claquement sonore, dévoilant un long couloir blanc au bout duquel

[5] Soleil universel, je te prie de bien vouloir m'accepter dans ta demeure. Je viens en ami, et te promets de respecter la loi de la lumière, tant que je serai ici.

s'agitait un rideau de voile blanc. Derrière, on pouvait apercevoir une fontaine de marbre installée dans une cour intérieure à la pelouse parfaitement entretenue.

Cet endroit était magique, dans tous les sens du terme.

– Après toi, m'invita Ian, qui tendit le bras avec grâce.

Émue par ce que dégageait cette maison, je m'avançai d'un pas hésitant. Tous les murs étaient peints en un blanc éclatant. Je jetai un œil timide autour de moi, et repérai à ma droite un meuble sur lequel était posée une immense coupe débordant de fruits en tous genres. Un miroir rond bordé d'une sculpture complexe mordorée, à l'image d'un soleil aux rayons larges et ondulés, était accroché au-dessus. Ce symbole était manifestement très important pour madame Stephens. Un peu plus loin dans le couloir, j'aperçus un escalier en spirale dont chaque marche était recouverte d'une épaisse moquette *shaggy* blanche, parsemée de fils dorés.

– Waouh ! lâchai-je, impressionnée par la délicatesse du lieu.

Amusé de ma réaction, Ian me saisit la main pour m'attirer un peu plus à l'intérieur. Une douce fragrance florale envahit peu à peu mes narines. La demeure en était imprégnée.

Nous passâmes devant une cuisine sobre qui regorgeait de corbeilles et de coupes de fruits et légumes frais, puis Ian me mena jusqu'au salon. C'était une pièce agréable et zen, dans laquelle étaient disposés d'énormes coussins blancs et vert pomme. Des voiles transparents étaient accrochés le long de baies vitrées qui donnaient accès à un jardin privé. Mais ce fut une minifontaine en plâtre supportant un chérubin dodu au fond de la pièce qui attira mon attention. Le bruit que produisait la chute du liquide, prenant naissance au creux des mains du petit ange pour finir dans le bassin sphérique qui s'étendait autour de ses pieds potelés, achevait de parfaire la quiétude de la pièce.

–Alors c'est ici qu'elle vit ? Je veux dire… madame Stephens, dis-je tout haut en réalisant un tour sur moi-même pour ne perdre aucun détail.

–Oui, et je n'aurais jamais pu y entrer si elle ne m'y avait pas autorisé, expliqua Ian tout en me dévoilant l'intérieur de son poignet, marqué d'un soleil doré.

Je saisis sa main afin de mieux contempler le dessin délicat tatoué à même sa peau. Il était fait d'une substance qui m'était inconnue et scintillait à chaque mouvement.

–Elle m'a apposé cette marque, ou plutôt cette « clé » et peut décider d'un claquement de doigts de la désactiver. C'est l'un des nombreux pouvoirs des gardiens blancs.

–Des « gardiens blancs », tu dis ? fis-je en relâchant sa main.

Ian se dirigea vers la table basse installée au milieu des coussins. Il plongea sa main dans une somptueuse coupe en verre sculptée afin de saisir une énorme pêche ferme aux couleurs appétissantes.

– Oui, ce sont des êtres créés et envoyés par les anges pour protéger les humains contre les créatures obscures… comme moi, précisa-t-il en jonglant avec le fruit.

– Attends…, tu es en train d'insinuer que les anges existent réellement ?

Je me tournai vers le chérubin de la fontaine, qui semblait nous observer avec complaisance.

– Tu en doutes encore après tout ce que tu as vu ? Il y a une multitude d'êtres qui servent l'ombre. Si la lumière n'en avait pas aussi pour se défendre, il n'y aurait pas d'équilibre.

– OK…, soupirai-je, les mains posées de chaque côté de ma tête comme pour contenir toutes les informations qu'elle recevait. Récapitulons : madame Stephens est une gardienne blanche, un être envoyé par les anges pour combattre les créatures des ténèbres…, dont tu fais partie. En gros, tu as sympathisé avec une ennemie et tu es même autorisé à pénétrer chez elle, un lieu normalement interdit et conçu pour être protégé contre ceux de ton espèce…

Ian acquiesça.

– Comme je te l'ai dit, Céleste et moi avons noué une relation particulière, paradoxale. Elle m'a fait l'honneur de m'accorder sa confiance. Les créatures de l'ombre ne sont pas tendres avec les humains, elles jouent avec eux, s'en moquent et s'en nourrissent. Je lui ai prouvé que cette théorie n'était pas une fatalité. Ian s'assit sur le bord de l'immense canapé d'angle blanc aux accoudoirs arrondis qui dominait la pièce.

– Il faut savoir que les gardiens blancs ne combattent que si c'est nécessaire, ajouta-t-il. Leur mission est surtout de protéger les humains contre les forces du mal. C'est pour cela qu'on les appelle « gardiens ».

– Un peu comme des « anges gardiens » ?

– C'est à peu près ça : des anges gardiens universels. Un seul d'entre eux peut venir à bout d'une dizaine de créatures de l'ombre en moins de temps qu'il n'en faut pour le dire. Ils sont moins nombreux que nous, mais beaucoup plus forts.

Sur ce, Ian me lança la pêche que j'attrapai de justesse. Je la portai à mon nez et en humai le parfum avec plaisir.

– Je parie que tu n'en as jamais mangé d'aussi bonnes, me défia-t-il.

Sans attendre, je mordis dans le fruit, dont le jus sucré coula le long de mon menton. Ian avait raison, je n'avais jamais rien goûté d'aussi délicieux.

–Les gardiens blancs ne se nourrissent que de nourriture végétale : fruits, légumes, plantes, pollen…, tout ce qui est naturel, et vivant. La nourriture morte les insupporte. Justement, tu veux voir quelque chose d'exceptionnel ?

–Parce qu'il y a plus *exceptionnel* que tout ça ?

–Suis-moi, dit Ian avec malice en m'ôtant la pêche des mains.

Il posa le fruit sur la table et m'attira de nouveau dans le couloir. Nous contournâmes l'escalier, derrière lequel il y avait une porte vitrée. Je plissai les yeux pour tenter de voir au travers, mais celle-ci n'offrait qu'une vision floue de ce qui se cachait de l'autre côté.

–Vas-y, ouvre, m'encouragea Ian.

Je lui adressai un regard curieux, puis tournai lentement la poignée dorée. Ce que je découvris alors n'avait pas d'égal : je me trouvais dans une serre abritant de multiples plantes et arbres fruitiers. L'endroit était protégé par une immense bulle de verre qui laissait filtrer une lumière dorée éclatante, donnant une ambiance surnaturelle au tableau offert à mes yeux. Des oiseaux multicolores voletaient en poussant de petits sifflements chantants. Je crus reconnaître des colibris, ces petits oiseaux-mouches aux battements d'ailes impressionnants.

Émerveillée, je pénétrai dans ce petit coin de paradis, sur la pointe des pieds de peur que ma présence ne déstabilise l'équilibre des êtres vivants qui y évoluaient. J'avais l'impression d'être arrivée dans un autre monde, une bulle magique nourrie uniquement par la pureté de l'énergie solaire, et qui me protégeait du reste de l'univers. Un papillon violet et bleu frôla mon visage, avant d'aller se poser sur le pétale d'un énorme hibiscus rouge.

Je virevoltai pour contempler le lieu dans son intégralité. Ian était resté sur le seuil. Il grimaçait, comme si la lumière l'éblouissait.

– Tu ne viens pas ?

– Non, je ne peux pas entrer. Cet endroit m'est presque insupportable.

J'avais oublié qu'Ian était une créature de l'ombre, et par conséquent intolérant à cette énergie à l'opposé de la sienne, à cette clarté éblouissante dont se nourrissaient les êtres servant la lumière. Je décidai toutefois de rester un peu. Je fis le tour de la serre avec béatitude. Après avoir cueilli une superbe pomme rouge et une grappe de raisins verts, je retrouvai Ian, allongé sur le rebord de l'immense fontaine qui se trouvait dans le jardin arrière de la maison.

– Le spectacle t'a plu ? me demanda-t-il, tandis que je m'installais près de lui.

– C'était incroyable, répondis-je en me délectant d'un raisin juteux et sucré.

Après m'être assurée que l'espace était suffisant, je déposai les fruits sur la pelouse, puis m'étendis de tout mon long à côté d'Ian. Ma tête posée sur son épaule,

je jouais avec l'une des mèches rebelles qui lui tombaient sur le front.

– Combien de temps va-t-on rester ici ?

– Je ne sais pas. Le temps qu'il faudra, répondit-il en se penchant pour m'embrasser.

Je lui rendis son baiser, puis il m'attira vers lui de sorte que nous nous retrouvâmes enlacés. Ian devint rapidement plus entreprenant. Ses baisers plus énergiques, ses mains plus curieuses. Je sentais qu'il ne voulait pas s'arrêter là.

– Ian ?

Il semblait comme possédé, et me tenait si fermement que j'en avais du mal à respirer. Des milliers de questions se bousculaient dans ma tête. Comment cela se passait-il avec un incube ? Allait-il se transformer ? Je devais éclaircir ces dernières zones d'ombre avant de franchir le cap de l'intimité avec lui.

– IAN !

Prise de doute, je le repoussai franchement, et tentai de capter son regard. Il était essoufflé et semblait devoir se battre pour se contenir.

Je me relevai, haletante et un peu déboussolée. Ian eut un mouvement de recul. Il voulait clairement mettre de la distance entre lui et moi. Son visage était crispé, ses poings fermés. Une énorme veine barrait son front perlé de sueur. Il semblait complètement hypnotisé, envoûté.

–Désolé, murmura-t-il en me tournant le dos, confus.

Troublée et ne sachant que dire, j'arrangeai mes cheveux d'un geste automatique. J'en profitai pour reprendre mon souffle et retrouver un rythme cardiaque régulier. Je n'arrivais pas exactement à définir ce que je ressentais, c'était un mélange contradictoire de désir et de peur.

Ian plongea sa main dans la cuve de la fontaine et promena ses doigts dans l'eau. Je lui laissai le temps de reprendre ses sens. Une question me brûlait les lèvres. Mais comment lui demander ? C'était assez gênant, et je ne voulais pas le froisser.

Après une longue hésitation, je me lançai :

–Je me demandais si… est-ce que les incubes… quelle apparence… ?

Quelle gourde !

Toujours sans m'accorder un regard, Ian répondit :

–Si tu veux savoir si les incubes se transforment pendant qu'ils s'accouplent, alors la réponse est oui. Le plus souvent, ils n'arrivent pas à se contrôler suffisamment pour maintenir leur apparence humaine.

Il se tourna vers moi pour me sonder et guetter ma réaction. Je m'efforçai de ne rien laisser paraître, même si cette annonce me terrorisait.

– Mais fréquenter une gardienne blanche a des avantages, on apprend plein de choses…, reprit-il. J'ai appris à me maîtriser. C'est difficile, mais avec un peu de volonté, j'arrive à contrôler mes pulsions instinctives pour bloquer la mutation dans ce genre de contexte.

Il m'examina un moment, avant de reprendre avec un léger sourire :

– Alors, rassurée ?

Je me contentai de hausser les épaules pour feindre l'indifférence, mais j'étais vraiment soulagée.

Ian me leva le menton et me regarda droit dans les yeux :

– Mais rien de presse, Senna. Je ne te forcerai jamais à faire quelque chose dont tu n'as pas envie.

Je hochai la tête et lui souris, soulagée.

Il s'allongea sur le dos, alors je fis de même et posai ma tête contre sa poitrine. J'étais si bien dans ses bras que je finis par m'endormir, bercée par le bruit de l'eau qui s'écoulait doucement dans le bassin empli de pierres couleur émeraude.

De sombres images s'insinuèrent soudain dans mon esprit. Perturbée, je me réveillai en sursaut et me levai si brusquement que je manquai de faire chavirer Ian.

La luminosité avait changé : nous avions dû passer une bonne partie de l'après-midi à dormir. Encore allongé, Ian pencha la tête pour me demander si tout allait bien.

– Non, répondis-je, encore secouée. Il faut qu'on parte, je dois rentrer au plus vite…, j'ai un mauvais pressentiment.

– Quoi ? s'exclama-t-il, dérouté par mon subit changement d'attitude. C'est trop dangereux de revenir à l'école maintenant…

– Je ne parle pas de l'école. Je veux rentrer chez moi, à Houston. Mon père ne va pas bien, je le sens.

– Comment…

– Je n'en sais rien. J'ai une intuition, c'est tout. J'ai le sentiment que quelque chose de grave va arriver. Il faut que tu m'aides… J'ai largement de quoi nous payer des billets d'avion. Mon père s'est toujours assuré que je ne manque de rien. Il faut juste que je récupère mes affaires.

Ian réfléchit un moment en silence avant de hocher la tête.

– Très bien, dit-il d'un ton grave. On ira les chercher cette nuit, quand tout le monde sera endormi.

Il était plus de vingt-trois heures quand nous arrivâmes devant le pensionnat. Ian demanda au chauffeur de taxi de nous attendre un peu plus loin. Nous longeâmes la muraille de pierre à la recherche d'un recoin à l'abri des caméras de surveillance. Ian me fit la courte échelle avant de sauter avec l'agilité d'un singe. Il restait élégant, peu importât la situation, et m'impressionnait par sa rapidité, sa souplesse et sa légèreté.

Accroupis en bas d'un arbre, nous guettâmes l'obscurité avant de nous élancer vers le flanc ouest de l'institution, là où se trouvait ma chambre. Je repérai le treillis recouvert de plantes grimpantes, et me demandais comment j'allais m'y prendre pour ouvrir la fenêtre sans faire de bruit quand je m'aperçus que celle-ci était entrouverte.

– C'est bizarre…, murmurai-je. Jessie s'assure toujours que la vitre est baissée avant d'aller se coucher.

– Peut-être a-t-elle oublié, en déduisit Ian en haussant les épaules. Vas-y, je fais le guet.

Je n'étais pas du tout convaincue. Jessie détestait trop les insectes pour prendre le risque de leur laisser le champ libre. Je posai le pied sur le grillage en PVC et commençai à monter prudemment. Dès que j'eus atteint la fenêtre, je la poussai afin d'avoir suffisamment d'espace pour me glisser dans la chambre. Il y faisait très sombre, et je fus ravie à ce moment précis que ma vue se soit affinée.

Mon premier réflexe fut de vérifier si Jessie était là. Si l'on en croyait la forme galbée étendue sur le lit, elle était profondément endormie, emmitouflée dans ses draps. Sans perdre de temps, je récupérai mon sac à main – qui contenait mon passeport et ma carte de crédit – sur la chaise de mon bureau et y fourrai ma veste qui était posée sur le dossier.

Je m'apprêtais à repartir quand je me sentis coupable : je ne pouvais pas partir comme une voleuse sans dire au revoir à mon amie. Elle avait toujours été là pour moi, et mon séjour ici aurait été insupportable sans sa présence et son soutien.

Je lâchai mon sac au pied de mon lit et m'avançai vers elle lorsque je manquai de trébucher sur quelque chose. La pièce semblait baigner dans un grand désordre. Je distinguai plusieurs objets par terre, dont des vêtements et des produits de maquillage.

Sam et Jessie ont dû inviter des copines et s'amuser en mon absence, pensai-je. Je comprenais mieux l'oubli de la fenêtre : mon amie devait être tellement fatiguée qu'elle s'était endormie en laissant la chambre en l'état.

Je m'assis au bord de son lit, et lui caressai affectueusement le dos.

–Jessie, réveille-toi…, dis-je avec douceur.

Comme elle ne répondait pas, je la secouai légèrement.

–Jessie ? répétai-je un ton plus haut.

Toujours pas de réaction. Inquiète, je me précipitai vers l'interrupteur et découvris une pièce dans un état épouvantable. Mon armoire était béante, et mes affaires ainsi que celles de Jessie étaient éparpillées un peu partout. L'étagère de ma camarade pendait contre le mur, et les livres qu'elle soutenait gisaient en dessous. Sa lampe et son miroir étaient brisés.

Affolée, je me laissai tomber près de mon amie et ôtai le drap qui lui recouvrait la tête : une énorme griffure lui barrait le visage et descendait jusqu'à sa poitrine où son tee-shirt avait été déchiré. Son front, quant à lui, était marqué d'un hématome violet de la taille d'un abricot. Choquée, je portai mes mains à ma bouche pour m'empêcher de crier. Des larmes coulèrent sur mes joues lorsque je saisis la main égratignée de Jessie. Je cherchai en vain à sentir son pouls, mais je tremblais trop pour arriver à quoi que ce soit, alors je plongeai vers la fenêtre.

–Ian, il y a un problème, lançai-je en faisant attention à ne pas trop hausser la voix. C'est Jessie.

J'attendis que ce dernier entame son escalade et courus retrouver ma camarade qui avait l'air de dormir paisiblement. Je repoussai tendrement une mèche de ses cheveux lorsqu'Ian arriva à mes côtés. Il me demanda de m'écarter et se pencha au-dessus du cœur de Jessie.

– Elle s'est évanouie, mais sa respiration est faible.

– Que s'est-il passé ? gémis-je. Tu crois que ce sont ces femmes qui me cherchaient ? Ce sont elles qui lui ont fait ça ?

– On ne va pas tarder à le savoir.

Ian posa ses mains de part et d'autre de la tête de Jessie et ferma les yeux pendant quelques secondes. Il était en train de sonder ses souvenirs. Je repoussai du pied une pile de vêtements qui me gênait et m'installai de l'autre côté du lit, en observant les gestes de mon compagnon.

– Ce sont elles, déclara-t-il enfin. Elles ne s'attendaient pas à voir Jessie : c'est toi qu'elles cherchaient.

Je me penchai vers ma copine, et mes larmes coulèrent de plus belle.

– Je suis désolée, murmurai-je en caressant la joue de Jessie comme si elle pouvait m'entendre.

– Cela ne fait pas longtemps que ça s'est passé. Elles sont entrées par la fenêtre et fouillaient la chambre quand Jessie les a surprises. Elle a tenté de s'interposer et…

Ian ne finit pas sa phrase. C'était inutile. L'état de mon amie en disait long sur ce qui s'était passé. Je secouai la tête, anéantie.

–À combien de personnes vont-elles encore faire du mal avant d'obtenir ce qu'elles veulent ? Il faut que ça s'arrête !

–Senna, dit Ian en cherchant à capter mon attention, elle va s'en sortir, je te le promets. Mais il faut qu'on parte maintenant, sinon tu ne pourras pas regagner Houston avant longtemps.

–Non. On ne peut pas la laisser comme ça.

Je me levai avec peine et me dirigeai vers la salle de bain pour y préparer de quoi nettoyer le visage de Jessie, mais Ian me rattrapa et me fit lâcher la serviette que j'avais en main.

–Ne touche à rien.

Il prit mon visage entre ses mains et plongea son regard dans le mien.

–On ne peut rien faire pour Jessie. Je vais prévenir madame Stephens. Elle s'occupera de tout, et elle seule pourra la guérir. C'est une gardienne blanche, tu as oublié ? Elle a des pouvoirs que tu ne soupçonnes même pas, mais il faut vraiment y aller.

Je tournai la tête vers le corps inerte de ma camarade de chambre, incapable de répondre.

–Dès qu'on sera partis, j'enverrai un message à Céleste, reprit Ian. Et je te parie que d'ici quelques jours Jessie sera de nouveau capable de tenir tête à Sam.

Ian essuya mes larmes et me dit d'un ton rassurant :

–Je te le promets.

Je hochai la tête et le laissai m'entraîner jusqu'à la fenêtre. Il attrapa mon sac et m'aida à enjamber le pan de mur qui nous séparait de l'extérieur. Je me tournai une dernière fois vers celle qui avait été ma meilleure amie durant la période la plus difficile de ma vie, et murmurai un dernier « je suis désolée » avant d'entamer ce qui serait ma dernière escapade, ici au pensionnat de la Sofeia High School.

Chapitre 23

Après un voyage beaucoup trop long à mon goût, nous arrivâmes enfin à Houston. Le temps était maussade, le ciel nébuleux. J'arrêtai le premier taxi qui passait et lui indiquai la route jusqu'au ranch de mon père. Le trajet me parut interminable. Je n'arrivais pas à me débarrasser de cette boule au ventre, de cette impression que quelque chose de grave était arrivé. Ian avait essayé à maintes reprises de me réconforter, mais rien n'y faisait.

Lorsque le chauffeur emprunta le petit sentier qui menait chez moi, je commençai à taper nerveusement du pied. Il avait à peine arrêté la voiture dans l'allée principale que j'ouvris la portière et courus jusqu'à la maison.

– Papa ? m'écriai-je en ouvrant la porte d'entrée à la volée.

Tante Éva était assise sur le canapé du salon. Elle ne parut même pas surprise de me voir là.

– Papa ? Où es-tu ?

Pas de réponse. Ma tante se tourna vers moi. Je lui demandai alors :

– Où est-il ?

Elle se leva, mais ne répondit pas. La tête baissée, elle joignit nerveusement ses mains.

– Où est-il ? répétai-je un ton plus haut, à bout de patience.

Elle s'approcha lentement de moi, les traits tendus et tristes.

– Ma chérie… Il faut qu'on parle.

Je n'aimais pas ça du tout. Je me mis à respirer bruyamment pour ne pas succomber à la panique.

– Il s'est passé quelque chose en ton absence, poursuivit-elle avec une émotion non dissimulée. Je suis arrivée trop tard.

– Non !

La profonde tristesse dans son regard me déchira le cœur. Mes yeux commencèrent à brûler et le nœud qui s'était formé dans ma gorge se serra.

– Tu n'as pas répondu à ma question, repris-je en articulant bien pour contrôler les tremblements de ma voix. Où est-il ?

– Dans la forêt, répondit ma tante d'une voix étranglée. Il repose près de ta mère.

Je secouai la tête, refusant de comprendre ce qu'elle venait de me dire. J'avais l'impression que tante Éva venait brusquement de me pousser et que j'étais en train de tomber lentement dans un trou noir sans fond. Cela ne pouvait pas être vrai… Ma tête se mit à tourner. Ma vue devint trouble. Je ne compris pas tout de suite que c'était parce que mes yeux étaient embués de larmes. J'avais si mal à la poitrine… Sentant mes jambes se dérober sous moi, je dus prendre appui sur le dossier du fauteuil pour ne pas tomber.

Mon père ne pouvait pas être…

Non, je ne voulais pas ! J'avais encore besoin de lui ! Poussée par une force invisible, je me redressai, fis volte-face et me précipitai dehors.

– Senna, je t'en prie, arrête ! entendis-je ma tante crier derrière moi.

– Senna ?

Ian, qui avait préféré se tenir à l'écart sur le seuil de la maison, me regarda partir avec stupeur. Mais rien ne pouvait plus m'arrêter : je fonçai jusqu'à l'écurie et libérai Feu de joie. Tandis que je l'entraînais dehors, tante Éva et Ian se lancèrent à ma poursuite. Ignorant leurs appels, j'enfourchai ma jument que je n'avais pas pris le temps de seller, et m'élançai à toute allure dans la prairie.

Le vent glaçait mon visage mouillé de larmes et me brûlait les narines, mais je commandai à Feu de joie d'accélérer. Nous traversâmes la longue étendue de verdure à la vitesse de l'éclair. Les mouvements rapides et secs de ma monture me faisaient mal, et n'ayant rien d'autre que son cou auquel m'accrocher, je savais qu'une chute me serait fatale. Pourtant, je n'avais aucune envie de m'arrêter.

Lorsque nous atteignîmes l'orée de la forêt, Feu de joie s'arrêta. Elle semblait lire en moi et savoir exactement ce que je souhaitais. D'un bond, je mis pied à terre. Je n'avais plus de souffle et j'étais fatiguée, mais je savais qu'il fallait que je le fasse. Je m'enfonçai tant bien que mal dans la forêt et ne tardai pas à apercevoir la pierre tombale de ma mère. Cependant quelque chose avait changé : il y avait un monticule de terre fraîche à ses côtés.

Je poussai un gémissement. Le nœud qui s'était formé au creux de mon ventre se resserra. Pliée en deux, je réussis à franchir les quelques mètres qu'il me restait à parcourir. N'en pouvant plus de contenir ma peine, je me laissai tomber à genoux à l'endroit où était enterré le dernier de mes parents.

–Noonnnnnnnnnnn !!! m'époumonai-je avant de m'écrouler sur le tertre humide.

Mon père était mort. Il était parti pour toujours, me laissant seule pour affronter le reste de ma vie. Et quelle vie ! J'étais orpheline désormais.

J'entendis au loin des bruits de sabot marteler le sol. Ian arrivait à grande allure sur le dos d'Eden, la jument de ma mère. Il était accompagné de tante Éva, montée en amazone derrière lui. Elle descendit la première. Dès qu'elle m'eut rejointe, elle se laissa tomber à mes côtés. Elle me prit dans ses bras et me berça. Doucement.

– Pourquoi ? lâchai-je dans un murmure à peine audible.

– Le destin est parfois mystérieux, mais on n'y peut rien, répondit-elle avec douceur.

Je pleurai toutes les larmes de mon corps. Je n'avais même pas eu le temps de revoir mon père, de lui parler, et surtout de m'excuser pour tout ce que je lui avais fait endurer ces derniers temps.

– Papa m'avait prévenue, réussis-je à dire entre deux sanglots. Je l'ai vu dans ma tête : je le cherchais dans le brouillard, mais je ne le trouvais pas… J'ai commencé à paniquer et… soudain il est apparu devant moi et il m'a dit… il m'a dit « au revoir ». J'aurais dû écouter mon instinct et réagir plus tôt, revenir plus vite… C'est de ma faute !

– Ne dis pas ça, mon oiseau, me chuchota ma tante d'une voix réconfortante au creux de l'oreille. Il est en paix à présent. Ce n'est pas de ta faute… Tes parents ont fait des choix, et ce sont ces choix qui ont guidé leur destin.

« Ce n'est pas de ma faute. » Je me répétai une bonne dizaine de fois cette phrase dans ma tête dans l'espoir de pouvoir m'en convaincre, quand j'eus une illumination : si ce n'était pas de ma faute, c'était celle de qui alors ? Une énergie électrisante m'envahit, transformant ma tristesse en une colère intense. Sans me détourner de la motte humide, je lâchai froidement :

– Qui a fait ça ?

Ma tante, surprise par mon soudain changement d'attitude, ne répondit pas tout de suite. Je connaissais la réponse à cette question, mais je voulais l'entendre.

– Je ne crois pas que ce soit le moment de parler de ça. Tu es encore trop remuée… et puis, il ne va pas tarder à pleuvoir, ajouta-t-elle en scrutant le ciel. Nous devrions rentrer.

Tante Éva voulut poser sa main sur mon épaule, mais indisposée par ce contact, je l'esquivai d'un geste et me relevai.

– QUI A FAIT ÇA ?

– Senna, calme-toi, je t'en prie…

Ma tante se leva à son tour, gênée par la longueur de sa robe.

– Ce sont encore ces femmes ? demandai-je en essuyant les dernières larmes qui coulaient sur mes joues.

Quelques gouttes de pluie nous atteignirent malgré l'épaisseur du feuillage des arbres qui nous abritait. Je les ignorai et me tournai lentement vers tante Éva. Devant mon air décidé, elle ne put que se résoudre à répondre d'un ton désolé :

– Je n'ai rien pu faire…

Elle venait de me confirmer indirectement ce que je pressentais : ces créatures étaient à l'origine de cette tragédie. Je lui ordonnai de les appeler sur-le-champ. Comme elle ne réagissait pas, je m'élançai vers la prairie et ne m'arrêtai que lorsque je fus de nouveau en terrain découvert.

– OÙ ÊTES-VOUS ? criai-je en direction du ciel, les bras ouverts, offerte à tous les éléments déchaînés. C'est moi que vous voulez ! Alors, qu'est-ce que vous attendez ?

Ian et ma tante accoururent à ma suite.

– Senna, arrête ! Ne fais pas ça ! On doit discuter de certaines choses d'abord…

– Ah oui ? Vraiment ? Maintenant, tu veux discuter… Eh bien, c'est trop tard ! Ces femmes ont déjà tué la personne qui m'était la plus chère. Puisque c'est moi qu'elles veulent, qu'elles viennent me chercher !

Mes cheveux dégoulinaient sur mon visage. Mes habits étaient trempés et j'avais froid, mais je n'avais pas l'intention de bouger de là. Je voulais en découdre maintenant avec ces créatures ignobles qui m'avaient brisé le cœur.

Ian, qui était debout à quelques mètres, voulut s'approcher, mais je l'arrêtai d'un geste sec de la main.

– Tu m'as promis que tu veillerais sur papa, repris-je en fusillant ma tante du regard. Alors, où étais-tu ?

Ses épaules s'affaissèrent comme si elles flanchaient sous le poids de la culpabilité, mais cela ne me toucha guère. À ce moment précis, j'en voulais au monde entier, et particulièrement à celle qui m'avait caché tant de choses depuis le début.

– Qui sont ces femmes ? Qui sont ces créatures qui ont ôté la vie de mon père ?

– Tu n'es pas en état d'entendre ça.

– Alors là, non ! pestai-je en pointant un index menaçant vers elle. Tu ne t'en sortiras pas comme ça. Je veux une réponse *tout de suite* !

Tante Éva hésita quelques secondes.

– Ce sont des harpies…

J'écarquillai les yeux, aussi stupéfaite qu'horrifiée. Alors il s'agissait de ces créatures mythologiques immondes qui malmenaient les humains et volaient leur âme…

– … tout comme ta mère et moi, continua-t-elle d'une voix monocorde.

Je crus que mon cœur allait s'arrêter. C'en était plus que je ne pouvais supporter. Mes jambes flanchèrent et je me retrouvai assise sur l'herbe mouillée, trempée jusqu'aux os, sans énergie.

– Ce n'est pas possible…, murmurai-je. Ça voudrait dire que…

Je n'arrivai pas à finir ma phrase. Tante Éva prit le relais, s'avançant doucement dans ma direction :

– … que tu en es une, toi aussi, dit-elle avec douceur. Du moins, que tu es en train de le devenir. C'est l'héritage familial dont je t'ai parlé. Ton héritage maternel.

Je la dévisageai un moment, bouche bée. Je ne pouvais pas être un de ces monstres cruels… C'était absurde ! Je me tournai vers Ian et compris que lui aussi était au courant. Je n'avais plus la force d'être en colère. J'étais juste… écœurée.

Tante Éva s'agenouilla pour se mettre à ma hauteur. Son chignon, d'habitude impeccable, tombait lamentablement sur sa nuque, et quelques mèches humides lui collaient au visage.

– J'ai encore beaucoup de choses à te dire. Je te promets de tout t'expliquer, mais… s'il te plaît ma chérie, rentrons maintenant. Tu vas tomber malade. Ce n'est pas bon de rester sous la pluie.

Je lui lançai un regard effaré : comment pouvait-elle se préoccuper de la pluie, alors qu'elle venait de m'annoncer que ma vie était fichue ? Comprenant qu'elle n'arriverait à rien avec moi, elle prit son temps pour annoncer :

– Ton père m'a confié quelque chose pour toi… de la part de ta mère.

– Maman ? répétai-je, un peu hébétée.

Tante Éva hocha la tête.

– Elle lui avait fait promettre de te la remettre lorsque tu découvrirais la vérité.

J'étais trop secouée pour réfléchir, et encore moins pour bouger. Ian m'aida à me relever. Il m'installa sur le dos de Feu de joie avant de grimper derrière moi. D'un geste protecteur, il me serra contre lui de manière à me réchauffer et à m'abriter de la pluie, avant de partir au galop comme si ma vie était en danger. Ma tante nous talonnait avec Eden.

Un éclair déchira le ciel et la pluie redoubla d'intensité au moment où nous atteignîmes le seuil du ranch. Je n'avais plus de force et tout mon corps tremblait. Ian prit encore une fois les devants et me porta jusqu'au canapé. Puis il m'enveloppa avec la couverture que lui tendait ma tante.

– Je reviens tout de suite, annonça-t-elle tout en empruntant l'escalier qui menait à l'étage.

Elle réapparut peu de temps après avec un gobelet contenant un mélange d'herbes broyées à la texture peu ragoûtante, et un flacon de poudre bleue. Elle avait dû récupérer ces préparations étranges dans l'atelier de ma mère. Puis elle alla chercher un verre d'eau à la cuisine. Elle y versa une pincée du contenu de chaque récipient avant de mélanger l'ensemble avec une petite cuillère.

– Avale tout, me dit-elle en me tendant la mixture épaisse. Cela t'apaisera et te remettra d'aplomb.

Je bus le mélange sans broncher. À quoi bon ? Rien ne pouvait me faire plus de mal que ce que j'étais en train de vivre.

Dès que j'eus fini, je tendis mon verre vide à Ian, qui était accroupi devant moi, en réprimant une grimace tant le goût du liquide était répugnant. Presque instantanément une onde de bien-être m'envahit. Je me sentais anesthésiée, comme si la décoction avait apaisé mon chagrin. Ce cocktail me faisait l'effet d'une drogue aux résultats puissants et immédiats.

– Tu te sens mieux ? me demanda Ian en posant sa main sur mon genou.

Je fis « oui » de la tête, pendant que ma tante, penchée au-dessus de moi, m'examinait avec attention.

– Tu reprends des couleurs, dit-elle en posant sa main sur mon front pour tester ma température. Tu devrais en profiter pour aller te changer, mon oiseau, sinon tu vas prendre froid.

– Tu m'as dit que tu avais quelque chose à me remettre…

– Oui, mais va d'abord prendre une bonne douche chaude, puis rejoins-moi dans le bureau de ta mère.

Sur ce, tante Éva regagna l'étage, mettant ainsi fin à la conversation. Il est vrai que j'avais très froid et hâte d'ôter mes vêtements mouillés. Ian me tendit la main pour m'aider à me relever, mais je la refusai poliment.

– Tu veux que je t'accompagne ? demanda-t-il d'une voix douce.

– Non merci, ça ira.

Ian semblait inquiet pour moi, mais je n'avais aucune envie de parler pour l'instant. Je voulais rester un moment seule. Je m'engageai à mon tour dans l'escalier.

– Je reste là en cas de besoin, lança-t-il avant que je ne disparaisse de sa vue.

Chapitre 24

Ma chambre m'avait manqué. Elle était telle que je l'avais laissée : mon sweat-shirt gris était accroché à la poignée de mon armoire et mon livre de mathématiques était ouvert sur mon bureau.

Je poussai la porte et me débarrassai de mes habits trempés que je laissai à même le sol, impatiente de me retrouver sous une bonne douche chaude et réconfortante. Quelques larmes m'échappèrent tandis que des souvenirs de mon père refaisaient surface, mais l'eau qui coulait sur mon visage les chassa aussitôt. Je ne devais pas me laisser aller, pas maintenant ! Il me fallait garder mon énergie pour faire face à la suite. Ce que je voulais, c'était comprendre. Je me concentrai sur la chaleur apaisante de l'eau qui coulait sur mon corps tremblant, jusqu'à ce qu'il retrouve une température normale. Lorsque je me décidai enfin à sortir, la salle de bain était humide et embuée.

Emmitouflée dans mon peignoir, je m'assis sur le bord de mon lit, le temps de nouer une serviette autour de mes cheveux mouillés, quand j'entendis un petit grattement, suivi d'un miaulement familier: Mystique réussit après quelques manœuvres à ouvrir assez grand la porte pour pouvoir se faufiler dans ma chambre, et se précipita dans mes bras.

– Oh, c'est toi, ma belle ! Tu m'as trop manqué !

Ma chatte ronronna et se frotta avec ardeur contre moi. Après quelques minutes de câlins pour fêter nos retrouvailles, je réussis à me dégager de l'affection de ma « peluche noire », comme j'aimais l'appeler, pour revêtir un tricot douillet et un bas de survêtement. Je récupérai Mystique qui s'était mise en boule sur mon lit, et pris deux bonnes inspirations avant de m'engager dans le corridor. Sa présence me rassurerait et me donnerait du courage.

Je longeai la galerie surplombant le salon et jetai un coup d'œil en contrebas: Ian n'y était pas. Il ne devait pas être loin. C'était un vagabond et il n'aimait pas rester longtemps en place. Je me promis de le retrouver après mon entretien avec tante Éva.

Debout dans l'atelier de ma mère, elle regardait distraitement par la fenêtre.

– Ah, te voilà ! lança-t-elle sans se retourner.

Je retins ma respiration et pénétrai avec réticence dans la pièce. C'était la première fois depuis que ma mère nous avait quittés. Son odeur flottait encore dans l'air, comme si elle y avait laissé un peu d'elle-même. Troublée et émue, je m'immobilisai au milieu de l'atelier et le balayai d'un regard timide. Tout était comme dans mes souvenirs : la première moitié de la pièce avait des allures de bibliothèque, avec ses étagères bondées de livres qui recouvraient les murs et son bureau rustique en bois de chêne installé au milieu. L'autre moitié offrait un décor beaucoup plus atypique et désordonné. Elle était consacrée aux travaux expérimentaux de ma mère. Il y avait un plan de travail posé sur des tréteaux, où étaient disposés des manuels anciens et quelques récipients à moitié vides. Adossées aux murs, trois armoires en verre regorgeaient de tubes, fioles et flacons emplis de substances étranges, de bocaux garnis d'herbes aromatiques ou de poudres multicolores, ainsi que de graines et autres matières que je ne saurais décrire. Quelques cartons à moitié ouverts posés à même le sol contenaient des commandes spéciales dont ma mère n'avait pas eu le temps de profiter.

– Assieds-toi, m'invita gentiment ma tante en m'indiquant le fauteuil derrière le bureau verni.

Je m'exécutai en prenant soin d'installer confortablement ma chatte sur mes genoux. Celle-ci me fixa un moment en ronronnant d'aise, avant de poser sa tête sur mon avant-bras. Ce court face-à-face provoqua un déclic… Un détail me sautait aux yeux seulement maintenant : quelques jours plus tôt, mes iris présentaient la même couleur que ceux de Mystique. Je n'y avais pas prêté attention jusqu'à présent. Je m'étais habituée à la teinte hors du commun des iris de ma chatte, que j'avais toujours connus ainsi.

– Tante Éva ? Pourquoi les yeux de Mystique sont-ils de cette couleur ? Pourquoi sont-ils violets ?

– Hum…, tu ne vas pas tarder à comprendre, se contenta-t-elle de me répondre, avant de s'avancer dans ma direction.

Lorsqu'elle fut à mon niveau, elle plongea la main dans son décolleté et en sortit une chaîne en argent qu'elle ôta délicatement. Celle-ci supportait un pendentif finement ciselé en une majestueuse paire d'ailes déployées, reliées par une minuscule pierre noire polie. Je le reconnus tout de suite : il s'agissait du collier que ma mère avait offert à mon père quelques mois avant son décès. Il ne s'en séparait jamais.

Alors, c'était ce à quoi tante Éva avait fait allusion dans la forêt. La chose qu'elle voulait me remettre…

Mais, au lieu de me le tendre, elle se pencha vers le bureau et inséra le médaillon dans la serrure du dernier tiroir. Le prisme rectangulaire se détacha d'un seul coup, comme s'il était indépendant du meuble. Je compris qu'il s'agissait d'une boîte lorsque ma tante la saisit et la déposa devant moi. Je me penchai pour examiner le mystérieux pavé en bois, mais il était opaque et ne semblait muni d'aucun dispositif d'ouverture : ni loquet ni serrure…, rien. Tante Éva ne parut pas le moins du monde préoccupée par ce problème. Elle fixa la boîte un instant. À l'aide de son index, elle traça un symbole sur la face supérieure du coffret. Puis, elle apposa sa main gauche dessus et récita une formule en grec.

Le couvercle s'entrouvrit comme par enchantement, dévoilant plusieurs petits objets ainsi qu'une feuille en papier soigneusement pliée.

– C'est ta mère qui l'a confectionné pour toi.

Elle s'écarta de manière à me laisser le champ libre pour examiner le contenu de la boîte. Je rapprochai ma chaise avec délicatesse pour ne pas brusquer Mystique, qui dormait sur mes genoux. Malgré mes efforts, celle-ci se vexa d'être ainsi chahutée et poussa un miaulement offensé avant de quitter la pièce en roulant les épaules. Mais je ne lui prêtai pas attention tant j'étais curieuse de découvrir ce que contenait le coffret. Impatiente, je plongeai ma main dedans et en sortis la première chose que je vis : une photo de ma mère avec un nourrisson dans ses bras. Je la contemplai un moment. Elle était si belle et si joyeuse… Derrière, ma date de naissance avait été inscrite au stylo.

Je reconnus tout de suite l'écriture élégante de ma mère.

Je déposai la photo, et récupérai un lot de fiches cartonnées. Il s'agissait de recettes pour fabriquer des remèdes, filtres et potions en tous genres contre les dépendances, le stress, pour faciliter la communication avec les esprits, guérir certaines maladies, anesthésier la douleur, combattre les troubles du sommeil, gagner de la confiance en soi ou encore faire renaître des sentiments. Il y en avait environ une trentaine.

–Il est important que tu gardes précieusement ces formules, déclara tante Éva, qui s'adossa au bureau, les bras croisés. Elles doivent se transmettre de génération en génération. Parmi ces fiches, il y a des recettes ancestrales, ainsi que le fruit des recherches de ta mère. Elle a accompli des merveilles… C'était vraiment la meilleure.

Je hochai la tête fièrement. Je n'avais jamais douté du talent de ma mère. Je posai les fiches afin de reprendre mon inspection de la boîte. J'en sortis ce qui semblait être une lettre. Je dépliai la feuille de papier et découvris que celle-ci m'était adressée. Mon cœur s'emballa.

Senna,

Si tu lis cette lettre, cela signifie que le moment est venu. Tu sais toute la vérité à présent sur moi et sur la personne que tu es réellement. Je regrette que tu aies à vivre ça, et j'espère que tu ne m'en voudras pas d'avoir voulu te protéger et te tenir à l'écart de cette réalité le plus longtemps possible. Mon souhait le plus cher était de pouvoir t'offrir une vie normale, une vie que je n'ai pas eue, mais mes efforts n'ont pas abouti. Je suis désolée que tu apprennes tes origines de cette façon, j'aurais tout donné pour t'éviter de vivre ces moments difficiles et éprouvants. Mais rien n'est jamais tracé d'avance. Ton père et moi avons toujours désiré te laisser ton libre arbitre. Quoi qu'il se passe et quoi que tu décides de faire désormais, je sais que tu feras le bon choix.

Je t'aime,
Maman

Une boule d'émotion se forma au creux de mon ventre.

– Alors… c'est pour cette raison que mes parents ne m'ont rien dit pendant tout ce temps !

– Oui, mon oiseau, Théo et Elena ont agi par amour pour toi. La raison pour laquelle ta mère passait autant de temps dans cette pièce, et qu'elle y travaillait jour et nuit sans relâche, était qu'elle voulait trouver une formule, une potion qui permettrait d'arrêter le processus et d'empêcher ta transformation. Mais hélas, elle n'a réussi qu'à retarder un peu l'inévitable !

– Alors si je comprends bien, tout ce qui m'arrive est *lié à ma transformation* ? articulai-je avec réticence.

Tante Éva acquiesça.

– Et ce tatouage dans mon dos…

– Ce sont tes ailes. Elles sont en train de se développer doucement.

J'en eus le souffle coupé. Des ailes… J'avais des ailes qui me poussaient dans le dos. J'étais donc vraiment une créature !

– Tu t'y feras vite, reprit-elle devant ma mine stupéfaite.

Je n'en étais pas si sûre. Comment pourrais-je accepter cette idée ? Je n'arrivais pas à y croire. Cela semblait si… irréel, improbable. Des ailes ? J'eus une envie folle de vérifier et de tâter mes omoplates. J'avais l'impression que mes démangeaisons étaient réapparues, mais je ne savais pas si cela était dû à mon imagination ou s'il s'agissait d'une réaction cutanée. Je levai la main, puis me ravisai. L'image de mon dos me revint en mémoire. Je m'efforçai d'éviter d'y penser, et enchaînai avec une autre question :

– Et… qu'est-ce que je dois savoir encore ?

Tous mes repères étaient erronés. Je devais tout réapprendre sur moi-même à l'âge de seize ans, et cela me faisait peur. Mais je devais rester forte. Car si je ne le faisais pas, qui le ferait à ma place ?

– Beaucoup de choses, soupira tante Éva. Tu ne peux pas rattraper ton retard d'un seul coup, mais je pense avoir ce qu'il te faut…

Elle se dirigea vers l'une des étagères bondées de livres qui encadraient la pièce et les examina d'un air pensif, puis en saisit un qu'elle ouvrit au hasard.

– Non, celui-ci est en grec ancien, l'entendis-je marmonner avant de ranger l'objet.

Elle choisit un autre ouvrage et lâcha un « Ah ! » satisfait.

– Celui-ci fera l'affaire ! Il contient assez d'information pour t'éclairer sur les questions que tu te poses, même s'il n'est pas complet.

Ma tante me tendit le livre qu'elle avait préalablement ouvert à la page de description des harpies. Je jetai toutefois un œil à la couverture qui portait l'intitulé : *Dictionnaire de la mythologie grecque, recueil des créatures magiques.*

Les pages jaunies par le temps donnaient un caractère précieux au livre, qui était malgré tout en bon état. À la page consacrée aux femmes ailées, je pus lire :

« Le mot «harpie» provient du grec « harpia » qui signifie «qui vole et qui saccage». Mi-femmes mi-oiseaux, les harpies sont aussi séduisantes que redoutables. Filles du dieu Thaumas et de l'océanide Électre, elles ont élu domicile dans les îles Strophades au large de la Grèce. Ces déesses des tempêtes sont invulnérables, et leur vol, aussi rapide et violent que les vents d'orage. Elles se nourrissent principalement d'âmes humaines et peuvent causer de nombreux dégâts sur leur passage. Leurs griffes acérées sont de véritables armes contre leurs proies qu'elles chassent généralement la nuit. Lorsque les harpies désirent se reproduire, elles ne le font jamais avec d'autres créatures, uniquement avec des êtres humains de sexe masculin pour sauvegarder leur race... »

Je posai le livre, un peu secouée. C'était déroutant et angoissant de savoir que cette description me concernait. Je repensai au passage sur les griffes acérées. J'avais éprouvé cette sensation à deux reprises. Et les dégâts que j'avais pu causer avec mes doigts lors de mes excès de colère étaient loin d'infirmer cette description.

–Comme je te l'ai dit, ceci n'est qu'un aperçu de ce que tu dois savoir. Nous ne nous résumons pas à ça. Notre mode de vie est beaucoup plus complexe, et nos capacités beaucoup plus larges. Nous sommes des créatures de l'air. Nous ne sommes pas ces êtres sauvages et immondes que tant de livres décrivent.

– C'est pour cette raison que tu peux savoir qu'il y aura de l'orage et de la pluie, par exemple, et que maman et toi aviez toujours un temps d'avance sur certaines choses ?

– Cela fait partie de nos nombreux talents, tout comme notre faculté à entendre ce qui est inaudible pour d'autres.

Les murmures que j'avais entendus dans le vent… Je comprenais à présent ce qu'Ian avait voulu dire quand il avait lâché malgré lui : « c'est un appel ». Il s'agissait sûrement des harpies. Ce devait être leur façon de communiquer. Mais quelque chose d'autre me préoccupait…

– Tante Éva, il est écrit dans le livre que les harpies se nourrissent d'*âmes humaines*…

J'avais prononcé ces derniers mots avec une grimace, en espérant que ma tante allait contredire cette information. Mais à mon grand désarroi, elle la confirma d'un signe de tête. Plus j'en apprenais sur moi, plus j'étais désemparée.

– Donc, les fioles que tu me donnais…

Mais je ne réussis pas à finir ma phrase.

– Pas tout à fait, répondit tante Éva, qui avait compris où je voulais en venir. Ta mère et moi avions trouvé depuis longtemps une solution de rechange : ce ne sont pas des âmes humaines qui sont enfermées dans ces flacons, mais des mémoires résiduelles d'êtres décédés, ou des âmes errantes malveillantes. C'est pour cela que leur substance est noire. Je me rends dans des lieux hantés et les capture moi-même.

– C'est écœurant, dis-je en portant ma main à ma bouche.

– Non, bien au contraire : c'est vital pour toi. Et c'est la seule solution que l'on a pu trouver, souligna vivement ma tante. Les âmes sont notre nourriture, nous n'y pouvons rien. C'est dans notre nature… Il n'y a pas d'autre solution. Tu as remarqué la façon dont tu apprécies le goût sucré des fioles et la façon dont celles-ci te revigorent instantanément ? Ou même ton penchant pour les gâteaux et autres sucreries ? Eh bien, c'est parce que le goût de ces friandises est celui qui se rapproche le plus de la saveur des âmes : douce et sucrée.

Comme je fixais ma tante avec indignation, elle poursuivit avec une voix bienveillante :

– Je comprends que cela te trouble. Mais si tu ne te nourris pas, tu te sentiras vide, sans énergie, affamée, et surtout très en colère. C'est pour cela que j'ai tenu à faire le déplacement jusqu'à ton école en Alaska ; sans les fioles, je craignais que tu ne puisses plus contrôler ton agressivité et qu'un accident ne se produise.

Quoique affreusement déstabilisant, tout devenait logique et clair. Et moi qui me demandais comment ma tante avait pu faire le trajet aussi vite. La réponse était évidente : aussi grande soit-elle, la distance ne représente rien pour les créatures de l'air… et j'étais sur le point d'en devenir une, moi aussi. À l'idée de me métamorphoser en l'un de ces monstres mangeurs d'âmes, j'eus la nausée. Comment aurais-je réagi à tout cela si je n'avais pas été sous l'effet de la potion que ma tante m'avait fait boire juste avant pour calmer mes nerfs et apaiser mes émotions ?

– Je crois que tu as oublié quelque chose…, dit-elle en indiquant le coffret en bois du menton.

Chapitre 25

Un peu effrayée par ce que je pourrais encore découvrir, j'avalai difficilement ma salive et plongeai avec hésitation ma main dans la petite boîte. Il y avait un objet tout au fond : il s'agissait d'un nœud, ou plutôt d'une mèche de cheveux nouée avec un ruban rouge.

– Qu'est-ce que c'est ? demandai-je en examinant l'échantillon de plus près.

– Là est la réponse à ta première question : il s'agit d'un lien de destinée. Ta mère a recueilli quelques brins de tes cheveux lorsque tu étais encore un nourrisson et les a unis lors d'un rituel avec une touffe de poils de Mystique pour que vous soyez unies, connectées toutes les deux. C'est la raison pour laquelle ses yeux revêtent cette couleur : elle provient de son union avec toi, car ce gène est inscrit dans ton ADN. Toutes les harpies ont les iris de cette couleur à l'origine. Mystique est en quelque sorte ton protecteur. Son rôle est de veiller sur toi. S'il t'arrivait quelque chose, elle le ressentirait tout de suite, car elle perçoit toutes tes émotions : peur, tristesse, colère…

– Mais elle est censée me protéger de quoi ?

– De toutes les créatures qui existent, et même des autres harpies. Il ne faut pas oublier que nous sommes des femmes-oiseaux, et tous les oiseaux craignent ces animaux.

Alors ma mère voulait aussi me protéger des siens… Je tentai de me rappeler la dernière fois où je l'avais vue caresser ou même toucher Mystique, pareil pour tante Éva. Jamais. Cette dernière ne cachait pas son animosité dès que ma chatte se trouvait trop proche, et l'animal le lui rendait bien.

– Et mes iris… Je me souviens qu'ils ont recouvré leur couleur normale quand j'ai absorbé les fioles que tu m'as apportées à Sitka. Comme tu l'avais prévu d'ailleurs…

– Oui. La teinte de tes yeux change selon ton état émotionnel. Elle devient violette lorsque tu es affamée, ou encore lorsque tu entres dans une grande colère. Les fioles ont soulagé ta faim. J'étais toutefois un peu surprise que tu en aies un besoin aussi grand à ce stade. Ta transformation s'effectue si vite…

Je comprenais mieux à présent. Perdue dans mes pensées, je fixai la mèche de cheveux nouée que je tenais dans la main, lorsque tante Éva déclara d'un ton solennel :

– Tu as la possibilité de défaire le lien maintenant…, si tu le souhaites.

Je réfléchis quelques secondes avant de secouer la tête. Si ma mère avait pris la décision de me lier à Mystique, il y avait une raison… Je rangeai la boucle de cheveux nouée dans le coffret.

– Il y a un truc que je ne comprends pas bien… Tu dis que les… *harpies* (décidément ce mot m'écorchait la bouche) sont hostiles aux chats, et tu viens de m'apprendre que j'avais en moi les gènes de ces créatures. Alors pourquoi n'ai-je pas ce problème avec Mystique ? Pourquoi est-ce différent pour moi ?

Tante Éva soupira. J'eus l'impression qu'elle appréhendait cette question.

– Eh bien, parce que tu ne t'es pas encore totalement transformée… et surtout parce que tu as quelque chose de plus, d'unique.

Ces mots ne m'étaient pas étrangers.

– C'est ce que tu m'as expliqué pour le bracelet, la coupai-je tout en tripotant le bijou tressé, quand je t'ai demandé pourquoi ta peau réagissait ainsi au contact du tien, et pas moi.

– C'est exact. Mais tu dois savoir autre chose…

L'expression de tante Éva devint plus grave.

– En réalité, tu n'es pas seulement une harpie, poursuivit-elle avec une légère tension dans la voix, car le sang de ton père coule aussi dans tes veines.

Je me rappelai le passage du livre qui expliquait que les harpies se reproduisaient uniquement avec des humains. Mais ma tante était en train de m'expliquer que j'étais différente des autres…

– Oh non ! Ne me dis pas que papa était aussi une créature ?

– Je ne dirais pas ça, répondit ma tante avec une moue hésitante. Tu te souviens de ta directrice à Sitka ?

– Madame Stephens ? Bien sûr, Ian m'a confié qu'elle était une gardienne blanche, mais ça, tu dois le savoir…

– Oui, d'ailleurs elle avait beaucoup de choses en commun avec ton père, répondit tante Éva d'un ton lourd de sens.

– Tu veux dire que… papa était un gardien blanc ?

– C'est exact, soupira-t-elle. Du moins, il l'était avant de rencontrer Elena. Les gardiens blancs ont l'interdiction formelle de fréquenter des créatures, et encore moins d'entamer une relation amoureuse avec elles, sous peine d'être bannis et de se voir retirer tous leurs pouvoirs. Et c'est ce qui s'est passé avec Théo lorsqu'il a choisi ta mère. Les serviteurs de la lumière sont très à cheval sur les principes.

–Mais Ian et madame Stephens se fréquentent, eux, ripostai-je.

–Je dois avouer que c'est une situation particulière, répondit ma tante, la main posée sur le menton. Mais je suppose que ton ami a dû faire ses preuves et que les gardiens blancs le tolèrent pour cette raison. De plus, les gardiens sont des êtres bons. Ils surveillent les créatures et n'agissent que si la vie d'un être humain est en danger. Ce ne sont pas des assassins, et ils n'ont le droit de s'en prendre aux êtres de l'ombre qu'en cas d'extrême nécessité.

–Donc si je comprends bien, je suis une sorte de « bâtarde », repris-je, médusée par la complexité de mon existence. Ni vraiment harpie, ni vraiment gardienne blanche... En fait, je suis le fruit d'un délit, une erreur de la nature..., mais alors pourquoi les harpies s'intéressent-elles à mon cas, puisque je suis une honte pour leur race ? À moins que ce ne soit au contraire la raison pour laquelle elles me traquent ?

–Non, bien sûr que non. Elles veulent te récupérer pour que tu deviennes l'une des nôtres. Ta transformation est presque terminée, et le moment est donc venu de célébrer ton baptême. Pour elles, c'est un honneur, un cadeau qu'elles t'accordent en t'acceptant malgré tout comme membre à part entière de notre caste, et en t'invitant à rejoindre notre royaume.

Je haussai les épaules et levai les mains, incrédule. Ma tante prit une grande inspiration avant de poursuivre :

– Ta mère était très appréciée par notre Matriarche, mais lorsque celle-ci a appris qu'Elena fréquentait un *gardien blanc* et qu'elle avait ainsi trahi sa confiance, elle lui a lancé un ultimatum : soit elle oubliait ton père, soit elle quittait définitivement notre caste. Elena a choisi l'exil sans l'ombre d'une hésitation. C'était ce qu'elle désirait depuis longtemps. Elle rêvait d'une vie normale, humaine… Puis tu es venue au monde et, de par ton sang mêlé, tu étais vouée à mourir. Les harpies ne tolèrent pas que soient enfantés des êtres impurs. Mais la Matriarche, qui était encore très attachée à ta mère, lui a laissé le bénéfice du doute. Puisque Théo avait été banni par les gardiens blancs et avait ainsi été privé de tous ses privilèges et pouvoirs, il n'était plus qu'un simple être humain…, ce qui, en fin de compte, ne faisait pas de toi une bâtarde.

Tante Éva s'interrompit, se redressa et se dirigea lentement vers la fenêtre.

– Elena était plus qu'heureuse d'avoir pu convaincre les membres de notre Haut Conseil que tu n'étais pas un danger pour notre race. Mais elle ne s'est pas arrêtée là. Sa priorité était ton bonheur et ta liberté. Elle ne voulait pas que tu aies à vivre ce qu'elle avait vécu et t'imposer ton destin : devenir une harpie.

Elle n'eut de cesse de chercher une solution, un remède pour contrer le phénomène et t'offrir une vie ordinaire. Mais le temps passait, et les résultats n'étaient pas au rendez-vous. Puis arriva ton quinzième anniversaire, et notre Matriarche ordonna aux Guetteuses de te tenir à l'œil afin de vérifier que ton évolution avait lieu normalement, et que ton sang était pur comme l'avait affirmé ta mère.

– Matriarche, guetteuses..., je n'y comprends rien.

Tante Éva me fit de nouveau face et s'adossa au rebord de la fenêtre.

– Ce n'est pas grave, répondit-elle avec indulgence. L'organisation et le système hiérarchique des harpies sont complexes, mais tu auras tout le temps de comprendre notre fonctionnement en temps voulu. Néanmoins, pour ton information, la Matriarche est notre maîtresse à toutes, et les Guetteuses sont les créatures qui t'épient et que tu as déjà eu l'occasion de rencontrer. Elles sont habiles et discrètes, et c'est pour cette raison que ta mère avait bien du mal à échapper à leur surveillance... Ainsi, un soir, alors qu'Elena travaillait sur une potion pour toi comme à son habitude, ton père est arrivé, offrant aux Guetteuses des éléments précieux lors d'une conversation intime. Sans attendre, celles-ci ont rapporté mot pour mot ce qu'elles avaient entendu à notre Matriarche... Lorsqu'elle comprit ce qu'Elena tentait de faire, elle entra dans une rage folle. Blessée d'avoir été ainsi bernée par celle qui avait bénéficié de toute son affection pendant tant d'années, elle prit la décision ultime.

Tante Éva s'interrompit et baissa la tête pour cacher son émotion. Il me fallut un moment pour comprendre ce qu'elle insinuait, mais ce fut sa réaction qui me mit la puce à l'oreille.

– Attends… Essaies-tu de me dire que ces créatures sont à l'origine de la mort de ma mère ? m'enquis-je, abasourdie et horrifiée, en me redressant violemment sur mon siège.

Ma tante ne sut quoi répondre.

– Alors, ce sont elles qui m'ont enlevé mes deux parents…

– Théo avait tout calculé. Il savait ce qui allait arriver. Il a agi en toute conscience et n'a rien fait pour l'empêcher… Ton père savait ce qu'il faisait quand il les a appelées. Il les attendait dehors comme s'il avait accepté de mourir.

– Mais pourquoi les a-t-il appelées ?

– Qui peut savoir ce que ton père avait à l'esprit, soupira tante Eva en secouant la tête.

Cette histoire était bien étrange.

– Comment ça s'est passé ? grognai-je, furieuse.

– Il… il est mort foudroyé.

Tout comme ma mère ! Je soufflai d'exaspération, et me relevai en tapant des poings sur le bureau.

– Et toi, tu me demandes d'oublier ce que ces créatures ont fait ! D'agir comme si de rien n'était, et de les rejoindre… non, PIRE : de devenir l'une d'entre elles !

– Je ne vois pas d'autre solution, souffla tante Éva, qui parut sincèrement navrée. Tu ne peux pas affronter ça toute seule, c'est une charge trop lourde pour tes épaules. Tu n'as pas été préparée et tu as besoin de soutien, d'une famille…

– Une famille ? Pourtant, tu es là, toi…

– Ce n'est pas si simple, ma chérie, rétorqua ma tante en s'approchant de moi, contrite. Si tu refuses de rejoindre notre caste, je ne serai plus autorisée à t'approcher. J'ai réussi à les convaincre de m'accorder un peu de temps pour te parler et t'expliquer certaines choses avant qu'elles ne prennent la décision de…

– Mais pourquoi restes-tu avec ces monstres ? m'offusquai-je, choquée que ma tante puisse accorder autant de crédit à ces femmes mesquines et sans pitié. Pourquoi n'as-tu pas fait comme maman ?

– Parce que je n'en ai jamais eu le courage… Je respecte ta mère d'avoir toujours assumé ses choix, mais je n'étais pas assez forte pour la suivre. Cela dit, j'ai toujours admiré ses décisions, mais… ces « monstres », comme tu les appelles, sont ma famille…, je n'ai qu'elles…

Tante Éva paraissait sincère, mais je ne comprenais pas la loyauté sans faille qu'elle vouait à ces femmes sans cœur, quitte à tout accepter de leur part, quel qu'en soit le prix.

–Comment peux-tu dire ça alors qu'elles ont assassiné ta propre sœur, ainsi que mon père, avec qui tu as tant partagé pendant toutes ces années ?

–Mais Théo et Elena connaissaient les règles. Ils savaient à quoi ils s'exposaient en défiant les lois de notre Haut Conseil… Et puis, Elena et moi n'étions pas vraiment « sœurs » au sens où tu l'entends : nous le sommes toutes au sein de notre caste… Cependant, ta mère et moi avons toujours eu une affection particulière l'une pour l'autre. Un lien fort nous unissait, car nous avons grandi ensemble. Après le décès de nos mères respectives, notre Matriarche nous a confiées à une sorcière avec laquelle nous avons passé la majeure partie de notre adolescence.

–Tu parles de la fameuse femme que vous faisiez passer pour ma grand-mère et qui vous a tout appris…, compris-je, dépitée par la découverte de cette énième tromperie.

Et moi qui me plaignais de ne rien savoir de mes origines… J'avais l'impression que chaque aveu était un poids supplémentaire sur mes épaules, une désillusion de plus. Je regrettai dès ce moment l'époque où j'étais encore innocente et étrangère à tout ça.

–Mon oiseau, reprit soudain tante Éva d'une voix doucereuse et hésitante, il te faut rejoindre le nid maintenant et commencer à vivre avec celles de ton rang. C'est la meilleure solution, fais-moi confiance.

Cette fois, c'en était trop ! Si j'avais pu foudroyer ma tante d'un regard, je l'aurais fait à cet instant précis.

– Mais de quel côté es-tu ?

Déstabilisée par mon attitude et ma froideur, tante Éva écarquilla les yeux et recula d'un pas.

– Je ne veux plus te voir ! crachai-je, hors de moi. Va-t'en d'ici tout de suite !

– Senna, je t'en prie…, murmura ma tante, l'air implorant et les bras tendus dans ma direction.

Aucune potion ni aucune magie ne pouvaient plus étouffer ma colère désormais. En remarquant à quel point son geste me rebutait, elle baissa ses bras.

– Je ne veux que ton bien, ma chérie, se justifia-t-elle en avançant d'un pas hésitant vers moi. J'ai retardé l'échéance jusqu'à demain, mais elles viendront te chercher tôt ou tard, et pas de la meilleure façon. Car elles s'imaginent que ta mère t'a retourné le cerveau et liguée contre elles…

– Je n'irai jamais, tu m'entends…, JAMAIS ! hurlai-je en envoyant valdinguer la lampe qui était posée devant moi avant de me ruer hors de la pièce avec rage.

– Promets-moi au moins d'y réfléchir ! cria tante Éva dans mon dos, tandis que je dévalais les escaliers comme une tornade, impatiente de me retrouver loin de celle que j'avais considérée comme un membre à part entière de ma famille, et qui n’avait peut-être pas, en fin de compte, mérité sa place dans mon cœur.

Chapitre 26

– Ian ? criai-je en pénétrant dans le salon, mais je ne reçus aucune réponse en retour.

Il ne devait pas être loin, mais je ne pouvais pas attendre plus longtemps. Je voulais à tout prix m'éloigner de ma tante avant que ma fureur n'éclate et que les choses ne prennent une tournure pathétique. Je plongeai sur la commode qui se trouvait près de l'entrée, attrapai mes clés de voiture dans le premier tiroir, ouvris la porte à la volée et me ruai dehors.

Ma voiture était garée dans l'allée. Je courus jusqu'à elle et me glissai à l'intérieur. Nerveuse, j'appuyai sur l'accélérateur et quittai le domaine en faisant crisser les pneus.

Je ne savais même pas où j'allais, mais cela n'avait pas d'importance. Je filais sur la route, guidée par la colère. Les larmes brouillaient ma vue, mais je refusai de ralentir quand un son grave me fit sursauter. Je m'essuyai les joues du revers de la main et m'aperçus que j'avais dévié. Un camion fonçait droit sur moi. Le conducteur ne cessait de klaxonner pour m'avertir. D'un geste sec, je tournai le volant et me retrouvai sur le bas-côté.

J'avais eu chaud!

Tétanisée, je n'arrivais plus à bouger mes mains crispées sur le volant. Mon corps tremblait comme une feuille exposée au vent. Je me repassais en boucle ce qui venait de se passer: j'avais failli mourir. Il s'en était fallu de peu.

La tête en arrière, je m'obligeai à maîtriser ma respiration pour calmer les battements affolés de mon cœur. Mais il me fallut un bon moment avant d'y arriver. J'étais tellement perturbée et épuisée par toutes les émotions qui me tiraillaient depuis mon retour que je finis par m'endormir.

Lorsque je revins enfin à moi, il faisait nuit. Étonnée, je jetai un coup d'œil à ma montre, qui indiquait vingt heures passées. Je m'étirai et attendis d'avoir repris le contrôle de mes membres engourdis pour m'engager de nouveau sur la chaussée et faire demi-tour. J'avais hésité quelques secondes à me rendre chez Stacey, mais je n'eus pas à réfléchir longtemps. Je décidai d'écouter mon cœur. Il savait exactement où il avait envie d'être, ou du moins avec qui… C'était plus qu'une évidence !

De retour au ranch, je fus soulagée : la voiture de tante Éva n'était plus là. L'idée que ma tante possédât une voiture me parut soudain ridicule. Une créature de l'air n'avait pas besoin de moyen de locomotion… Mais bon, ce devait être une couverture, une façon de se fondre dans la masse en simulant une vie ordinaire.

Tandis que je m'engageais dans l'allée, je distinguai une silhouette sur le perron. C'était Ian, qui m'attendait, les mains posées sur les hanches.

– Où étais-tu passée ? s'exclama-t-il d'un ton plein de reproches tandis que je descendais de voiture. Je me suis inquiété. Je m'apprêtais à partir à ta recherche…

– Désolée, soupirai-je en fixant le sol. J'étais un peu perturbée.

Ian m'examina avec inquiétude.

– Tu sais tout ? Ça y est ? demanda-t-il avec douceur en glissant une mèche de cheveux derrière mon oreille pour dégager mon visage.

Je hochai la tête. Ian m'attira alors contre lui et me serra dans ses bras protecteurs et rassurants. Contrairement à ce que j'avais pu penser, je n'étais pas seule : Ian était avec moi, et ensemble, nous pourrions trouver une solution.

–Viens, me dit-il soudain en m'agrippant par la taille pour m'entraîner vers le petit sentier qui longeait la maison. Tu ne m'avais pas dit que cette propriété possédait un endroit magique…, ajouta-t-il, le regard taquin.

Je fronçai les sourcils, incrédule.

Nous fîmes le tour de la demeure, puis empruntâmes le minichemin de terre que mon père avait tracé de ses propres mains quelques jours avant mon huitième anniversaire. Je compris alors où Ian voulait m'emmener.

Trois cents mètres plus loin, nous pénétrâmes dans «mon petit paradis», cet espace que mon père avait aménagé spécialement pour moi et qu'il avait lui-même baptisé ainsi. Rien n'avait changé. Il y avait des jeux de jardin, une balançoire, et tout au fond, ma cabane perchée en haut d'un immense ginkgo biloba. Mais ce qui me surprit, c'était l'ambiance qui régnait dans ce coin rempli de souvenirs d'enfance: une vingtaine de bougies avaient été éparpillées un peu partout dans l'herbe, créant une atmosphère intime et magique. On se serait cru dans le monde de Peter Pan.

–C'est toi qui as fait ça? m'exclamai-je, charmée par la beauté du lieu.

Au lieu de répondre, Ian me sourit et m'attira jusqu'à la balançoire.

Il s'installa sur un siège et me proposa de faire de même. Les bancs étaient un peu petits, et les cordes un peu courtes, mais le portique était assez solide pour supporter notre poids.

Je lui rendis son sourire et m'assis avec précaution sur la deuxième planche de bois qui composait l'installation. Je me penchai en arrière et me laissai bercer. Je ne pus m'empêcher de penser que ce petit moment de bonheur était éphémère, que la réalité était bien plus laide, et qu'elle ne tarderait pas à me rattraper. Comme je me perdais dans mes pensées, Ian entreprit de me faire redescendre sur terre, et de me ramener au moment présent.

–Il y a quelque chose dont tu voudrais me parler? s'enquit-il en cherchant à capter mon regard.

Je me tournai vers lui pour répondre, mais je ne savais pas comment lui raconter tout ce que j'avais appris durant cette terrible journée, et encore moins comment exprimer ce que je ressentais. Il dut percevoir mon désarroi, car il m'arrêta d'un geste.

–Non, attends, dit-il en s'immobilisant. J'ai une meilleure idée.

Il saisit l'une des cordes qui soutenaient mon siège pour le bloquer. À l'aide de mes jambes, je m'arrangeai pour virer à quatre-vingt-dix degrés de manière à ce que l'on se retrouve face à face. Le visage grave, il se rapprocha et planta son regard dans le mien. Puis il posa délicatement ses mains sur mes tempes. Les paupières closes, je me laissai aller, heureuse de ne pas être obligée de lui faire un compte rendu qui aurait été pénible et éprouvant.

Il fallut une bonne minute à Ian pour prendre connaissance de tous les événements enregistrés dans ma mémoire et qu'il avait manqués. Il fit une petite moue triste.

– Tu savais tout depuis le début, hein ?

– Nous nous reconnaissons entre créatures. Tu feras toi-même très vite la différence.

– Mais je ne veux pas être une créature. Je ne veux pas de ces choses qui me poussent dans le dos… D'ailleurs, comment pourrais-je me débarrasser de ces machins? continuai-je avec une expression de dégoût en me tordant comme si je pouvais apercevoir quelque chose. Il doit bien y avoir un moyen…

Ma question fit rire Ian. Il m'adressa un regard compatissant.

– T'en débarrasser ? Impossible. Comment vivre avec ces trucs-là ? Les accepter. Il ne faut pas que tu aies peur de ce que tu es, Senna. C'est ta force, ta nature. Tu ne peux pas te mentir à toi-même et renier tes origines.

Encore déboussolée, je me levai et fis les cent pas. Je ne savais plus quoi faire, ni quoi penser. Qu'allais-je devenir à présent ? Qu'allait-il m'arriver ?

–Bon, eh bien… si ce sont vraiment des ailes, comment les faire sortir ? dis-je, dépitée, en me laissant tomber sur mon siège.

J'eus soudain envie de vérifier l'état de mon dos. Je me cambrai afin de glisser ma main sous mon tee-shirt. Et là, je sentis une microfissure sous mes doigts que je grattai machinalement. Surprise, je me tournai vers Ian. Le visage impassible, ce dernier se baissa pour ramasser quelque chose dans l'herbe mouillée.

–Ça ne va plus tarder, regarde…, affirma-t-il en me tendant quelque chose de long et doux comme du velours.

C'était une plume…, une plume noire. Elle avait dû se détacher et tomber au contact de mes doigts.

Je la saisis d'abord avec hésitation. Cédant à la curiosité, j'entrepris de l'examiner avec ardeur et minutie comme s'il s'agissait d'un objet extraterrestre à la fonction encore inconnue.

Ian, qui m'observait, réprima un petit rire amusé devant ma réaction, parfaitement conscient que ce n'était pas chose facile à digérer de savoir qu'un tas de plumes poussait dans son dos. Lorsque je m'aperçus qu'il m'observait, confuse, je jetai la plume qui virevolta avant de toucher le sol.

–En tout cas, elle peut aller se faire voir ! lâchai-je avec véhémence en faisant allusion à ma tante pour changer de sujet. Tu te rends compte ? Elle a osé prendre la défense des êtres qui ont assassiné mes parents, et elle me demande même d'intégrer leur clan… Elle en qui j'avais toute confiance, dis-je la main posée sur le cœur, outrée.

– C'est la peur qui la fait agir ainsi, répondit-il après un instant de réflexion. Mais je ne crois pas que cela parte d'un mauvais sentiment.

– Mais je ne veux pas, Ian. Je ne veux pas retrouver ces femmes, je les déteste. Tout ce que je souhaite, c'est leur faire payer ce qu'elles m'ont fait.

Je me relevai, submergée par l'angoisse, l'indignation et la colère.

– Je ne veux pas me nourrir d'âmes humaines. Je ne veux pas me transformer, et je ne veux pas rejoindre cette caste maléfique !

Ian réfléchit un instant.

– Peut-être que ce ne serait pas une si mauvaise idée, tout compte fait…, avança-t-il d'un ton plein de sous-entendus.

– Qu'est-ce que tu veux dire ? m'enquis-je, stupéfaite. Que je devrais suivre ma tante et accepter ?

– Je n'ai pas dit ça, mais… ce serait un bon moyen pour arriver à tes fins.

– Comment ça ?

– Eh bien, connais-tu le dicton « sois proche de tes amis, mais encore plus de tes ennemis » ? Le meilleur moyen de pouvoir atteindre tes ennemis est de jouer le jeu, de les approcher et de cerner leurs points faibles. Après, tout dépend de l'objectif que tu t'es fixé… Mais si tu veux te venger…

– Ce serait l'occasion rêvée, complétai-je d'une voix atone tout en réfléchissant à cette éventualité.

Ian n'avait pas tort. Cependant, c'était une décision à ne pas prendre à la légère. Il me faudrait beaucoup de courage, et être sûre de pouvoir me contrôler lorsque je me retrouverais face à celles qui avaient fait de ma vie un enfer, celles qui avaient fait naître en moi cette soif de vengeance.

– Tu as toute la nuit pour y réfléchir, ajouta Ian d'une voix rassurante. La décision t'appartient… En attendant, j'ai autre chose à te montrer.

Il se redressa. Le visage rieur, il me prit les mains et m'attira jusqu'au ginkgo biloba. Je le dévisageai, me demandant ce qu'il pouvait bien avoir en tête. Nous empruntâmes en silence le petit escalier en planches de bois qui menait à la cabane. Celui-ci grinçait un peu, mais nous atteignîmes le sommet de l'arbre sans dégâts.

Dès que je mis le pied dans la minuscule mais confortable cachette de mon enfance, je fus éblouie. Ian avait tout préparé : des bougies, réparties dans tous les recoins, créaient une atmosphère intime et feutrée, deux couvertures en coton étaient étendues au centre, et une grande assiette emplie de petits gâteaux, posée juste à côté, nous attendait. Il avait dû les trouver dans les placards de la cuisine.

Quand il lut la surprise et l'émerveillement sur mon visage, un grand sourire fendit le visage d'Ian. Il s'installa dans le nid douillet qu'il avait créé et m'invita à le rejoindre.

– C'est génial ! m'exclamai-je tout en m'approchant pour poser un baiser timide sur ses lèvres.

Mais Ian ne s'en contenta pas. L'air espiègle, il m'attira contre lui et m'embrassa avec tant de fougue que j'eus l'impression que l'on allait s'embraser. Lorsqu'il mit un terme à notre étreinte, ce fut avec difficulté. Maîtriser ses pulsions d'incube devait lui demander un effort monstrueux, et je le respectai d'autant plus pour ça. C'était la preuve qu'il tenait réellement à moi.

Tandis qu'Ian s'allongeait, les bras croisés derrière la tête, j'en profitai pour attraper un brownie que j'avalai avec plaisir, et me laissai tomber à ses côtés.

– Je me sens vraiment bien ici, dis-je en poussant un soupir d'aise. Tout semble aller tellement mieux dans cet endroit…

– C'est parce que c'est magique, répondit-il en me fixant derrière ses longs cils bruns, tout en jouant avec une mèche de mes cheveux.

Le regard d'Ian était magnifié par la lueur des flammes des bougies. Je tombais littéralement dans ses yeux. Épuisée par les émotions de la journée, je finis par sombrer à ses côtés.

Le lendemain matin, ma décision était prise. Je réveillai Ian en lui caressant les cheveux, et déclarai d'une voix déterminée :

– Je suis prête !

Je ne savais pas d'où venait cette énergie, mais je me sentais assez forte désormais pour braver mille batailles. Surpris, Ian se redressa sur ses coudes et me dévisagea l'air de dire « Tu en es sûre ? » Je récupérai mon cellulaire, qui était resté dans ma poche, et le lui tendis.

– Tu peux contacter ma tante de ma part, et lui demander de venir ?

Ian récupéra l'objet, un peu déconcerté par mon subit changement d'humeur et de comportement.

– Je vais prendre une douche et me changer, ajoutai-je, sereine. Tu me rejoins après ?

– Comme tu veux, répondit-il, pensif, la tête inclinée sur le côté.

Sans un mot, Ian m'embrassa sur le front et me regarda descendre de l'arbre où nous étions restés perchés toute la nuit.

De retour dans ma chambre, je pris tout mon temps pour me préparer. Je ne négligeai aucun détail. J'avais envie d'être à l'aise, d'avoir confiance en moi et de sentir que je maîtrisais tout, jusqu'à mon apparence.

Cela faisait partie du plan. Je choisis un jean noir, mon préféré, que j'assortis à mon tee-shirt favori : blanc avec une fleur imprimée noire sur le torse. J'enfilai des bottines, et me mis un *gloss* légèrement teinté sur les lèvres. Puis, attirée par je ne sais quoi, je m'approchai de la fenêtre tout en finissant de me brosser les cheveux. Ma tante était en bas, au milieu de la pelouse, en pleine discussion avec Ian. Elle n'avait pas pris la peine de se déplacer en voiture, puisque sa Mini Cooper n'était pas garée dans l'allée. Ce qui expliquait sa rapidité…

L'instant fatidique était arrivé ! Je pris une grande inspiration avant de descendre.

Mystique, qui était couchée sur le canapé du salon, poussa un petit miaulement en m'apercevant. Je l'attrapai et la serrai fort dans mes bras, un peu trop fort à son goût d'ailleurs, car elle ne tarda pas à remuer et à se tordre dans tous les sens. Elle s'en alla précipitamment, vexée que j'aie ruiné sa toilette minutieuse.

Je rejoignis Ian et tante Éva dehors. Je lus de la fierté dans le regard de ma tante et de l'admiration dans celui que je considérais désormais comme mon unique allié. Anxieuse, je poussai un long soupir, comme pour demander : « Qu'est-ce qu'on fait à présent ? »

Tante Éva, soudain émue, me prit dans ses bras et m'étreignit avec force. Je me crispai un peu à son contact, car je n'étais pas encore fixée à son égard. Je ne lui faisais pas confiance et surtout, je ne savais pas si elle en était de nouveau digne. Soudain, elle tressaillit et s'écarta en désignant mon poignet.

– Le bracelet. Il faut que tu l'enlèves…

Je me souvins de ce que ma tante m'avait confié à son sujet, ainsi que de la réaction d'Ian la première fois qu'il avait vu le bijou. Lui aussi semblait vouloir éviter tout contact avec le nœud chaque fois que l'on se rapprochait un peu tous les deux.

– Pourquoi ? grommelai-je, déçue. Je ne voulais pas me séparer de la dernière chose qui me rattachait à mon père.

– Il t'était utile pour te cacher des autres harpies, tu te souviens ? Tu n'en as plus besoin à présent. Si elles le voient, elles le détruiront, car il est fait d'une matière lumineuse.

– Une matière lumineuse ?

– Oui, répondit Ian. C'est un nœud tressé avec des cheveux d'ange. C'est un objet très rare. Et je confirme : si tu tiens à le garder, il vaut mieux que tu t'en sépares maintenant.

– Les gardiens blancs en ont toujours. Ton père avait réussi à en garder deux en réserve… avant de perdre son statut. J'ai emprunté celui de ta mère, la dernière fois.

Dépitée, je caressai une dernière fois le doux bijou aux reflets dorés avant de l'enlever délicatement.

– Tiens, mets-le dans ceci…, proposa ma tante, qui sortit de la poche de sa robe une petite bourse en velours noir.

J'insérai le bracelet dans le petit sac avec précaution et tendis le bras pour le lui remettre, mais elle se tourna vers Ian.

– Donne-le plutôt à ton ami, dit-elle en le fixant froidement. Il se chargera de le mettre en lieu sûr ; de toute façon, tu ne dois pas rester là, ajouta-t-elle à son intention. Mes sœurs te prendraient pour une menace.

– Non, m'interposai-je avec force. Il vient avec moi.

Tante Éva me considéra d'un air révolté.

– C'est avec lui, ou rien ! À elles de faire leur choix.

– Mais c'est impossible. Les créatures ne se fréquentent pas entre elles, c'est contre nature. Vous vous êtes bien amusés ensemble, mais maintenant il est temps de vous dire au revoir… *définitivement.*

– Je ne la laisserai pas, protesta sèchement Ian.

Dépassée par la tournure que prenaient les événements, tante Éva cherchait une issue. L'index pointé dans ma direction en guise d'avertissement, elle déclara :

– Senna, tu connais les règles quant aux relations sentimentales avec…

– Je les connais… Mais Ian est mon ami, et j'ai besoin de son soutien. Je n'irai pas sans lui.

Tante Éva, suspicieuse, me dévisagea. Je ne me laissai pas déstabiliser et continuai à la fixer sans ciller.

J'avais menti, mais je n'avais pas d'autre solution. Si j'avais avoué à ma tante qu'il s'était noué plus qu'une amitié avec Ian, c'était perdu d'avance. Et même si elle n'était pas dupe, elle ne risquerait pas de me contrarier maintenant, de peur que je ne change d'avis.

Quand elle comprit que je n'en démordrais pas, elle s'en prit à Ian.

– Tu risques ta vie ! le mit-elle en garde d'une voix menaçante.

– C'est ce que j'ai toujours fait, riposta-t-il effrontément.

Tante Éva haussa les épaules et maugréa en le toisant avec mépris :

– En tout cas, tu ne pourras t'en prendre qu'à toi-même lorsqu'elles te tueront.

Elle rangea la petite bourse dans une poche de sa robe et soupira longuement. Son visage se détendit peu à peu.

– Bon… eh bien, l'heure est venue, reprit-elle, solennelle et fière. Tu es prête ?

J'approuvai d'un signe de tête, quoique soudain un peu tendue. Ce n'était pas le moment de baisser les bras. Je priai mes parents de me donner la force d'aller jusqu'au bout, de me donner le courage de me battre pour la cause que j'avais choisie et qui me tenait à cœur. Si j'agissais ainsi, c'était avant tout pour eux.

–Qu'est-ce que je dois faire ? demandai-je, en serrant les poings.

Tante Éva ouvrit les bras avec élégance.

–Il te suffit de te concentrer, de les appeler intérieurement, et elles viendront !

Cela paraissait un peu léger comme méthode, mais bon, pourquoi ne pas essayer ? Je saisis la main d'Ian et la serrai. Il m'adressa un clin d'œil encourageant. Le vent soufflait dans ses cheveux, délivrant sa cicatrice et ses yeux ténébreux des mèches folles qui les dissimulaient. Mon cœur battait la chamade, mais ce que je lus dans son regard à ce moment précis me donna la force nécessaire pour ne pas reculer. Il serait là pour moi. Je pouvais compter sur lui. Puisant dans l'énergie que m'offrait Ian, je fermai les paupières et m'avançai. La tête levée vers le ciel, les bras ouverts en guise d'abandon, je me laissai guider par le vent. Je m'imprégnai de sa fraîcheur et me laissai bercer par sa musique, quand je sentis la connexion… Le moment était venu.

Je m'arrêtai, et inspirai profondément. Une forte bourrasque me frappa de plein fouet, et je ressentis sa présence… Comprenant que le départ était proche, j'ouvris tout doucement les yeux, et n'eus que le temps d'apercevoir une dernière fois la lumière avant qu'un masque d'acier au bec pointu ne fonde sur moi. La créature m'enveloppa d'une grande cape sombre et inquiétante, me plongeant ainsi et une fois pour toutes dans l'obscurité la plus totale.

À suivre…

Catalogue Jeunesse Kennes Éditions

Max et Bouzouki

Falzar & David Evrard
(à partir de 6 ans)

Mini-livres illustrés

1. Bouzouki superstar
2. Tonton Cactus se marie
3. La plaine de jeux
4. À la campagne
5. Mission Minouminou
6. Mon ami Bouzouki

Livres illustrés

1. Une belle journée à la mer
2. Le chemin de l'école
3. Bon anniversaire, Léa !
4. Pique et pique et... petites paniques
5. Sur un arbre perché
6. Bouzouki fait régime

Bandes dessinées

1. Gags et glissades !
2. Gags en rafale !
3. Champions du gag !

Capitaine Static

Alain M. Bergeron & Sampar
(à partir de 6 ans)

Livres illustrés

1. Capitaine Static
2. L'imposteur
3. L'étrange Miss Flissy
4. Le Maître des Zions

Les drôles de vacances de Coralie

Catherine Girard-Audet
(à partir de 8 ans)

Roman

L'envers des contes

Catherine Girard-Audet
(à partir de 8 ans)

Romans

1. Journal de la sœur (pas si) laide de Cendrillon
2. Journal du (pas si) Grand Méchant Loup
3. Journal de la belle-mère (pas si) cruelle de Blanche-Neige
4. Journal d'un nain (pas si) grincheux

Sorcières Sorcières

Joris Chamblain & Lucile Thibaudier
(à partir de 8 ans)

Romans

1. Le mystère du jeteur de sorts
2. Le mystère des mangeurs d'histoires

Bandes dessinées

1. Le mystère du jeteur de sorts
2. Le mystère des mangeurs d'histoires

Fairy Oak
Elisabetta Gnone
(à partir de 9 ans)

Roman

1. Le secret des jumelles

Nanny Mandy
Joris Chamblain, Pacotine et Virginie Blancher
(à partir de 10 ans)

Roman

1. Mathis et le grand trésor

Bande dessinée

1. Mathis et le grand trésor

Guiby
Sampar
(à partir de 10 ans)

Bandes dessinées

1. Une odeur de soufre
2. Le piège

Ninn
Jean-Michel Darlot & Johan Pilet
(à partir de 10 ans)

Bande dessinée

1. La ligne noire

Les filles de A à Z
(à partir de 10 ans)

Guides pratiques

T'es qui toi ?
Guide 2016
Mon carnet de l'amitié
150 trucs pour survivre à sa vie d'ado

La vie compliquée de Léa Olivier
Catherine Girard-Audet
(à partir de 10 ans)

Romans

1. Perdue
2. Rumeurs
3. Chantage
4. Angoisses
5. Montagnes russes
6. Tornades
7. Trou de beigne
8. Rivales

La vie (moins) compliquée de Maude M. Bérubé

Bandes dessinées

1. Perdue
2. Rumeurs

(Catherine Girard-Audet, Alcante & Borecki)

L'incroyable histoire de Benoit-Olivier
Daniel Brouillette
(à partir de 10 ans)

Romans
1. WAF le chien
2. Bienvenue dans la chnoute
3. Cavale et bobettes brunes
4. Au royaume des 10 000 mouches noires
5. Opération Ping Pow Chow

Bandes dessinées
1. WAF le chien
2. Bienvenue dans la chnoute

(Daniel Brouillette, Alcante & Steven Dupré)

Juliette
Rose-Line Brasset
(à partir de 10 ans)

Romans
1. Juliette à New York
2. Juliette à Barcelone
3. Juliette à La Havane

Les filles modèles
Marie Potvin
(à partir de 10 ans)

Romans
1. Guerre froide
2. Amitiés toxiques

Braven Oc
Alain Ruiz
(à partir de 10 ans)

Romans
1. L'épée de Galamus
2. Le cri des eaux salées

Bande dessinée
1. L'épée de Galamus

(Alain Ruiz, Alcante & Picksel)

Billie-Lou
Sarah-Maude Beauchesne
(à partir de 13 ans)

Roman

Kelly McDade
Sylvie G.
(à partir de 13 ans)

Roman
1. L'appât

Les filles
Christopher
(à partir de 13 ans)

Bandes dessinées
1. Pyjama party
2. Papier peint
3. Action ou vérité
4. Telle mère telle fille
5. Au nom du père
6. Bain de minuit
7. Nuits blanches